Sonya
ソーニャ文庫

或る毒師《どくし》の求婚

荷鴣

JN207940

イースト・プレス

contents

序章　005
一章　011
二章　027
三章　055
四章　071
五章　087
六章　124
七章　158
八章　182
九章　208
十章　235
十一章　260
十二章　289
終章　319
あとがき　334

序章

ふわり、ふわり。白いレースの布が揺れている。

気だるげに椅子《いす》に座っていた青年は、とりとめもなくそれがたゆたうさまを眺めていたが、ふと静かに立ち上がると、窓辺に歩み寄る。彼は簡素なシャツにズボンを合わせているが、どこか気品をにじませている。

雲間から光が差していた。彼がその窓から見上げるのは、決まって黒々とした城だった。毎日ものも言わずに眺めていたが、今日ばかりは「いよいよだ」とひとりごつ。

ずっと、ずっと、待っていた。期限まであと一週間……とうに手は打ってある。

「あんたは相変わらず美しいね。ため息が出ちまうよ。一体いくつになったんだい」

背後から少ししゃがれた女の声があがった。

「十九ですよ」

「立派な大人だね。——決めた。あんた、明日から私の婿になりな。もうじゅうぶん待ったんだ。一生食うに困らせないよ。私の夫だったらさ、建国記念日だって特等席に座れるんだ。王城が好きなんだろう？　あんた、毎日見上げているからね」

彼は、黒い城を見据えたまま、「ご冗談を」と蔑《さげす》みとも取れる笑みを浮かべた。

「この私が冗談なんて言うもんか。結婚は金さえあればどうにでもなるんだ。そもそも私があんたを買ったのはね、婿にするためさ。あんたには金をふんだんに使ったよ。あんたが店を出すときにもね。一流の作法だって身につけさせたんだ。完璧なあんたは私の自慢の作品さ。……ねえルテリ、外ばかり見てないでこっちを向きな」

彼がゆっくり振り向くと、寝台に寝そべる女は満足げに頷《うなず》いた。

「あんたはどこもかしこも最高さ。さあ、傍に来ておくれ」

銀色の目を細めた彼は、短く息を吐き出した。

「マダム、これから店に客が来るのでお断りします」

「だめだ、今日は店に行くのはゆるさないよ。早く来な」

無表情で寝台に歩む彼の脳裏に、剣呑《けんのん》な闇がうずまいた。

――どいつもこいつもくだらない。

彼は、目的のためならなんでも利用し排除する。邪魔なものは消せばいい。それだけだ。

その店は、屋台が立ち並び、多くの人で賑わう通りの裏にある。通りを外れてひっそりとした道を進み、古い煉瓦《れんが》造りの路地裏の先、錆《さ》びついた扉に描かれた×《バツ》が目印だ。さびれて見えるが、国内だけでなく海外にも多くの顧客を抱えており、この店ひとつで巨額の富を生む。

その店の主人はフードのついた分厚いローブを着こみ、顔を隠しているが、ひとたび素顔を知れば、とりこになる者が多かった。店主は、ひと言で形容するなら〝麗《うるわ》しい〟。

店のいたるところにはハーブが山積みになっており、棚には大小様々な瓶《びん》が置かれている。中身は種子や幼虫、不気味な色の液体、腐《くさ》った果実、怪しげな目玉など様々だ。

いつもは店主が店で客を待ち構えるが、今日は様子が違っていた。ボンネットを被った女が、鍵《かぎ》のかかった店の前に立っている。その様子はそわそわしていて面ざしは不安げだ。

「これはデリアさん、お待たせしました」

ローブを纏《まと》った店主が音もなく近づけば、「いま来たところです」と女は言う。

当然それは嘘だろう。約束の時間はとっくに過ぎている。だが、頬を染めている女は、美しい店主のためなら、待ちぼうけになろうが些細《ささい》なこととゆるしてしまうようだった。

店主は唇の端を持ち上げた。それは嘲笑《ちょうしょう》を孕《はら》んでいる。

「それはよかった。少々立てこんでいたのです。なかへどうぞ」

施錠《せじょう》を外した店主は、ぎいと扉を開けていく。するとなかからみずみずしい芳香《ほうこう》が漂った。

「いい匂いですね。これは……あの、メロンの香りですか？」

「あなたがご所望の薬の匂いですよ。昨夜遅くまで調合していたので匂いが残っているのでしょう」

店主は客に椅子を勧めると、部屋の奥の分厚い布の向こうへ立ち去って、戻ったときには青い瓶を三つ手に持っていた。

それらを机に並べた店主は、深く被っていたフードを取った。途端に麗しい顔があらわれて、女はじっと店主を見つめた。彼がかもしだす色香は、あらゆる視線を吸い寄せるのだ。

「デリアさん、いいですか。三日間は朝と昼と夜に。以降は朝のみ使用してください。詳しくは前に説明したとおりですが、用法は必ず守ってくださいね。——いくらいい匂いだからといって、あなたが舐《な》めたり嗅《か》ぎすぎたりしてはいけません。これは劇薬ですから」

「あの……本当にこの薬で、怪しまれることなく、対象を亡き者にできるのですか？」

店主は上目づかいで女を見たあと、たっぷりと時間をかけて頷いた。

「使用からひと月後、ごく自然に近い形で」

「ルテリさん、私の主《あるじ》からの伝言です。秘密は厳守でと。でないとあなたの命が……」

「当然、顧客の秘密は守りますよ。拷問《ごうもん》されようと、口を割らないと約束しましょう」

布の袋のなかに瓶を入れた店主は、女にそれを差し出した。

「で、いつからはじめるのですか？」

「主からはすぐはじめるようにと命じられています」

その言葉に、黒髪からのぞく瞳は、すうと楽しげに細まった。

「あの方がこの国にいるのもあと一週間ですから、それがいいでしょうね」

＊　＊　＊

夜明けが近づくと、壮麗な城の輪郭《りんかく》が闇に浮かび上がる。やがて空が白み、尖《とが》った屋根の天辺《てっぺん》が光を受けて輝いた。黒曜石《こくようせき》で造られた城は禍々《まがまが》しくも神々《こうごう》しい。その美しい城には民の手には届かぬ人たちが住んでいた。つまり、王の居城である。

城は小高い丘の頂上にあり、ふもとには貴族の館が取り囲む。その豪奢《ごうしゃ》な館はすべて白で統一されていた。それらは黒光りする王城を引き立てて、見る者を圧倒する。

民衆は、毎日王の丘を仰いでいる。敬愛、羨望《せんぼう》、嫉妬《しっと》、憎悪……瞳の奥の思いは様々だが、その王の丘の名は果ての国に届くほどよく知られていた。

異国の者に褒《ほ》められれば、民は我がことのように喜んだ。たとえ重税で苦しんでいても、明日の暮らしがままならなくても、〝アルド王国は素晴らしい〟となる。

王の丘はぐるりと川に囲まれていて、民の住む地区とは隔離《かくり》されていた。白い鎧《よろい》の兵士が守る橋を通らなければ、決して丘に立ち入ることはできず、庶民で出入りをゆるされるのは、特権を持つわずかな者たちに限られる。

庶民と王侯貴族はまるで別世界の住人だ。庶民はあくせく働かなければ食事にすらありつけないが、貴族はふん反り返っているだけで金が舞いこみ、贅沢《ぜいたく》ができる。

生まれたときに定められた階級からは這《は》い上がれない。貧乏人は貧乏なまま死んでいく。

アルドは明確に区別をされた国だった。しかし、唯一例外と言える日があった。

普段、民は王の丘を眺めるだけだが、一年のうち建国記念日だけは自由に出入りをゆるされる。軍人が厳重に守りを固めるなか、白亜の館が建ち並ぶ通りを抜けた先、目を瞠《みは》るような絢爛豪華《けんらんごうか》な黒い城にたどり着く。そのテラスにアルド王の家族が姿を見せるのだ。

王家は神代から続く血筋であるため神格化されていた。特に女神ピアと同じ銀色の髪を持つ王太子ロベルトと王女アレシアの人気はすさまじい。彼らを見れば病気が治るというばかげたうわさまで信じる者がいるほどだ。

兄妹が並び立つさまを見るために、民は長蛇《ちょうだ》の列に並ぶ。深窓のアレシア王女が、六日後、ついに隣国に嫁いでしまうのだからなおさらだ。

高らかに喇叭《らっぱ》の音が鳴り響き、続いて花火がどん、どんと打ち上げられた。

精緻《せいち》な彫刻の施された黒いテラスに漆黒の正装姿で王の家族が登場すると、一際大きな歓声が空いっぱいに轟《とどろ》いた。

王太子ロベルトの後ろで恥ずかしそうにアレシア王女が手を振った。兄は王女の肩を抱き、前に出るよう促す。

ふたりの髪は光を反射し、神秘的に輝いた。その不思議な銀色は、神の威光によるものなのか、七色に光るのだ。

その王女の姿を、群衆に紛れて食い入るように見つめる者がいた。当然王女は気づいていない。

分厚いローブを目深に被ったその男は、闇のなかで銀の瞳をぎらつかせていた。

一章

窓を開ければ風が吹きこみ、黒いレースの布が膨《ふく》らんだ。同時に銀色の豊かな髪がふわりと後ろに流される。

アレシアは、こうして窓を開け放ち、自身の部屋から景色を眺めるのが好きだった。部屋は城塔の上のほうにあるため、はるか遠くまで見渡せる。風に身を任せれば、鳥のような気分になれた。それは決まった生活を強いられている彼女のささやかな楽しみだ。

遠くでは山々がなだらかな稜線《りょうせん》を描き、空にうっすら溶けている。視線を移せば、民家がひしめくさまや、牧草地、王家の離宮、空を映す大きな湖が見える。人の立ち入りをゆるさないという深い森からは、川がゆったり蛇行《だこう》して、王の丘をぐるりと囲み、この地を孤島に変えていた。代々アルドの城は神秘の川に守られてきたと聞いている。

この景色もあと五日で見納めだ。十六歳になれば隣国に嫁入りするからである。それは前々から決められていたし、王女である以上、受け入れるべき定めなのだとわかっている。

だが十五歳のアレシアは、まだ恋をしたこともなく、結婚と聞いてもぴんとこない。だから夫になる人とは、できれば恋をしたいし、恋物語のように愛されてみたいとも思う。

およそ一年前、兄である王太子のロベルトが妻を迎えたが、召し使いのうわさ話によると、〝お盛ん〟とのことだった。『お盛んってなに?』と問えば、『仲がいいということですよ』と教えられ、アレシアはふたりがうらやましくなっていた。

――わたしもエミリアーノ王太子とお盛んになれるかしら。

近ごろアレシアは恋の支度のために進んで恋物語を読むようにしている。けれど恋物語はどういうわけか、田舎の貧しい騎士と姫、王子と村娘といった身分違いの話が多かった。

窓辺にいたアレシアは、長椅子でごろりと寝そべっている兄を見た。頻繁にアレシアの部屋を訪れる兄曰く、ここが一番落ち着くとのことだった。

アレシアが、ふと感じた疑問を投げようとしたときだ。兄が先に口を開いた。

「おまえは黒が好きか?」

予想外の言葉に、アレシアは「急にどうしたの?」と首を傾げる。

アレシアの部屋はすべて黒で統一されている。寝台も椅子も机も壁も絨毯《じゅうたん》も。纏うドレスの色も当然黒だ。それは兄も変わらない。産まれてからというもの、兄妹は王家の証の色とされる黒に囲まれている。

兄の言葉は、そんな黒以外の選択肢がないふたりにとって、不毛《ふもう》といえた。

「いや……いい。忘れてくれ。それはそうとおまえ、なにか言いかけなかったか?」

頷いたアレシアは、兄の近くに歩み寄る。

「お兄さま、わたし、不思議に思うのだけれど、どうして恋物語は身分に差がある者同士のお話ばかりなの？　身分差がないほうが障害がないし、幸せになれるのではないかしら。だって、結婚後を思うと大変だわ。それを考えてしまうと苦しくなるの」

現実では身分の違う者が結婚するのは無理がある。強行すれば地位も財産も失うし、そもそも許可が下りないだろう。王侯貴族の結婚は王の許可が必要だ。王族は王族と、貴族は貴族と、そして庶民は庶民とが常識だ。

兄は「恋物語？」と顔をほころばせて言った。

「おい、私に聞くなどどうかしているぞ。あれは男が読むものではないだろう？」

「思えばそうね」

「まったく、最近いやに真面目に本を読んでいると思っていたら」

その言葉は、暗に〝他に読むべきものがある〟と告げている。アレシアは唇を尖らせた。

「なによ、恋物語からだってじゅうぶん学ぶことはあるわ」

「おまえがあまりにむずかしい顔をして読むからだ」

兄はひじをつき、片手で頬を支えた。

「アレシア、恋物語は庶民を読者対象に書かれたものなんだ。書くのも庶民だよ。彼らは我々とは違い自由恋愛だからね。恋に重きをおかない王侯貴族に書けるはずがない」

アレシアは兄が横たわる長椅子の縁に腰掛けた。

「庶民とは大抵貧しいものなんだ。食事にさえありつけない者もいる。その生活から抜け出したいと思う者が大半だ。考えてもみろ、庶民同士の恋物語は夢がない。結婚したって庶民だからな。どこまでいっても生活は苦しいままだ。皆、夢を見るために読むんだよ。そこで身分差の登場だ。物語を読んでいる間だけは脇目もふらずに恋ができるし、綺麗に着飾りおいしいものも食べられる。ひとときだけでも現実を忘れられるんだ」

兄は「これは召し使いに聞いた受け売りだがな」と片目をつむった。

「現実を忘れられる……そうなのね。わたし、恋物語は召し使いから借りているの。いま彼女たちの間で流行っているのですって」

「だろうな。貴族は恋物語のたぐいを嫌うし、父上もだ。庶民の娯楽として貶《けな》される。借り物なんだから気をつけろよ？　見つかれば処分される。害悪書だからな」

アレシアと兄ロベルトは、王族に産まれながらも異端と言えた。彼らは召し使いたちと気さくに会話を交わしている。それは、いまは亡き生みの母の影響だったが、王家の者としてあるまじき行いだ。そのため、ふたりは父に気取られないようにしている。

「貴族や王族が身分違いの者と恋をするには愛人にするしかない。その行く末は大抵悲惨なものになる。力なき者は嫉妬や排除の対象になってしまうからね」

思いつめたように遠くを見つめる兄には悲愴《ひそう》感がちらついていた。アレシアはもしかしてと思った。

「お兄さま、まさか愛人がいるの？」

「ありえない。でもそうだな、おまえもそろそろ大人の歳だ。少し、私の話をしよう」

ロベルトは、長椅子からむくりと身を起こした。

「どうする、聞くか？」

アレシアが「聞くわ」と頷くと、兄は「そうか」と小さく言った。

「私はいまのおまえと同じ歳——十五のときに初めて恋をした。相手は召し使いだったよ。身分違いだ。すぐに赤くなるかわいい人でね、ジネヴラといった。あのころは毎日が楽しかった。王太子として学ぶことが多くて大変でも、彼女に会えば疲れも忘れた」

ふたりの様子を思い描いたアレシアは、素敵だわと恥ずかしそうに顎《あご》を引く。けれど、当の兄は瞳に暗い影をたたえていた。

「人は恋に落ちると、ますます相手のことを知りたくなる。欲深くなるというのかな。当時の私は周りが見えなくなった。結果、ジネヴラに子ができた。……私の子だ。性別すら知らないが。聞く前に父上が身重の彼女を追放したからね」

息を詰めたアレシアは、口もとを手で覆った。残酷な父ならやりかねないからだ。

父は、昔から気に入らない者には容赦はしない。それがたとえ息子や娘でも。

「私は王になる。王太子だから当然か。だが、国を繁栄させたいだとか、高尚な理由からではないんだ。いつかジネヴラと子を傍に呼びたい。共に住むことは叶わないだろうが」

言葉を止めた兄は目頭《めがしら》を押さえた。

「……だめだな。時々押しつぶされそうになる」

アレシアが見つめるなか、しばらく無言でいた兄は、「理不尽な世だな」とつぶやいた。

「父上も、母上以外の女に子を産ませた。イゾルデだ。しかし、イゾルデの母親はいまだに大きな顔で城に出入りしている。ジネヴラは有無を言わさず追放したのに」

イゾルデはアレシアのひとつ年上の異母姉だ。兄は、このイゾルデに苦手意識を持っていて、アレシアは以前から不思議に思っていたが、ようやくその理由がわかった気がした。きっと、ジネヴラと自身の子の境遇をイゾルデと比較し理不尽を感じてしまうのだろう。

兄はぞんざいに黒い袖で目もとを拭った。

「くそ、情けないな。……私だってわかっているさ。イゾルデの母親は侯爵の娘、かたやジネヴラは庶民だ。身分差は悲劇を生む」

アレシアもまた、目の奥が熱くなるのを感じた。兄がそのような事態に陥《おちい》っているなど知りもしないで、自分はのんきに過ごしていた。できれば相談してほしかった……そう思いかけて首を振る。自分になにができただろう？　なにもできないのは明白だ。

「ジネヴラさんはいまどこにいるの？」

「探させているが、おそらくアモローゾだ。馬車が通った記録を見つけた」

アモローゾとは、もうじきアレシアが嫁ぐ国だ。

「アモローゾだったらわたしが探すわ。きっと見つかるはずよ。だから――」

安心して、と言いかけてから、アレシアはふと召し使いたちの会話を思い出す。

「あの……お兄さま。お兄さまはタチアナ王女を妻に迎えたわ。お兄さまたち夫婦はとても仲がいいと聞いているけれど……それは」

すっと片手をあげた兄は、妹の言葉を止めた。

「アレシア、私は結婚する気はなかった。ジネヴラがいるからね。だが、父上に言われたんだ。『タチアナと結婚しなければあの母子を殺す』と。震えたよ。結婚前のおまえに話すのは気が引けるが、あの結婚は、ジネヴラの命がかかっていたから従ったにすぎない」

兄は顔を歪めて、ゆっくり深い息を吐く。

「結婚初夜、私はタチアナと夜を共にしなかった。子作りする気はなかったからね。だが、タチアナの侍女が父上に報告したんだ。その日から、夜に監視がつくことになった」

アレシアは目をまるくする。

「本当に？　監視されているの？」

「私の寝室の壁に仮面があるのを知っているだろう？」

「獅子《しし》の仮面ね」

「そうだ。あれは後ろの壁がくり貫かれていて覗き穴になっている。以前のおまえの部屋にも仮面があったが、おそらくあれも同じだろう」

確かに、城塔に移る以前のアレシアの部屋にも仮面が飾られていた。猫を模した銀色の仮面だ。夜、窓から差す月明かりにちょうど照らされるから、綺麗だと眺めていたのに。

その光景を思い出すと、足もとから冷気がせり上がり、背すじが凍えた。

「父上は妻を毎夜抱けと命じてきたよ。私は、ジネヴラを生かすためならなんでもできる。たとえタチアナが哀れでも、なんでもね」

兄はジネヴラと我が子を人質にとられ、脅され続けているのだ。

あまりの事実に愕然《がくぜん》とするアレシアに、兄は「すまない」と付け足した。

「おまえがこの男子禁制の城塔に監禁されているのは、私という前例があるからだ」

その言葉に、ただでさえ早鐘《はやがね》を打っていた心臓がさらに激しく脈打つ。

「……わたしは、監禁されているの？」

「知らなかったのか。では言うべきではなかったな」

「いいえ」

口にしてから、アレシアはもう一度、「いいえ、知るべきよ」と首を振る。

「おまえは父上の掌中《しょうちゅう》の珠《たま》だ。あらゆる男から遠ざけられた。けれど安心しろ。おまえが嫁ぐアモローゾは、我が国に比べればさほど窮屈《きゅうくつ》ではないと聞く。エミリアーノ王太子もそう嫌な男ではないだろう。それに、おまえは早くこの城から出るべきだと思う」

すぐにアレシアは「どうして」と尋ねたが、兄はなにも答えなかった。ただ、悲しげに笑みを浮かべ、アレシアと同じ銀色の髪をかき上げる。

「私は黒が嫌いだ。この陰気な色は気が滅入る。だが、義務がある以上逃れられない」

強い批判めいた言葉にアレシアが相づちさえ打てずにいると、兄はそのまま続ける。

「おまえが哀れだ。自由を切り取られ、いまでは許可がない限り塔からは出られない」

まるで籠《かご》のなかの鳥だ、という言葉を遮《さえぎ》って、アレシアは心《し》を強く持とうとした。

「わたしは王女ですもの。自由がなくて当然だわ。王族は、私ではなく、公《こう》のためにあるべきものだから」

「それは父上から植えつけられた考えだ。そこにおまえの意志はない。もっとも、私も籠の鳥でしかないが」

自然と視線は下に向かい、アレシアはドレスが流れる足もとを見つめた。黒い靴先を。

「なぜ我ら王家の者が黒を着るのかわかるか？　黒は他の色にはなり得ない。何物にも染まらぬ唯一の色だからだ。決して屈することがない鉄の意志を表している。この国は、かつて周囲の国が大国に併合されていくなかで唯一独立を保ったという矜持《きょうじ》がある。けれどどうだ？　黒を着る我々は。果たして意志はあるのだろうか」

アレシアは、うまく答えを出せないでいた。女には意志や知恵は邪魔だと言われていて、不満に思う間もなく自我を消すのが当然だった。

アレシアが顎を上げると、兄は遠くを見ていた。

「私は、意志を持ちたい」

いつもと変わらない兄の横顔。けれどどこか冷ややかで、アレシアは唾をのみこんだ。

「お兄さま……。王になったら、黒をやめるの？」

肩をすくめた兄は、ため息を落とすように笑った。

「まさか、私にはゆるされない。三百年以上続く伝統だからね」

「お兄さまが王になって、ジネヴラさんを呼び寄せるときが来たらタチアナさんは……」

「タチアナは私の妻だ。その立場はゆるがない。それが法だ」

兄は、話の途中で長椅子から立ち上がる。

「そろそろ戻るよ。近ごろタチアナがおまえに嫉妬して困ったものだ。『わたくしのことよりも妹を愛しているんでしょう』ってね」

身を屈めた兄はアレシアを腕のなかに包んだ。

「たったひとりの妹だ。愛しているに決まっている。私はおまえの幸せを願っているよ。いまから言う言葉をいつも忘れないでいてほしい。私はなにがあってもおまえの味方だ。おまえを守ると誓おう」

兄はこれまでどれほど心に傷を負ってきたのだろうか。

アレシアは額に兄のくちづけを受けながら、兄の心情を思った。

「お兄さまに最大の幸運を……わたしも、愛しています。わたしはなにがあってもお兄さまの味方です。なにかあれば、必ずお兄さまを助けますから」

兄はふっと相好《そうごう》を崩した。

「それは頼もしい。昔、おまえに野犬から救ってもらったことを思い出したよ。剣に見立てた小枝でおまえは野犬に戦いを挑んだのだった。小さなおまえが勇敢に。いまでこそ嘘のようだが、私の妹はとんでもないおてんばだった。懐《なつ》かしいな」

ぽん、とアレシアの頭に手をのせた兄は、そのまきびすを返して部屋を出て行った。

「お兄さま……」

アレシアは、兄がいなくなっても、黒い扉から目を離せずにいた。

＊　＊　＊

ジルへ。

お久しぶりです。返事が遅くなってごめんなさい。少し忙しくしていたの。

わたしももうじき十六歳。この国ともお別れです。さみしいけれど仕方がないわね。

あなたは心配だと言うけれど、大丈夫、わたしはけっこう強いのよ。

それよりも心配なのはお兄さま。ねえジル、お兄さまをよろしくね。

アモローゾに行っても折を見て手紙を書くわ。それまでどうかお元気で。


文末に自身のペンネームである〝ジジ〟とサインをしたアレシアは、そっとペンを置く。

〝ジル〟はアレシアの幼いころからの貴族の友人だった。城塔に閉じこめられていても、召し使いたちはアレシアに協力的で、手紙を書けばジルに届けてくれていた。

偽名を提案したのはジルだった。アレシアがジジとサインをするようになって七年間、ふたりは文を交わしている。もう、幾度やりとりしたのか数えられないほどだった。

召し使いに書いたばかりの手紙を託《たく》せば、代わりに手紙を渡された。ジルはアレシアが前の返事を書いていないのに、再び送ってくれたのだ。

すぐに封を開き、文面に目を走らせる。

ジジへ。

もうじきあなたは行ってしまうのですね。ですが、これだけは覚えていてください。私はあなたの幸せを願っています。なにがあってもジジの味方。問題があれば、どこにいようと駆けつけます。だから無理をしないで。私との友情を忘れないで。

あなたはひとりではありません。いつでも私がいますから。


アレシアはジルの手紙を胸に抱いた。兄と同じような言葉に、思わず笑みがこぼれる。

──心配性なんだから。……でもわたしは、幸せ者だわ。

しかし、いくら気心が知れていても、アレシアは兄の話をジルに相談しなかった。なんでも悩みを打ち明けてきたのに、こればかりはしてはだめだと強く思った。

──お兄さまを救うのはわたしの使命。

アレシアは、ジネヴラとその子どもを探そうと決めていた。もはやアモローゾに嫁ぐのは、兄を救うためだった。

「それにしても……」

黒い壁をじっと見つめ、兄の部屋にある仮面を思う。

〝仮面の後ろの壁はくり貫かれていて、覗き穴になっている〟

──お兄さまが、この部屋が一番落ち着くと言っていたのは、城塔に仮面がないから？

アレシアは、かつての自分の部屋にある猫の仮面を思い浮かべる。

あれは本当に覗き穴になっているのか……。そうでなければいいのに。しかし、あの父ならやりかねないとも思う。父は、誰に対しても反抗などゆるしていない。

アレシアは父に対して畏怖《いふ》の念を抱いている。なにも知らない子どものころは、無邪気に言い返したりもしていたが、それらはすべて思いもよらない仕打ちとなって返された。以来、過去を思い出さないようにしている。あまりにもつらい出来事が多いからだ。

「ねえ、頼みたいことがあるの」

暖炉《だんろ》の灰を掻き出していた召し使いは、アレシアの言葉にぴたりと手を止めた。

「あなたは先日退職したフラビアの後任ね？　名前は？」

召し使いは、ゆっくりこちらを振り向いて、「デリアと申します」と頭を下げた。

「デリア、いますぐお父さまに伝言をお願いしたいの。〝アレシアは塔を出てもとの部屋に参ります〟と。わけを聞かれたらこう言って。〝嫁ぐ前に荷物を検《あらた》めたいから〟と」

アレシアは塔から出る際、父に報告の義務がある。報告さえすれば大抵許可が下りるため、これまで気にしてなかったが、監禁と聞いたいまは違った。疑問が次々と湧いている。

やがて父から許可を受け、塔の階段を下りたアレシアは、召し使いに先導されて、一歩、一歩と前へ進む。漆黒の壁や天井は、闇を幾重にも深めていた。

城内に、ふたつの足音がこだまする。黒い柱が等間隔に並ぶ回廊が、やけに広く見えた。

「おかしい。日中なのに……静かすぎるわ」

自分のつぶやき声すら反響する。人ひとり見かけない。衛兵すらも。

——そうよ、これは異様だわ。城がこんなに無人なわけがないもの。普通じゃないわ。

一度違和感を抱いてしまえばもうだめだ。すべてが異常にしか見えなくなった。

背に汗が伝うのを感じながら、アレシアは、召し使いに目を向けた。

「デリア、教えて。あなたはわたしに仕える前はどこにいたの？」

召し使いは、なぜか返答をためらっている。もう一度同じ質問を重ねると、ぼそぼそと口を開いた。

「…………イゾルデさまにお仕えしておりました」

異母姉に仕えていた者がアレシアのもとに来るのは初めてだ。

「お姉さまに？　どおりであなたは仕事が丁寧だわ。……では、あなたはこの城のことを知っているわね。わたしはずっと塔にいたからいまの城の様子はよくわからないのだけれど、いつもここはこんなに人が少ないの？　王族がいるときは人払いされているの？」

「いえ、そのようなことは……。王族の方がお通りのときも人は行き交っていますし、貴族の方もお見かけします」

召し使いが言うには、真夜中でない限り人がいないことはないそうだ。つねに衛兵が見回っているし、王の居室も近いため、人の出入りが多いのだという。けれど、どうやらアレシアが城に下りたときだけは別らしい。

——わたしだけ……？　どういうことなの。

考えこんでいると、かつての部屋にたどり着く。召し使いが施錠を外し、扉を開ければ、ぎいと軋《きし》んだ音がした。それがやけにもの悲しく聞こえ、次第に目の奥が痛くなる。幼少のころに与えられた部屋だから、見知っているはずなのに、心は落ち着きとは真逆のほうへ流される。使い続けた椅子も机も寝台も、ただの黒い塊《かたまり》に見えた。

部屋はろうそくの火も暖炉の炎もないが、明かり取りから帯状の陽が差して、壁に埋めこまれた銀色の猫の仮面を光らせた。

アレシアはおそるおそる仮面に近づいた。膝はがくがく震えて、身体は逃げ腰だ。いままで知らずに過ごしてきたから、それを思えば恐怖は増した。

それでも、猫の仮面に手を当て、怖々《こわごわ》覗く。

仮面の目の奥、そこにあったのは、紛れもなく眼球だ。人間の。

――誰か、いる……。

アレシアは、よろよろと後退った。兄の言葉は本当だった。


全身が、心臓に支配されたかのようだった。どくどくと、壊れるほどに騒がしい。どのように戻ってきたのか覚えていない。けれどいまは城塔の部屋にいて、長椅子に足を揃《そろ》えて座っていた。他に考えなくてはならないことがたくさんあるのに、頭のなかの自分は「落ち着け、落ち着け」と訴えるばかりだ。

特に汗かきではないというのに、黒いドレスのなかはぐっしょりだ。アレシアは、ひっきりなしにこぼれる額の汗も拭わずに、背すじを伸ばし、ただまっすぐ前を見続けていた。

——あれは監視なの？　わたしが前の部屋でなにをするのか見張っていた？　でも、なぜ？　なにもするわけはないのに……お父さま。

とことこと愛犬ピエルが寄って来ても、アレシアの視界には少しも入らなかった。それほどに動揺はすさまじく、胸が張り裂けそうだった。

「アレシアさま、お顔の色がすぐれないようですが」

声をかけてきたのは、先ほどアレシアとともに元の部屋へ行った召し使いだ。確か名前は……。

「デリア。……お水がほしいわ」

「ハーブ水でよろしいでしょうか」

アレシアが好んで飲むのはハーブ水でなくレモン水だ。アレシアの〝水〟といえばそのこと。他の召し使いがいれば止めただろうが、このときはデリアしか部屋にいなかった。

「ええ、構わないわ。できれば……早くお願い。それからお兄さまに伝言をしたいの」

とにかく喉が渇いていた。

ほどなくして用意された杯に震える指を伸ばしたアレシアは、まぶたを閉じて、くっとそれを飲み干した。

——メロンの味だわ。

二章

　ほう、ほう、と鳴き声が聞こえる。アレシアはふくろうかしらとぼんやり思う。

　けれど、この黒い城の近くに森はない。だからなぜふくろうの声がするのか不思議だ。

　やがてアレシアは、兄が最近飼いはじめたのだったと思い出した。兄は誇らしげに自慢していたのだ。

『父上には内緒だぞ？　こいつは黒色じゃないからな』

　兄の肩にのっていた大きな白いふくろう。あの名前はなんだっただろうか——。

　吹きこむ風は、湿気を含み雨の匂いをのせていた。

　自分がどれほど眠っていたのか、幾日こうしていたのかわからなかった。頭のなかは濃霧に閉ざされているように朦朧《もうろう》としている。

　身体に力が入らず、自分の身体が自分のものではないようだ。

「アレシア」

　かけられた声は頭のなかでぐわんぐわんと反響するので、複雑な言葉は聞き取れない。

　アレシアは、一日を泥《どろ》のように眠って過ごしていた。

　——メロンのような匂いがするわ。近くに、あるのかしら……。

声を出そうにも出てこない。口さえ動かせないのはおかしい。

しかし、あまりの眠気に浮かんだ疑問は霧散《むさん》する。ひたすらに眠い。

「とにかく腕のいい医師をかき集めろ！　余のアレシアをなんとしても治すのだ！」

父、アルド王の声がする。

「もうひと月になるのだぞ！　無能どもめ……役立たずはいらぬ。出て行け！」

――ひと月……？　どうして……こんなことになったのかしら。

記憶があいまいで思い出せない。頭のなかがふわふわしていて思考が途切れる。

「ピエル……」

それからどれほど眠ったあとなのか、愛犬の名をしぼり出せば、きゅっと手を握られた。

「ご安心を。ピエルはアイアスさまのもとにいます」

知らない男の人の声だった。アレシアの居所は男子禁制のはずなのに。

「……どうして」

「先の医師が――すでに解雇《かいこ》されていますが、アレシアさまから離したほうがよいと判断したのです。元気なピエルは走り回って薬の瓶をいくつも割ってしまったので、気持ちはわからなくもないですが。見かねたアイアスさまが引き取られたのですよ」

アイアスとは、アレシアのいとこで公爵家の嫡男だ。彼はアレシアにとって兄のような存在で、とても優しい人だから、ピエルをかわいがってくれるだろう。

「それなら……安心だわ」

「必ずぼくがあなたを治します」

アレシアは銀色のまつげをふさりと上げて、声のほうを見やったが、視界がぼやけていて顔はよくわからなかった。ただ、相手が黒髪であることはわかった。

数々の疑問が湧き出てくるが、言葉にならない。頭の整理が追いつかないのだ。

歯がゆくなって唇を引き結ぶ。するとと頭を撫《な》でられた。

「不安ですか？　ですがぼくは医師です。なにも心配はいりません」

「医師……なのね。でも……」

よく見えなくてもわかる。品の良い香水に、レースとクラヴァットのシルエット。白い服を纏っている。白色は、アルド国では貴族の証だ。

貴族が働くなど珍しいので不思議に思うが、その思いは煙のように消えてゆく。

「昨日付けであなた専属の医師になりました。バレストリ伯爵、ジャン・ルカです」

「伯爵……わたし、専属の？」

「お気づきですか？　あなたはこれまで話すこともままならなかったはずですが、ぼくの治療でここまで回復したのです」

思えばそうだった。ずっと声を出したくても出せずにいたし、いまは彼の声もすべて聞き取れている。

「あなたの、おかげね……ありがとう。あの……」

「ジャン・ルカです」

すぐに「ジャン・ルカ」と復唱すれば、頬に手が添えられる。優しい手つきだ。

「ご気分は？　痛みはありませんか？」

「痛みはないけれど……あまり、目が見えないわ」

「アレシアさまは生死の境をさまよったために、身体の機能が著《いちじる》しく低下しているのです。ですがじきによくなりますよ。ぼくが傍にいますから」

その言葉に迷いは感じられず、心強かった。アレシアはゆっくりまぶたを閉じていく。

「長く……とても長く眠っていた気がするの。誕生日は過ぎているのでしょう？」

「はい、過ぎています。ひと月ほど前にあなたは十六歳になられました」

アレシアは結婚の義務を果たしていない現状を噛《か》み締めながら頷いた。

「そうなのね。本当なら、いまごろアモローゾに嫁いでいたはずなのに……」

「ご承知のとおり、他国の王族に嫁ぐ者は跡継ぎをもうける義務があります。病弱な妃は論外ですからいまは無理です。まずは病を治さなければなりません」

薄く目を開けたアレシアは、「そうね」とつぶやくと、またまつげを伏せる。

「お水を召し使いに頼んでもらえるかしら。少し……飲みたいわ」

「あなたの召し使いは全員下がってもらっています」

アレシアはひく、と喉を鳴らした。どうしてなのかわからず、混乱する。

これまでアレシアの周りに召し使いがいないことはなかった。

「ぼくの治療は門外不出なものですから、人払いをさせていただきました。この城塔にはぼくとあなた以外誰もいません。ですから、あなたの世話はすべてぼくが」

告げられた言葉の意味を考えていると、水を注ぐ音がして、ふに、と唇にやわらかいものがつけられた。水を流しこまれ、初めてそれが、口移しによるものだと気づく。

アレシアは、はっと目を見開いた。

どうしよう、くちづけだ。まだキスをしたことがないのに。

「んぅ……」

飲むのをためらっていても、喉は水を欲している。拒否したくても、身体は彼にされるがままだった。

見知らぬ彼とのキスが深まり、水がアレシアに染みていく。レモンの味だ。

「そう、お上手ですよ。息は鼻でしてくださいね。そうすれば息苦しくなりません」

「う。……どうして」

「口移しが気になりますか？　ですがこれは治療ではごく普通のことです。あなたはまだ起き上がれないし動けない。早く元気になるためにも慣れてください」

アレシアが「そんな……」としどろもどろになると、「アレシアさま」と髪を梳《と》かれた。

「ぼくを覚えておいでですか？　六年前に一度お会いしたことがあるのですが。そのとき、名乗らせていただきました。ジャン・ルカと」

どこかで聞いたことがある気がしたけれど思い出せない。アレシアは王女だ。行事で数えきれないほどの人と会っている。誰かひとりを特別に覚えるなど不可能だ。

「あの……ごめんなさい」

「では、これから覚えてください」

アレシアはいまだぼやけて見えるジャン・ルカを見つめた。先ほどからじりじりと彼の視線を感じていた。とても熱いまなざしのような気がして、知らず頬は紅潮した。

「いまのあなたはお人形です。手も足も動かすことはできない。回復するまでふたりきりですから、いやでもぼくを知ることになるでしょう」

ふっ、と耳に息が吹きかかる。彼が耳もとに唇を寄せたらしかった。どきどきして唾をのみこむと、ささやきが落とされた。

「その顔は、緊張していますか?」

緊張しないわけがない。けれど、アレシアは「いいえ」と否定する。

「アレシアさま、ぼくの手にかかれば病は必ず治ります。お任せください」

「……また動けるようになるかしら」

「ええ、もちろんです。元気に走り回れるようになりますよ」

不思議と深みのある彼の声は、安心感をもたらす。アレシアは二度またたいたあと、ゆっくりと目を閉じた。

「走り回るだなんて……病になる前から、もう何年も走っていないわ。おてんばではないもの」

「大人になられましたね」

「……そうね、子どもではないわ」

「それはさみしいです。ぼくの記憶のなかのあなたは、いかにも走るのが好きそうでしたから。……ところで、あなたを驚かせたくありませんから先にお伝えしておきます」

耳をすますと、ジャン・ルカは続きを言った。

「先ほどあなたの世話はぼくがすると説明しましたが、それがどの範囲にまで及ぶのかを。いまのあなたは、なにもできないお人形です。つまり、それをご承知おきください」

アレシアはぞくりと寒気を感じて目を開けた。改めて身体を動かそうとするが、指がぴくりと反応するだけだ。身体は鉛のように重かった。その意味を考えれば、あまりのことにまつげが震える。

「聡明なアレシアさま、あなたのご想像どおりです」

「……だめよ、無理だわ」

声は、情けないほど不安に揺れている。か細い声だ。

「殿方のあなたにそんなことをさせるだなんて。召し使いを呼んで」

「これまで辞めさせられた医師は三十二名。うち、結果を出せたのはぼくただひとり。治療法は門外不出と申し上げました。おわかりですね、あなたにはもうぼくしかいない」

彼から顔を背けようにも動かない。アレシアは、代わりにぎゅっと目を閉じた。

「病を治したくはないのですか？」

「……治したいわ。でも、とてもじゃないけれど……そんなの、ありえないもの」

「人払いしたのは、ぼくの取る治療方法があなたの名誉に関わるものだからです。あなたの体内には毒素が蓄積されている。それをぼくが吸い出します。これは特異な体質のぼくにしかできないことなのです。普通の者が行えば、あなたと同じ病に冒《おか》されますからね」

彼に上掛けを取られ、アレシアは息をのむ。この先に待つ彼の治療に心細くなっていた。

「よくわからないわ……。わたしの名誉に関わるってどういうことなの？」

「実際に治療してみたほうがよさそうですね。そうすれば、あなたは身をもって言葉の意味を知るでしょう」

化粧着に手をかけられて、りぼんを解かれる。朦朧とするアレシアが慌てる間もなく、すべてがあらわになっていた。

「ま、待って」

「先ほどあなたは眠っている間に湯浴みをしたのですよ。あなたの肌と匂いに合わせて香油を調合して塗りこみました。ずいぶん合っているようですね。艶《つや》やかで綺麗だ」

そう言われると、いまは触れられていないのに、全身を撫でられているような気がして肌が粟立《あわだ》つ。

「……いや、だめよ」

「大丈夫ですよ、任せてください。治療をするだけですから」

「でも……あなたは男性だわ。なのに裸を見せるなんて」

「確かに男ですが、ぼくは医師です。恥じらう必要はありません。すでに昨日からあなたに触れていますし、もう触れていないところはないのですよ」

聞くやいなや、アレシアは消えたくなった。みるみるうちに瞳も潤《うる》む。

「だめよ……もう見ないで」

「見なければあなたを治せません。早くよくなりましょう、アレシアさま。ぼくは治す努力をしますから、あなたは治るための努力を」

そう言われてしまえば黙るしかなく、アレシアは唇を引き結ぶ。けれど男性に肌を晒《さら》している事実に羞恥心は消えるどころか大いに増した。当然、覚悟するなんて無理だった。

「では、はじめますよ」

言葉と同時に両脚に触れられて、鼓動が大きく飛び跳ねる。

「待って、なにをはじめるの？」

「最初は戸惑うと思いますが、じきに気に入りますよ。昨日のあなたは気に入ってくださいました」

噛み合わない会話に不安を覚える。

「なにを気に入るというの――」

膝をそれぞれ立たされて、アレシアは目をまるくする。彼の手に力がこめられた刹那《せつな》、ぱっくり脚を開かされた。

「やめてっ、そんな」

「アレシアさま、綺麗ですよ。清らかな色です。あなたは本当に美しい」

とんでもない箇所になにかが触れた。

考えたくないことだけれど、でも、これは。

くちづけされている。一度だけでなく、何度も。

秘部から、ちゅ、ちゅ、と音がして、気が狂ってしまいそうになる。

「うぅ……やだ。どうして……そんなところ……」

「ぼくに慣れてください。抵抗がなくなるまで続けますよ」

冗談ではないと思った。不浄の場所だ。アレシアは咄嗟《とっさ》に身をよじろうとしたけれど、身体はちっとも言うことをきいてくれない。

「やめ…………、あ」

秘裂をねっとりと舌で割られる。わずかに背が反り、つんと胸の先が張り詰める。

切羽詰まったアレシアは、楽しげに目を細める彼が淡い色の頂《いただき》を凝視しているなど思わなかった。

彼がまつげを伏せたときだ。アレシアの身体がびくんと跳ねた。びりびりとした感覚が全身を駆けめぐり、脳天から突き抜ける。強い、強い、刺激だ。

「……んぅっ、ああ……」

「あなたの身体はまだ開かれていない。ですからいまは刺激が強すぎるし、少し痛いかもしれません。けれど、慣れればよくなりますから、それまで我慢してくださいね」

我慢など無理だった。官能の芽を集中的に舌でいじめられ、潰されて、なにも考えられ

なくなる。いまだ経験したことのないたぐいの感覚だ。

胸が早鐘を打っている。腰の奥でなにかがうずまき、あらぬ箇所が収縮し、どくどくと血が駆けてゆくのがわかった。自分のなかで煮えたぎる灼熱に、アレシアは震える。

「んっ……ん――っ」

「お上手ですよ。ちゃんと達しましたね。あとはぼくが」

はっ、はっ、とアレシアが息を荒らげている間、彼は舌を這わせて、こぼれ出る蜜のような液を舐め取った。それから秘部にむしゃぶりついて、ちゅくちゅくと吸っていく。

いま自分の身体で起きていることが信じられずに、アレシアは心を手放した。

けれど彼がもたらす淫靡《いんび》な音が、これは現実なのだと伝えてきて、意識を引き戻される。

「アレシアさま、ぼくはこの治療を一日のうちに何度も行います。あなたが起きているときも寝ているときも関係なく。召し使いがいては、一部始終を見られることになります。ぼくは平気ですが、あなたは耐えられますか？　門外不出にしたわけを理解していただけるとありがたいのですが」

「こんなの……、治療なんかじゃない。……やめて」

「治療ですよ？」

つっと彼の指があわいに沿って移動して、ある一点で止まった。そこに小指がずぶずぶと埋められる。

つきんとした痛みを感じて、アレシアは「んっ」と顔を歪めた。

「濡れているのがわかりますか？　ここは快感を得ると潤います。先ほどのように、感じれば感じるほど液が分泌されますから、それをぼくが手助けします。毒素はここからしか排出されません。ですからあなたはたくさん果てる必要があります」

アレシアはわなないた。無理もない、婚姻前の無垢《むく》な少女だ。

「毒素だなんて……。こんなの、絶対に間違っているわ。もういや、しないで。早く、指を抜いて…………あなたに触れられたくない」

「婦人のもっとも重要な器官を知っていますか？　男にはない器官、子宮です。アレシアさまの場合はこの子宮に病魔が巣くっているのです。これを取り除かない限りあなたは回復しないばかりか子も産めません。治すたったひとつの手立てがぼくによる治療です。そのぼくに触れられたくないということは、人形のままでいるおつもりで？」

「でも……わたし」

「でも、ではありません。人形のままのあなたになにができるというのですか？　食事も入浴もままならない。いまはぼくがあなたを清潔に保ち、口移しで食事をさせています。一生その状態が続きますよ？　ぼくは構いませんが」

心臓がばくばくと激しく脈を打っている。

まなじりから涙がこぼれ落ちると、彼は励ますように腰を撫でてきた。

「治しましょう？　アレシアさま。ここにはあなたとぼくしかいない。恥ずかしがる必要はないのです。この行為に抵抗があるというお気持ちはわかりますが、……ね？」

口をまごつかせると、さらに言葉を重ねられた。

「残念ながら二択しかないのです。このままお人形でいるか、ぼくの治療を受け入れて病を治すか。ぼくはあなたの気持ちを優先しますが」

「このままなにもできないのは……いやだわ」

「でしたらぼくの治療を受け入れてくださいますか？」

アレシアはひとしきりむせび泣いてから、「はい」と弱々しく言った。

「召し使いを呼ばれますか？　それともぼくたちだけの秘密に？　あなたに従いますよ」

――どうして、こんなことになってしまったの……？

顔を歪めて苦悶《くもん》するなか、ジャン・ルカは、アレシアの汗ばんだ顔に張りつく髪をつまみ、整えてくれていた。

「以前も思いましたが、美しい髪ですね。光を受けると七色に見える不思議な色です」

「……わたしは……アモローゾに嫁がなければ、ならないの」

それはジャン・ルカに伝えるというよりも、自分に言い聞かせるための言葉だ。

ジネヴラと兄の子を探すのだ。兄の枷《かせ》を解きたいから。

「…………だから、絶対に治さなければいけないわ」

そのとき、ひたと彼の手が止まった。

「召し使いは、呼びません。ジャン・ルカ……わたしを治してくれますか？」

しかし、答えは返らない。静寂のなか、ろうそくの火が燃え尽きる音がした。

　アレシアは、彼の名を再び呼ぼうと息を吸う。だが、話しかける前に返事があった。

「もちろんですよ、王女さま。必ず治してみせます」

　強引な手つきで両脚を抱え直され、濡れた秘部に息がかかった。仰天したアレシアは、顔をくしゃくしゃと歪める。

「待っ……」

「早く治したいのでしょう？　だとすれば、ぼくはあなたの望みどおりに動くまでです」

「あ」

　くちゅ、くちゅ、と音が立つ。ゆっくりとしたそれは間隔を狭め、ついには吐く息も荒くなる。部屋は、甘やかな喘《あえ》ぎに満たされた。


「いつまで拗《す》ねているのですか」

　呆れたように声をかけられるが、アレシアは反応できずにいた。

　気が狂うほどの官能を経て、アレシアは徐々に身体の機能を取り戻せたが、開けた視界で目の当たりにしたのは、とんでもないものだった。

　精緻なレースのクラヴァット、細やかな刺繍の施された上衣はすべて白。

　豪華な衣装に〝着られる〟貴族が多いのに、彼はたやすくそれを着こなしている。ジャン・ルカは、容姿、身のこなしにいたるまで、肌が総毛立つほど麗しい青年だ。

彼の纏う服には少しも乱れがなくひたすらに優雅だ。

黒髪の隙間からこちらを捉えていたのは、吸いこまれそうなほどに美しい銀色の目だった。その目に、痴態《ちたい》を晒す自分が映りこんでいる。

彼は凄絶な色気を放ちながら、アレシアの肌に舌を這わせて微笑んだ。自分が映っているその目は見たくないのに、逸らせなくて苦しい。恥ずかしくてたまらなくて、「いや」と止めるのに、彼は否応なしだ。アレシアは、ついには身震いするほど強烈な刺激に気をやってしまった。

そしてつい先ほど、ジャン・ルカにくちづけされて目が覚めたのだった。至近距離にある彼の美貌に、現実を思い知らされる。

――なんて……ずるいの。

アレシアは病で動けない上に、きっとはしたなく乱れて、どろどろなのに、彼は完璧だ。ため息が出るほど美しい。

そんな彼の前で、アレシアは大いに悶《もだ》え、聞くにたえないおかしな声を上げたのだ。

もう、彼の姿を見ていられないし、自分を見られたくない。

――ひどいわ、こんなの。逃げ場がないじゃない。

部屋から出て行きたいのに、寝台から動くことはかなわず、彼からわずかに顔を背けた。

「少し動けるようになりましたね。とはいえ、まだ首を動かせるくらいでしょうか」

アレシアは話すまいと口を引き結んだ。

「アレシアさま、ぼくに拗ねても無駄ですよ。まったく効果はありません」

なにが無駄だというのだろう。アレシアが、ぎっと彼を睨《にら》めば、うっとりとした笑みが返される。その面ざしにどきどきして、腹立たしさはしゅんと萎《しぼ》んでいった。

きらきらした彼を見ていると、なぜ腹を立てていたのかさえ忘れてしまう。

「ほら、あなたはもうぼくをゆるしている。優しい方だ」

アレシアは怪訝に思い、眉をひそめる。

「あなたはなにをしてもかわいらしいだけです。王女でありながら、強く命じたり声を荒らげたりしない。初めて会う者とも喜びを分かち合う方。そんなあなたを知っているから、ぼくは、どんなときでも微笑ましく感じるのです」

思わず頬が色づくが、ふと、彼の言い回しに違和感を覚えた。

「どうしてあなたは」

「ジャン・ルカとお呼びください」

「ジャン・ルカ、どうしてあなたはそんな、わたしを近くで見ていたように断言するの？六年前に一度会っただけなのでしょう？」

「近くで見ていたからですよ」

――どういうこと？

アレシアがまばたきしている間、彼は窓辺に歩み、黒い布を捲《まく》った。

たちまち差しこんでくる光が彼の輪郭を照らし出す。神々しさにアレシアは目を細めた。

「雨が上がり、晴れましたね。ぼくがあなたに出会った日も快晴でした。こんな雨上がりの澄んだ青い空の日は、特にこの王城はよく映えるのです。黒曜石は空を反射し、あなたがいる城塔は太陽のように照り輝きます。ぼくはそれを底から見上げていた」

「底？」

「アレシアさま。ぼくは傲岸不遜《ごうがんふそん》な人間です。慈悲深い男ではない。患者は自ら選びます。ぼくは治したいと思った方にのみ手を尽くします。ぼくは、あなたの人となりを知っています。ですからこうしてお傍にいるのです。あなたの意志ではなく、ぼくの意志で」

聞きたいことや疑問はたくさんあるのに、彼の真摯なまなざしを見るとなにも言えなくなってしまう。唇を引き結んでいると、ジャン・ルカがゆっくり寝台に近づいた。

「口を引き結ぶのはくせですか？」

唇に指をのせられ、そっとなぞられる。アレシアは、かすかに鼻先を持ち上げた。

「いまあなたがなにを考えているのか、想像するのも楽しいですが」

「わたしがなにを考えているのか、わかるの？」

「まさか。けれどそうですね。あなたはまだ拗ねているけれど、ぼくを嫌ってはいない」

ぎし、とジャン・ルカが寝台に腰掛けた。途端、アレシアの胸が高鳴る。

「まあ、これはぼくの願望に過ぎませんが。あなたには嫌われたくないですからね」

「嫌ってはいないわ。確かに拗ねてはいるけれど」

ジャン・ルカの手がこちらにのびて、頬を包まれる。

「あなたはぼくが見えているはずだ。もう、得体の知れない男だとは思わないでしょう？もしも疑問があれば〝バレストリ伯爵〟を調べてください。父の代で財をすべて失い没落しましたが、なかなか歴史のある家です。王家には敵《かな》いませんが、素性は確かですよ。もっとも、ぼくが庶民だとしても、あなたは態度を変えないでしょうが」

彼に「なにか聞きたいことはありますか？」と問われ、アレシアはまつげを伏せた。

「……あなたの歳は？」

頭の整理が追いつかなくて、口から出たのはありきたりな質問だった。

「アレシアさまの三つ上です。十九ですよ」

「その若さで、いつ医師になったの？」

「十五です。没落した家を早く立て直したかったので。ぼくは書物は一度読めば記憶できます。ですから知識はありますよ。十三歳からこれまで様々な本を読みました。外国の本も読みましたから、ある程度の言語は理解できます。この城の蔵書は目を瞠るものがありますね。ぜひ、読ませていただきたい」

アレシアは感嘆をこめてまぶたを開けた。

「すごいわ……一度読んだだけで覚えられるの？　本当に？　どんな書物でも？」

「ええ。あなたが読んでいる途中の本にも目を通しました」

「まさか、あの恋物語を？」

「アリーチャーの『遠いあなたに伝える詩』ですね。あなたは臥《ふ》せっていましたから、続きが気になっているのでは？　会話もすべて覚えていますが聞きますか？」

アレシアは恥ずかしそうに肩をすくめる。

「よしておくわ。だって、あなたがマウリツィアとフェデリコの会話をわたしに話すのでしょう？　男女それぞれ声を変えるの？　そんなの、想像するだけでもいたたまれない」

「それは残念ですね。動けないあなたに聞かせるために読んだのですが」

たまらず、アレシアは噴き出した。

「やだ、あなたったら変よ。楽しい方ね」

くすくす笑い続けるアレシアに、ジャン・ルカは楽しげに目を細めた。

「ねえジャン・ルカ。あなたを〝ルカ〟と呼んでもいいかしら？」

「もちろんいいですよ。そうお呼びください」

「実は〝ジャン〟はお兄さまが前に飼っていたカラスの名前なの。だからジャン・ルカって呼びにくかったのよ。どうしようって思っていたわ。だってカラスなんだもの」

アレシアは一連のやりとりで、すっかり彼に気をゆるしていた。

「あなたもわたしをアレシアと呼んでちょうだい」

「わかりました」

「でも、男の人が恋物語だなんて。お兄さまは男が読むものではないって言っていたわ」

「確かに男の読み物ではありませんでしたね。もう読みたいとは思わないですから」

ルカは話しながら身をずらしてこちらに寄り添った。

彼との距離がさらに近づき、アレシアは、意識していないように装うのが大変だった。

「アレシア、ぼくに拗ねていたわけを教えてください。あなたには嫌われるのではなく、できれば好かれていたいですから」

シーツに広がる銀色の髪を一房だけ手にした彼は、そっとそこにくちづけた。

男慣れしていないアレシアが、その仕草に平静でいられるわけがない。彼が黒く長いまつげをゆっくり持ち上げ、見つめてくるからなおさらだ。

「わたしは……あなたを嫌ったりしないわ」

鼓動が早鐘を打ち、声は哀れに震えた。アレシアは、こくりと唾をのみこんだ。

「約束してくださいますか」

「ええ、約束するわ。絶対に嫌わないって」

身じろぎをしたルカは、アレシアを腕に包んだ。ひたりと合わさる身体に、アレシアの頬はかっかと燃える。もう、心臓が壊れそうでだめだと思った。息さえできない。

「安心しました。ぼくは心をゆるせる者がいません。ですから、あなたと心をゆるしあいたいと思っています」

「……信じられる人がいないということ？」

「ええ。生まれたときからひとりも」

アレシアには兄や文通相手のジルがいる。けれど彼にはそんな相手がいないのか。

彼は十九歳だ。生まれたときから十九年、たったのひとりもいないなんて。

想像すると、底知れぬ孤独を感じた。

「相手は、わたしでいいの？　本当に？　でも……わたしはもうじき嫁いでしまうわ」

「あなたがいい」

ルカを見ていると、こみ上げてくるものがある。彼の望みが嬉しいと思った。

「わかったわ。わたしは、あなたに心をゆるします」

彼の放つ芳香に包まれながら、アレシアは、若いながらも医師をしている彼の立場を考える。口ぶりや上質な衣装からすれば、没落した家はもう立て直しているのだろう。並大抵の苦労や努力ではできない芸当だ。

「……いままで、大変だった？」

ルカはなにも言わずに微笑んで、アレシアの額にくちづけた。おそらく彼は、苦労や愚痴を語らない人なのだ。

「ルカ、あなたのこれまでの努力に敬意を」

額に押し当てられていた彼の唇が、少しずつ下りてきて、鼻の頭にかすかに触れた。アレシアが顎を引けば、追いかけるように彼が近づき、そっと唇が熱を持つ。

「……どうして、キスをするの？」

「いやですか？　あなたに心をゆるしている証なのですが」

もう一度唇を塞がれて、アレシアは「だめよ」と首を横に振る。

「ぼくはあなたを治し、あらゆる厄災《やくさい》から守ります。この命をかけましょう。あなたはそ

んなぼくを嫌わず、好きでいてください。それがぼくの望む関係です」

「でも、キスをされたらわたし、あなたを意識してしまうわ。恋をしたらどうするの？」

恋は夫としようと決めていた。だから困る。

「あなたを嫌わないし、好きでいるわ。でも……わたしには婚約者が」

アレシアの唇に短く息が吹きかかる。彼が笑ったからだ。

「ぼくたちはすでに何度もキスをしています。キスは唇をつける行為にすぎない。ですが、心をゆるしあっているような気になりませんか？　少なくともぼくはそう感じています」

確かに、アレシアは水や薬を口移しでルカに与えられているから、彼とキスをする関係だ。それに、彼のやわらかな感触は、いやなものだと思わない。むしろ、気持ちがよくて好きだと思う。水や薬を飲むとき、口のなかまで優しく撫でてくれるから。

まどろむように、アレシアが目をとろりとさせたときだった。彼は頬をすり寄せながら尋ねてきた。

「それで、なぜ先ほど拗ねていたのですか？」

「だって……あなたが思った以上に素敵だったから」

「それが理由？　あなた好みの容姿だとうぬぼれてもいいのでしょうか」

アレシアは言葉に詰まり、それには答えないでいた。彼に心をゆるすといっても、見惚《みと》れていたとは言いたくない。これからアモローゾに嫁がなければならないのだから。

「わたしは裸だったのに……あなたは服を着ていたわ。そんなの、恥ずかしいじゃない」

「ぼくも服を脱げばあなたの気持ちはおさまりますか？」

「そういう問題ではないの。あなたは……その、わたしの…こ、…股間を……。わたしは必死だったのに、あなたはとても涼しげだったから……そんなあなたにどう向き合えばいいのかわからなかったの。いまもわからないわ。とても汚い場所なのに」

緑の瞳を潤ませれば、ルカに涙を吸われた。彼は「汚くなどないですよ、見惚れるくらいに綺麗です」と言いながら、もう片方の目にくちづける。

「泣かないでアレシア、あれは治療です。説明したはずですが」

「わかっているわ。でも戸惑っているの。だって、あんなところを吸うなんて。それにあの感覚は怖いわ。自分じゃないみたいにおかしくなってしまうもの。変な声もいやなの。いまのあなたにもどうしていいのか……距離が近いから。男性に慣れていないの」

「性別でくるのはやめませんか？」

意味がわからなくて首を傾げると、「男女の垣根《かきね》なく、ぼくたちは心をゆるしあう仲。それでいいではないですか」とささやかれる。

「アレシア、あの感覚がないと毒を出せないのはわかっていますね？」

たどたどしく頷くと、ルカは言葉を続けた。

「おかしくなるのは普通のことです。あなたは変な声と言いますが、かわいらしいですよ。それに、あなたの声がぼくの治療の目安になっています。だから恥ずかしがらないで」

アレシアは、間近にいる彼のまつげが伏せられてゆくさまを見て、キスがくるのだと思った。再び彼の熱が唇にのせられたとき、逃げずにそれを受けた。

「……キスは悪いことではないの？」

「ええ、悪いことではありません。ぼくたちのような心をゆるしあう間柄ではごく自然のことです」

「自然なこと……？　婚約者がいても？」

「それは関係がない。ぼくは心をゆるしあえて嬉しいですよ。あなたはどうですか？」

彼の声色は不思議だ。じくじくとした罪悪感が消えていく。

「わたしも、嬉しいわ」


アレシアがルカを目で追うようになるのはすぐだった。ことあるごとに彼はキスをしてくるし、意識しないのはむずかしい。もう、彼しか見えない状態だった。なにせずっと彼と部屋にふたりきり。微笑まれると、胸がどくんと飛び跳ね、苦しくなった。

眠りから覚めれば、彼は大抵本を読んでいて、その優美な横顔は研ぎ澄まされて素敵だと知った。薬を作る横顔もアレシアの食事を支度する横顔も同じくらい素敵だ。どんなことでも真剣に取り組む彼には好感しか抱けない。

薬も食事も口移しだから、近づく彼の唇をどきどきしながら受けていた。

口角がきゅっと上がって綺麗な形だ。その彼と、唇同士が隙間なく重なる。

「上手に噛んで飲みこめるようになりましたね。食事の口移しはこれで卒業です。顎は使わなければなりません。最初は大変でもしっかり咀嚼《そしゃく》してくださいね」

喜ばないといけないことなのに、さみしく思ってしまうのはどうしてだろう。

「順調に成果が出ていますよ。あなたが素直に治療を受けてくださるから治りも早い」

アレシアは「本当？」と、もじもじと毛布をいじくった。

「ありがとう、ルカ。いつも……お世話をしてくれて。食事もおいしいわ」

「お口に合うようでなによりです」

彼はアレシアの膝に手を差し入れ、軽々と抱き上げる。シーツを整えてくれるとき、服を着せてくれるとき、湯浴みをさせてくれるとき、彼はまさに恋物語に出てくる王子さまのようにアレシアを抱き上げてくれる。

身体が動かないから仕方のないことだとしても、やはり心に響くものがある。

ルカを見つめていると、彼のことが知りたくなった。

「ルカはどのような幼少期を過ごしたの？」

「いたって平凡です……と言いたいところですが、そうとも言えませんね。言ったでしょう？　ぼくの家は父の代で没落していますので、それは貧しい暮らしぶりでした」

アレシアは、自分の考えなしの質問に落ちこんだ。過去を聞けば、彼はいい気はしないだろう。わざわざ過去の苦労をほじくり返す結果になるのだから。

「ごめんなさい」

「謝らなくていいのですよ。つまらないぼくの過去よりもあなたの過去が知りたいです」

「わたしの過去のほうがつまらないわ。聞く価値はないもの」

「価値はありますよ。ぜひ聞きたいですね」

こちらを射るようなまなざしに、アレシアはふさりとまつげを伏せた。顔が熱い。

「たまに……お兄さまとアイアスが遊んでくれたわ。男の子がふたりだから、かけっこをしたりポニーに乗ったり。けれど、大半はピエルといっしょに部屋のなかにいたの。日焼けを禁じられていたし、そばかすができるからって。自分で言うのもおかしいけれど、わたしが世間知らずなのは人と関わっていないからではないかしら。だから、できれば人と関わりたいと思っているの。……わたしね、ルカと関われて幸せよ」

アレシアはどさくさに紛れて聞きたかった言葉を付け足した。

「ねえ、ルカ。恋人はいるの？　もしくはいたことはある？」

アレシアの化粧着にりぼんを結った彼は首を傾げる。

「さあ？　どうでしょうね」

――こんなに素敵な人だもの、婦人は放っておかないわ。

顔をうつむけると、彼の唇が額に降りた。

彼の瞳は穏やかだ。

彼の恋人を想像すれば、胸にちくりと痛みを覚えた。

三章

アレシアは一日のうちの七割がた眠りのなかにいる。しかしながら、起きている時間もまどろんでいるのが大半だ。

寝返りは打てるし、腕も動かせる。けれど起き上がるのはまだ無理だった。

ぎゅっ、ぎゅっ、と規則的な音が聞こえ、うっすらと目を開ける。寝ぼけまなこの彼女はとりとめもなく声を発した。

「……メロンの匂いがしたわ……近くに、あるの？」

ぼやけて見える人影がこちらを向くのがわかった。漆黒の髪をしているからルカだ。

「メロン？　ないですよ。夢で見たのでしょうか」

「そうね。どうしてそんな夢を見たのかしら。でも、前にも……」

アレシアはふわふわと視線をさまよわせる。匂いのもとを探したけれど、もう感じることはなかった。

いまだにぎい、ぎいと音がして、アレシアは何度もまたたいた。

「なにをしているの？」

「ハーブの根をすりつぶしています。薬を作っているのですよ」

記憶をたどってみると、ルカはひまさえあれば薬を作っているのに気がついた。ようやく視界が開けて彼をじっと見つめる。

「たくさん作ってくれているのね」

「人とは順応する生き物ですから、同じ薬ばかりでは効きづらくなるのです」

「わたしのために苦労をかけているのね。ありがとう」

「ぼくに礼など不要です。自ら進んでここにいますので」

彼の言葉はアレシアの心を引き上げる。嬉しくて顔がほころんだ。

「薬って奥が深いのね」

「薬というよりも人そのものが神秘です。体質の変化により妙薬だった薬があくる日には毒に成り代わるときもある。逆もまた然りです。薬には正解や完璧はありませんから理想に近づけるための努力を怠っては満足のいく効果は得られません」

言いながら寄ってきた彼は、アレシアの背に手を差し入れ、自身の身体に寄りかからせた。そのとき下腹にじくんとしたしびれを感じて身じろぎすると、彼が覗きこんできた。

「あなたが寝ている間に治療をしたのですが、痛みはありますか？」

「えっ……治療を……？　痛みはないけれど……」

戸惑いを隠せず、目が泳いでしまう。当然、心当たりはない。

意識をすれば敏感な部分が淫靡《いんび》にうずき、アレシアは唇を引き結ぶ。

「それはよかった。あなたは狭すぎますからハーブでほぐして少しだけ穴を広げたのです。痛みが出ないように気をつけてはいたのですが、安心しました」

途端、頬に朱が走り、アレシアはもごもごと口を動かした。

――穴を……広げたですって……？

どうして広げるのかと思ったけれど言えない。口にできない恥ずかしい箇所だ。治療だとわかっていても、彼の顔が見られなくなる。そんなアレシアを尻目にルカは微笑んだ。

「薬の時間ですよ。さあ、上を向いて」

指示どおりにアレシアは顎を上げたが、動作はぎこちなく、唇はわなないた。

「あの……ルカ。わたしが眠っている間の報告はもうしないで」

「それは、報告せずともすべてをお任せしていただけると解釈してもいいのでしょうか」

アレシアは一旦思いをめぐらせたが、起きているときの治療だけでも恥ずかしいのに、寝ているときのことまで把握したくないと思った。いっそ、知らないままがいい。

「だって、恥ずかしいことには変わりがないもの。だったら、ルカに任せるわ」

すると、ルカの目が意味深長な光を孕む。

「わかりました。では薬を」

おずおずと、緑の瞳で杯を傾けた彼の行動を追いかける。ルカは半分程度薬を飲みこんで、残りを口に含むと、アレシアの唇にぴたりと重ねた。甘い味が流れこむ。

アレシアの喉がこくりと動く。そのさなか、彼の舌が侵入し、口蓋《こうがい》をくすぐった。

「あなたがはっきり目覚めるまでこうしています。絡めてみて」

アレシアは、素直にちろちろとルカの舌に自身のそれを絡めたが、すぐに顔を背けた。身体は燃えるように熱かった。

「もうとっくに起きているわ。……いまの薬はなに？　あなたも飲んでいたわね」

「シーホーリーにクローヴジリフラワー、ビショップスウィード、アーティチョークなどを調合し、それらを葡萄酒で煎《せん》じました。蜂蜜で整えたのでおいしいでしょう？」

「おいしかったけれど……」

ふいにおかしくなって、アレシアは小刻みに肩を揺らした。

「もしかして、あなたはおいしかったから我慢できずに飲んじゃったの？　つまみぐい？」

「そうですね、甘いものが好きなので。毎回つまみぐいをしてしまうかもしれません」

「薬のつまみぐいだなんて……ルカったら、意外に子どもっぽいところがあるのね」

怜悧《れいり》な彼の眉がすっと持ち上がる。

「子どもっぽいなどと、かわいらしいあなたに言われると複雑です」

ルカに背を支えられ、再び寝台に横になったアレシアは首を傾げた。

「気を悪くしたかしら？」

「まさか。そんなはずがありません。ところであなたに手紙が届いていますが読みあげますか？　ジルという方からです」

「ジルから？　いいえ、読まなくてもいいわ。いまの状態では返事を書けないのだもの」

金のペーパーナイフで封を開けようとしていたルカは、黒い箱に手紙を仕舞った。

「古くからの友人だそうですね」

「そうよ、友だちなの。この塔では外の世界を知れないでしょう？　でもその代わりにお兄さまとジルが教えてくれるのよ。いまは特に庶民の生活に興味があるの。彼らが恋物語を書くのだと知ったから。……ねえ、ルカ。お願い、窓辺に連れて行ってほしいの」

快く引き受けてくれたルカに抱き上げられて、アレシアは彼の首に手を回す。窓から吹きこむ風に髪がなぶられ乱れたけれど、心地いいと思った。ルカの髪も同じように乱れ、胸の奥に火が灯る。彼と時間を共有している――そう強く実感できて楽しくなった。

黒いレースの布の向こうには、病になる前までよく眺めていた景色が今日も変わらず広がっていた。なだらかに弧を描く山々の稜線や緑豊かな大地、澄んだ空に心が洗われる。

「その顔、あなたは外がお好きなようですね」

「ええ、好きよ。空に森に川に、それに見て？　庶民の地区は賑やかなの。赤や黄色や青、緑……色がたくさん。あれはなにかしらって、想像するとわくわくするわ」

「あの地区は、雑多で統一感がないと忌み嫌う貴族が多いのですが、王女のあなたは好ましく感じるのですね。それは、この城ではあまり色を見かけないからでしょうか」

アレシアは彼に視線を移した。すると銀色の瞳がすうと細まる。

「ルカは目を細めるのがくせなのね。よく細めているもの」

「それは気がつきませんでした。ぼくを見てくれているのですね」

ルカの額がこつりとアレシアの額につけられた。息づかいを感じてどきどきする。

「アレシア、あなたがた王族は黒を、貴族は白を着て、召し使いは灰色を着る。この城で出会う色らしい色は食事や飲み物、もしくは本くらいです。ですがあなたの本質は単調な色彩よりも多彩な色を好んでいる。なのに、あなたには黒以外はゆるされないのですね」

窓の側の椅子に腰掛けたルカは、アレシアを膝の上にのせた。

「黒以外のドレスを着たいと思ったことはありませんか？」

幼少のころに行ったアモローゾで見た令嬢たちは、色とりどりのドレスを纏っていた。綺麗でかわいらしくて、うらやましいと思ったけれど、考えても仕方のないことだった。

「わたしはアルドの王女ですもの、黒は当然だから……。でも、アモローゾに嫁げばもう黒いドレスは着なくなるわね」

黒を纏わなくなる――それは差し支えないはずなのに胸がきりきり痛んだ。ルカとの別れを意味しているからだ。まだ出会って間もない彼と離れがたいなんてどうかしている。

知らず彼の衣装を握れば、その手の上にひんやりとした手が重なった。

「……ねえルカ、外の様子を教えてくれる？　あなたは城に来る前はどこにいたの？」

「遊学していました。ひとつのところに留まっていられない性分ですので、いろんな国に行きましたよ。異国の本にも興味がありましたからね。学ぶことは多い」

おそらくルカは、アレシアが治ればまた様々な国を旅するのだろう。

視線が自然と下がってしまう。連れて行ってほしいと思うけれど言えない。絶対に。

「あとはそうですね、この国にいるときにはヴェレッティの治療院にいました」

ヴェレッティの治療院は、阿片《あへん》に依存する者の治療をする施設だ。兄のロベルトは国じゅうに阿片が蔓延《まんえん》していることを危惧していて、昨年より後援している。

「阿片はとてもひどいことになると聞いたわ。正気を保てなくなるのでしょう？」

「依存すればひどい症状が出ますが、医術でもよく用いるものなのですよ。睡眠障害がある方には阿片チンキを処方しますし、鎮痛薬や咳止めにもなります。ですが常用はいけません。ひとたび依存に陥れば廃人になり、治療は壮絶です。ああ、あなたには使用しないのでご安心を。ぼくは阿片に懐疑的なのです。あなたに処方する薬はまずぼくの身体で試してから使っています。あなたに危険なものを服用させるわけにはいきませんからね」

彼に守られているような気がして、心がふわふわ躍《おど》った。アレシアが顎を上げると、こちらを見つめる彼の顔が近づいて、ふに、とやわらかな唇が押し当たる。やわやわと唇を食まれて胸が破裂しそうだった。彼はまるでそうすることが普通であるかのようだった。

「庶民の生活が知りたいのでしょう？　ぼくが知っていることであればお話ししますが」

目をうっとりさせたアレシアは、吐息まじりに「ぜひ聞きたいわ」と言った。

ルカの話は淡々とはじまった。

民は、朝は陽が昇ると同時に動き出し、沈めば早々に眠りにつく。夜、街は早い時間に真っ暗闇になるらしい。彼らはほぼ太陽とともに生活する。火を用いて長い夜を過ごせるのは裕福な者たちのみであり、ろうそくは高級品で、あまり使えないとのことだった。

大人は生活のために一日中働いており、子どもは学校に行くそうだ。皆、将来は王宮や貴族のもとで働くのを夢見ている。しかし、選ばれるのはほんの一握りに限られる。

「召し使いは選ばれた人たちなのね。どうりで優秀なはずだわ」

「そうですね。その前に学校に通える者からして限られています。庶民のなかでおよそ五割といったところでしょうか。それも長子のみの家が多い。貧乏な者は通えません」

だんだん申し訳ない思いが湧いてきて、アレシアは煌々《こうこう》と灯る燭台《しょくだい》に目をやった。

「ルカ、この部屋の火を消してちょうだい。こんなに明るいのですもの、必要ないわ」

ろうそく一本でも自分の代わりに誰かが使えるといいと思っての発言だった。が、ルカはおかしそうに口の端を引き上げる。

「なにを言い出すかと思ったら。あなたが節約しようと庶民の現状はなにも変わりませんよ。むしろあなたは贅沢《ぜいたく》しなければならない立場です。なぜだかわかりますか？」

わからないと正直に首を振れば、彼は続ける。

「極端な話、あなたが物を使えば需要が生まれて仕事が増えます。〝アレシア王女のお気に入り〟これひとつで経済が動くのです。あなたがろうそくを灯すから作る者がいる。庶民の糧となるのです。あなたは変わる必要はないですし、慎《つつ》ましやかすぎるほどですよ。貴族のほうがよほど贅沢をしていますから。階級それぞれに皆、役割があるのです」

ルカはアレシアの身体を抱え直すと椅子から立ち上がる。

「庶民の地区が多彩なのは彼らが商売をしているからです。目立つほうが目に留まるでしょう？　夜が明ければ新鮮なミルクを売る娘が声をあげます。庶民の朝は早いですからね。パンが焼ける匂いが街に漂います。肉や野菜、魚、チーズ、様々なものが市場に並び、彼らは日銭を稼ぐのです。また、買う者もいる。朝から蜂蜜酒《ミード》を飲む荒くれ者もいますし、雑多で賑やかです。宵に火が灯るのは、酒場や宿くらいですね」

アレシアは緑の瞳をきらきらさせた。

「恋物語で読んだわ。市場に行きたいし、蜂蜜酒も飲んでみたいって思ったの」

「ご興味があるのですね。いつか連れて行きますよ。ですが、酒は禁止です」

アレシアが元気に頷くころには寝台にたどり着く。

「炎にたとえれば階級の違いがわかりやすいかと。王侯貴族は外敵も多く、安楽とは無縁です。嘘と欺瞞《ぎまん》に満ちていますし、いつ蹴落とされるかわからない。家に縛られ自由はない。しかし生活は贅を極めて華やかです。一方、庶民は特権はないですが、生活にあまり変化はありません。貧しくとも敵はないに等しい。なにより自由だ。――太く短く鮮やかに燃えさかるのか、細く長くささやかにくすぶるのか。どちらが幸せなのでしょうね」

ルカはアレシアを寝台に横たえると、すぐ傍にぎしりと音を立てて座った。

アレシアがどきどきして見上げれば、彼の指がこちらに伸びて、銀色の髪に絡まった。

「ルカはどちらが幸せだと思うの？」

「わかりません。ですが、ぼくは特段父の跡を継ぎたいなどとは思っていなかった。なぜなら貴族にも自分にも興味がなかったからです。けれど、過去のあなたがぼくに名前を問いました。捨てようとしていたその名を答えたときに、爵位を継ぐと決めたのです」

「それは、六年前？　わたしがきっかけなの？」

「そうですよ。あなたがいるから、いま、ぼくはここにいます」

喜びたいのに喜べない。アレシアは、胸を苛む痛みに息を吐く。

これほどまで言ってくれるのに、彼を覚えていないのだ。ごめんなさいと言いかければ、彼の人差し指が遮った。

「いつかあなたにお見せしたいものがあります」

「市場ではなくて？」

「ええ、水色の小さな城です。湖畔《こはん》にひっそり佇《たたず》む城なのですが、木々に囲まれていて、たくさんの花が咲いています。景色を含めて城ごと幻想的なので気に入ると思いますよ」

「水色のお城？　素敵ね。でも、この国ではないわよね。聞いたことがないもの」

「そうですね、遠い異国の城です」

彼とその城を見ることは叶わないだろう。アレシアに自由はない。けれどルカの言葉に感極まって、じわじわと視界がにじむ。言ってくれただけでも嬉しいと思った。

「必ずあなたにお見せしますよ。そのときは、黒以外のドレスを用意します」

溜まっていた涙が頬を伝った。

「これから少し席を外しますが、おとなしく眠っていてくださいね。いま、湯を冷ましていますから、ぼくが戻れば湯浴みをして、それから治療をはじめます」

「また、ルカの前でたくさん果てるのね」

身体を縮こまらせると彼の手が近づいて、頬をそっとかすめる。艶《なま》めかしく裏返り、甲がそこに当てられた。じっと見つめられ、胸がはじけそうなほどに高鳴る。光を受ける銀の瞳は、きっと、どんな宝石よりも価値を持っている。

「嫌ですか？　あなたの声はいつも気持ちよさそうなので気に入ってくれているのかと」

アレシアはくしゅくしゅと毛布をたぐり、口もとを隠してつぶやいた。

「治療なのに……気持ちがよすぎるから困るの」

「恥じらうあなたはかわいらしいですね。くせになります」

頬をりんごのように赤くして唇を尖らせると、ルカに鼻先をつつかれた。

「嫌だとか、だめだとか言って、ぼくを拒否していたのは最初のころだけでしたね。ぼくに慣れてくれて嬉しいですよ」

ルカはすかさず屈むと、アレシアの唇に触れるだけのキスをした。

「ですが、もっと慣れてくださいね」

＊　＊　＊

アレシアの居室から一歩外に出たルカの面ざしは、たちまち冷淡に変わっていた。とはいえ、これがジャン・ルカの本質といっていい。

白い衣装を彩る金のボタンや宝石は、偽物でごまかす貴族もいるなか、彼のものは本物だ。没落し、かつて食事すらろくにとれずにいた少年は、莫大《ばくだい》な財を手に入れていた。

この世にたったひとつだけ、ほしいものがあるからだ。

城塔から出て黒曜石の床を踏む。かすかに人の気配を感じて、前を見据えた。

「気づいていますよ。出てきてください。出てこなければこちらから行きますが」

黒い柱に隠れている者が動こうとしないので、ルカは靴の先をそちらに向けた。

「いまは王の目も誰の目も耳もない。ぼくたちはふたりきりだ。出てきても問題はないでしょう。ねえ？　デリアさん」

名を告げられて観念したらしい。召し使いの女はそろそろと柱から顔を出した。

「どうして……」

「あまりアレシア王女に近づかないほうがいいのでは？　あなたが飲ませ続けた薬で病に倒れたのですから。事実が明るみに出たとき、王はあなたをゆるすだろうか」

デリアはくやしさをにじませて、ぐっと下唇を嚙み締めた。

「それはあなたにも言えることでしょう。毒師ルテリ、あなたが作った薬で王女はっ」

彼が意に介さず肩をすくめると、デリアは言葉を重ねた。

「ルテリさん、話が違います。あなたは使用からひと月後、自然に近い形で対象者を亡き者にできると言ったではありませんか。私の主は激怒しています。問いただせと命じられました。明日、あなたの店を訪ねようとしていたのに……なのに、庶民のあなたがどうして王城にいるのです？　この丘に通じる橋は渡れないはずでは？　それに、その衣装は」

ルカはわざと腰に手を当て、「さあ？　なぜでしょう」と豪奢な貴族の白をひけらかす。

「デリアさん。あなたが城塔に続く回廊にいるのは、主の命でアレシア王女を仕留めに行くからですか？　その懐《ふところ》のナイフで、まずは傍に控える専属医師を刺し、アレシア王女を刺すつもりですか？　人を殺めるには存外力がいりますよ。死体を片すおつもりならばなおさらだ。それに、医師は男です。力で敵うと思いますか？」

彼からただならぬ気配を感じたからだろうか、デリアはじりじり後退る。

「そもそもナイフで刺すとは無粋だ。刃も傷むし、そこかしこが血で汚れますからね。人間に、どれほど血が詰まっているのか、愚かなあなたは想像もできないでしょう」

物騒なルカのつぶやきに、デリアはかたかたと身を震わせた。彼の表情が変わらないから余計に不気味に見えるのだろう。

「あなたの主が激怒しようがぼくはどうでもいい。些細でくだらないことだ。――こんな話を知っていますか？　〝毒師ルテリの素顔を知る者はいない〟……さて、どうして知る者がいないのでしょうね。あなたは知っているというのに」

デリアが息をのむ間に、ルカは音もなく距離を詰めていた。彼は女の顔に、ぬっと顔を寄せる。鼻先が触れる寸前だ。

「その顔。以前はぼくに見惚れて、いかにも抱いてほしそうでしたが。いまは、怖い？」

デリアの恐怖を、ぎらつく銀の瞳で読みとりながら、口の端を持ち上げる。

「あなたはぼくにとってはただの駒《こま》だった。あなたの主ごとね」

目を見開くデリアの瞳に、ルカの酷薄《こくはく》な笑みが映った。

「役に立ってくれて〝ありがとう〟と言っておきます。おかげでおもしろいほど円滑《えんかつ》に事が運びました。いまのぼくは気分がいい。なので、苦痛は控えめにしてあげます」

及び腰になるデリアが逃げを打つ瞬間、笑みは深まった。

〝手慣れている……〟

デリアがそう思った刹那、その目にはなにも映らなくなった。

なにかがどさりと落ちる音が、黒い回廊に響いた。


「陛下、バレストリ伯爵、ジャン・ルカです。お呼びに従い参りました」

回廊を抜けて王の居所にたどり着き、重厚な扉を叩いて告げれば、すぐに「入れ」と威圧感を伴う声がした。執務室ではなく私的な部屋に通されるのは異例のことだ。

けれど彼は知っていた。これまで度々同じような状況に遭遇《そうぐう》していたからだった。

命じられるがまま扉を開ければ、想像どおりの狂乱がそこにあった。

黒く大きなシャンデリア。その下には翼を広げた鷹《たか》を象《かたど》った黒い椅子。そこに、堂々と脚を開いて座る王の股間に、年端もいかぬ小姓《ペイジ》が顔を埋めていた。奥の寝台では、別の小姓が、あられもない姿で横になっている。

香炉からは煙がたゆたい、辺りを白く霞ませていた。もったりとした生々しい匂いのなかで、ルカは飄々《ひょうひょう》と王の前に進み出る。

王は、淫蕩《いんとう》にふけりながらも、まっすぐこちらを見据えていた。

「座るがよい」

ルカは行為を気にとめるでもなく、王の手が示す長椅子に腰掛けた。

権力の頂点に立つ者は、己の欲望に忠実な者が大半だ。例にもれず、アルド王もそうだった。男も女も見境なしだ。

王の粘着質な視線が身体にまとわりついてくる。

「伯爵、そなたは美しいな」

その言葉には別の意味がこめられている。つまり、〝今宵名誉を与える〟というわけだ。

貴族のなかには、なりふり構わず王に抱かれて地位を確立する者もいる。しかし、ルカには王の覚えなどごみに等しく価値はない。

「せっかくですが陛下、アレシア王女は予断をゆるさぬ状態です。お傍を離れるわけにはまいりません」

王は恍惚《こうこつ》とした表情で顎を持ち上げた。

「余のアレシアはどうしている。そなたは必ず救うと言ったが」

「時々は目を開けられますが、このひと月の間生死の境をさまよっておられたのです。まだ話せる状態にありません。できれば治療に専念させてください」

「そなたの治療は門外不出であったな。深くは問うまい。死なせればわかっておろう？」

「ぼくの明日はアレシア王女の命とともにあると理解しています」

王はだしぬけに、くっ、とうめいた。跪《ひざまず》いた小姓の肩が揺れている。達しているのだ。その間も、王は情欲をたたえた瞳でルカを見つめたままだった。

ルカは涼しげに、それを見返した。

「ふてぶてしい顔だな。その表情を熱く崩してみたいものだ」

「ご期待に沿えますかどうか。ぼくはあらゆる感情や感覚が薄いようですから」

「アレシアは良き娘であろう。余の亡き妃、ルクレツィアに年々似てくる。そなたは医師だ。あれの身体を見たはずだが……どうだ、男の部分がうずかぬか」

「先日も申し上げましたが、ぼくはご婦人に興味はありません。患者の病魔を払うことこそ使命と考えます。そもそも陛下。ぼくが婦人に興味があれば、いまの王女との状況をおゆるしいただけるとは思えませんが。なにせ、若い男女が密室に詰めているのですから」

王はくくくと喉を鳴らした。

「聡《さと》いな。そなたは余の思いを察するか。いいだろう、アレシアのもとに戻るがよい。よく尽くし、早くあれを全快させよ。余はもう待ちきれぬ」

それは娘に対するものではなく、女に欲心している男の目だ。

恭しく一礼したのち、ルカはきびすを返して扉に向かった。背後からは、「四つ這いになれ」と命じられた小姓の、か細い叫びが聞こえてきた。

四章

『この城は狂っている』

　ふと、兄ロベルトの横顔を思い出す。それは彼が白いふくろうを飼いはじめた時期に、小さく聞こえたひとりごとだ。

　アレシアは、まだ見ぬジネヴラと彼らの子を思った。

　兄が抱えるものを思うと苦しい。でも兄は、それ以上のことを背負っている気さえする。

　アレシアたちの母は九年前に亡くなった。母は、つい先ほどまで元気だったのに気づいたときには寝台で目を閉じ、冷たくなっていた。アレシアは、『おかあさま』と言いながら、まぶたをこじ開けようとしたけれど、兄に止められた。『二度とあの瞳は見られないのだよ』と、兄は涙をこらえながら言った。

『どうして、おかあさまは……』

『どうしてだろうね。私も聞きたい』

　小さな手は、少しだけ大きな手に包まれた。兄のぬくもりに心を支えられていた。

『アレシア、私たちは母上の言葉を忘れないようにしよう』

生前、母はこう言った。〝人に優しくなさい。あなたたちの言葉は重いのです。もしも死ねと言おうものなら相手はたやすく殺されます。それほど重いの。言葉に責任を持ちなさい。あなたたちに逆らえる者はいません。だからこそ、意識して優しくなるのです〟

涙をこぼしたアレシアが頷くと、兄はつぶやきにもならない声で言った。

『けれど、この狂った城ではむずかしいかもしれない』

〝狂った城〟

九年前は意味がわからなかったが、いまは知っている。

——そうね、狂っているわ。


突如、刺激を感じてアレシアは息をのむ。はっと見開いた緑の瞳に漆黒が映った。

シャンデリア。黒い、いつもの天井だ。城塔の——。

思わず甘い声が口からこぼれて、そんな自分に驚いた。手の甲を押し当てても、艶めかしい声は漏れてしまう。アレシアは、夢うつつの状態で、いや、いや、と首を振る。

胸を触《さわ》られているのだと思った。ぐっと頭を起こせば、銀の瞳と目があった。

その目がすうと細まって、形の良い唇が胸先に落とされる。ちゅう、と頂が変形するほど激しく吸われ、アレシアは顔をしかめた。

「あっ」

「アレシア、治療をはじめていますよ」

　これまで何度も治療が行われているが、ルカが胸に触れてくるのは初めてだった。

　その視線はじっとこちらを向いたまま。息づかいを肌で感じる。

　鼓動が暴れておさまりがつかず、空気を求めて喘いでいると、彼は胸を解放した。ぷるっと薄薔薇《ばら》色の先が震える。

「……胸は、関係ないわ。こんなの……治療じゃない」

　胸への感覚がやけに生々しく感じられ、ひどく恥ずかしくなっていた。話す間も彼が舌で突起をもてあそぶから余計に。心なしかいつもと形が違うような気もする。

「治療ですよ。あなたが気持ちよくなれる場所ですから毒素がよく出ます」

　続いて「そうでしょう？」と、ぴんと頂を弾かれ、刺激が走った。

「あっ！　……でもルカ」

　甘噛みされて、快感に腰が浮けば、その下にルカの腕が回された。ぎゅうと身体が密着する。彼の服はひんやりしていた。全身でそれを感じ、自分は裸なのだと気づく。

「どうして、また裸……」

「綺麗ですよ」

　言葉の途中で彼の手が秘部をまさぐり、くちゅとあわいを撫でさする。膣に指を入れられて、軽くこすったあと抜くと、それを目の前にかざされた。二本の指はろうそくの明かりでぬらぬら光り、彼がぱっくり指を開けば、きらきらした糸でつながった。

以前は彼の小指だけでも痛かったのに、いまは、二本の指が抵抗なく入ってしまっていても気づかなかった。それよりも彼の指にまとわりつく液に視線は釘づけだった。

「やだ……。恥ずかしいから見せないで」

とろりと垂《た》れるしずくに艶めかしく舌を這わせた彼は、蕩けるように笑った。

「あなたが胸で気持ちよくなった証です」

「そんなこと、言わないで。……でも、あの……待って」

「どうかしましたか？」

「ルカ。あなたはわたしの毒を吸い出してくれているでしょう？　でも、舐める必要はないと思うわ。だって、毒があなたの身体にさらに入ってしまうから」

言い切る前にルカにくちづけされて、アレシアが咎めるように唇を引き結ぶと、彼はまた角度を変えてキスをした。ただでさえ火照っていたのに、さらに身体がぐつぐつ沸いた。

「ルカ、ちゃんと聞いて。あなたが心配なの。わたしの毒で身体を悪くしたら大変だわ」

ルカは肩を震わせた。笑っているのだ。そんな彼にアレシアの頬は膨らんだ。

「笑いごとではないわ。あなたが病になって倒れてしまってはどうするの？　いやよ」

「かわいい人だ」

「話を逸らさないで。……いい？　ずっと気になっていたの。あなたが倒れるくらいならわたしが倒れるわ。あなたが悪くなるくらいなら、わたしの治療などしなくていいの」

「ぼくは大丈夫ですよ。あなたの毒はぼくには効かない。それに、ぼくにとってあなたはごちそうですから」

「ごちそう？」と、アレシアは目をまるくする。

「おかしな言い方でしたね。ここだけの話ですが、あなたの体液はとても甘いのです。ぼくはシロップに目がありませんが、同じようなものなので、つい舐めてしまうのですよ」

どう答えていいのかわからずアレシアは唇をまごつかせた。まったくもって信じがたい。

「……本当に甘いの？　汚いはずよ」

「汚いはずがありません。なので、ぼくからあなたを取り上げないでくださいね」

アレシアがぎこちなく頷けば、彼がまた短く笑った。

笑ったわねと拗ねて言おうとしたけれど、一転して彼が真摯に見つめてきたからやめた。

「あなたといると、ぼくのすべての行動は無駄ではなかったと確信できます」

意味がわからなくて首をひねると、アレシアに重なったルカは、ぐったりと力を抜いた。

「……どうです、重いですか？」

なぜこうするのかわからない。胸もおなかも彼に潰されていて重いのは確かだ。けれど、むしろその重みが心地いい。

「そうね。でも不思議。重くても重く感じないの。それに、なんだか気持ちがいいわ」

「それはよかった。しばらくこうしていても？」

「いいわ」とアレシアが両手を彼の頭にのせれば、軽いくちづけのあと、頬ずりされた。

まるで大きな猫のようだと思った。

「なんだかルカに頼られているみたい」

頼られているというよりも、甘えられているというほうが正しいのかもしれない。どちらかしらと迷っていると、ふ、と肌に息がかかった。

「そうですね。ぼくはあなたを頼っているのかもしれない」

とく、とく、と彼の規則正しい鼓動を感じる。アレシアは、ルカの背中を撫でさすり、ぎゅうと抱く腕に力をこめた。

「ルカ、いつでも頼って？　こうしてあなたの重みを感じていると、わたし、役に立てているような気がするの。わたしはなにもできないから……」

アレシアは言葉を探した。いつも、いつも、澱《おり》となって胸に積もっていた思いがある。

「時々自分がちっぽけでいやになるの。いまも昔も助けてもらってばかりだから。でも、もしもいまルカを支えられているのなら、わたしにも意味があるのだと思えるわ」

ルカがゆっくりとアレシアの髪を撫でている。

「あなたには意味がありますよ。ぼくにとっては意味そのものだ」

「本当？　動けない病人なのに。迷惑しかかけていないわ」

「あなたとぼくは心をゆるしあう仲です。ぼくが頼れるのはあなただけだ」

――いいえ、頼っているのはわたしのほうよ。

彼の重さやぬくもりは、安心感や心強さにも似て、ひとりじゃないと思える。底から満ちるこの思いはなんだろう？　初めての経験で、アレシアにはわからない。

「ねえ、ルカ……いま、胸が苦しいの。あなたが重いわけではないのに苦しい。それに、なんだか泣いてしまいそう。悲しいわけではないのに。これはどうしてなのかしら」

ルカは動かず、アレシアに重なったままで言った。

「医師といっても、ぼくには知らないことがたくさんあります。人間は良くも悪くも未知の部分が多い。特に感情の部分においては。だからぼくは本を読むのですが、多くの筆者に迷いがあるのを見ると、答えはないのだと思います。だからあなたに答えられない」

アレシアが、「いいの」と言おうとしたところで、彼は言葉を続けた。

「ぼくは生きていても死んでいたような人間です。平たく言えば、食事を摂《と》ることすら面倒だと思うような。感情が希薄なせいだと思っていましたが、あるとき突き動かされるものがありました。理由を考えても答えは見つからなかった。でも意味は見つけましたよ」

ルカは身を起こし、じっと至近距離でアレシアを見つめた。

銀の瞳は光を受けてきらめいて、アレシアの胸はぎゅうとさらに締めつけられた。

「アレシア、ぼくはふさわしい答えを出せませんが、あなたの思いはわかります」

ルカはアレシアの左胸に手を置いた。

「ぼくもたまにここが苦しくなる。泣くというのはわかりませんが、こみ上げてくるものはあります。あなたと同じですね」

「わたしと、同じ……」

アレシアがじわりと涙を浮かべると、彼の唇にしずくを吸われた。右を。そして左を。

アレシアの後頭部に手を差し入れた彼は、軽く持ち上げ、唇に唇を重ねた。舌で優しく突かれて開けば、そっと彼の舌が入りこむ。遠慮がちに舌があわさり、やがてどちらからともなく吸っては強く絡めあう。くちゅ、くちゅ、と音がした。

彼とそうしていると、心は満たされ、腰の奥がじわじわしびれる。アレシアは、彼の手を取り、自身の胸に置かせた。

「ルカ……わたし、あなたに触られたいわ」

「いいのですか？　遠慮はしませんが。やめてと言ってもやめませんよ」

その言葉に恥ずかしそうにこくんと頷く。

「あの、でも、できればその……あなたも服を」

しどろもどろに言葉を紡ぐ途中、ルカは楽しげに目を細めた。

「服を、なんですか？」

彼を見ていられずにアレシアは緑の瞳を泳がせた。これ以上赤くなれないほど真っ赤になっている。

「あの……脱いでほしいの。はしたないけれど、あなたと肌をくっつけたいと思ったから。わたしも、あなたに触られるばかりではなく、触ってみたいと思ったから……」

だめ？　と怖々窺えば、彼に両手で頬を包まれた。

「だめなわけがありません。もちろん脱ぎます。ぼくはあなたのものですから」

アレシアの両側にルカが手をついたため、重みがすうっとなくなり不安を覚えた。もしかして、傲慢《ごうまん》な言い方をしてしまったかもしれない。王女の言葉に臣下は逆らえないのだ。慌てて「ルカ、違うの」と首を振り、何度も「違う」と伝える。さみしかった。

「王女として命じたのではないの。わたしはわたしとしてお願いしたのよ」

身を起こして膝立ちになった彼は、こちらを見下ろしている。

「わかっていますよ。そもそもぼくは、自らの意志でこの場にいます。あなたに触れるのもくちづけるのも、あなたのものでいるのもぼくの意志。そうしたいからです」

彼はクラヴァットにつくダイヤモンドのブローチを外し、傍机に転がした。水差しに当たる音がしてアレシアはぴくりと顎を上げる。緊張していた。鼓動は荒くなるばかりだ。

「ですが、あなたは男の本能を知りません。いま見ては幻滅してしまいます。もっとぼくに慣れてほしい。それに、すべてを脱げばぼく自身が困ったことになります」

クラヴァットを引き抜き、上衣のボタンを外す彼に問いかける。

「困ったことって？　わたし、自信を持って言えるわ。ルカには幻滅しない」

「ぼくは臆病ですから」

「臆病……？　ごめんなさい。わたし、大胆すぎるのかしら。欲の塊だわ……」

「いいえ、そうではありません。臆病とは、歯止めがきかなくなり、暴走しても止める自信がないということです。自制できないぼくの問題ですから、いまはこれだけで」

ルカはシャツを解き、上半身をあらわにした。アレシアは、思ってもみない彼の身体に息をのむ。細身だが、彫刻のような筋肉を纏っている。深々とした傷跡がところどころにあるけれど、均整がとれて綺麗だと思った。

「鍛えているのね」

「あなたを守れるくらいには」

「この傷跡は……どうしたの？　痛かった？」

おなかにある傷跡に手をのばせば、届かぬうちに手を取られ、甲に唇が落とされた。

「痛くはありませんよ。それより、ぼくのこの醜《みにく》い身体がいやではありませんか？」

アレシアは、むっと唇をすぼめた。

「いやなわけがないわ。時が戻ればいいのに。わたしが怪我から守ってあげたかった」

彼の面ざしに形容しづらい色がよぎった。アレシアにはそれがなにかはよくわからない。

「傷に触ってもいい？」

「その前に、あなたを抱きしめさせてください」

アレシアは大きな影に包まれ、ルカの肌がしっとり重なった。意識していないのに深い息が出た。筋肉のせいだろうか、彼の身体は硬い。けれど、充足感に満たされる。

腕は次第に力がこめられて、裸同士だから余計に、彼が男性なのだと鮮烈《せんれつ》に心に植えつけられた。

また、胸が痛くなり、ぎゅうと苦しくなった。

「……あたたかいし気持ちがいいわ。わたしがいま、どきどきしているのがわかる？」

「ええ、わかりますよ。ぼくにも移りそうです」

いつも涼しげで穏やかな表情を崩さない彼が、どきどきするとどうなるのだろう。

「あなたにも、わたしみたいにどきどきしてほしいわ」

それに応えるように、ルカはアレシアの唇に吸いついた。

「ん……。ルカはキスが好きなのね。……わたしも、好きなのだけれど」

「好きですよ。ずっとしていたいくらいにね」

彼と同じ思いでいるのが嬉しい。アレシアは、ルカが自分にだけそう思えばいいのにと思った。ひとり占めしたかった。もうじき国を離れるというのに。

「どうしてルカは……」

言いかけて、アレシアは口を引き結ぶ。とんでもないことを口走ってしまいそうだった。

〝どうしてルカは、アモローゾの王太子に生まれてくれなかったの？〟

身勝手な思いだ。自己嫌悪に陥るアレシアだったが、ルカが手を重ね、指をひとつひとつ絡めてきたから、悩みは霧散した。

「どうして……、ルカはそんなに素敵なの？」

小さく笑ったルカは、こちらを眩《まぶ》しげに見つめた。

「それはぼくのせりふですよ。どうしてアレシアはこんなにも素敵なのですか？」

「素敵などではないわ。あなたのほうが」

「ぼくにとって、あなたはこの世でもっとも素敵です」

ちゅ、と唇が熱を持つ。「あ」と発する間もなくもう一度。何度も何度もキスされる。

くちづけされるたびに想いは揺れて、アレシアは心がとすんと落ちたのがわかった。

ルカにならなにをされてもいいし、どんな願いも叶えたい。

同時に、嫁ぐのがひどくいやになってしまった。ルカ以外にキスできないし、触れられたくない。アモローゾを思うと泣きたくなってくる。

「……どうしよう、ルカ。あなたが素敵すぎるからよ。出会って間もないのに」

ぶわりと涙があふれ、アレシアは顔を手で覆った。指の間からしずくが伝う。

我ながら感情的になっている。頭のなかでは、ずっと何度も彼の名前を呼んでいる。

「あなたがわたしに触れるから……キスをするから、優しくするから……」

心も身体も、〝甘酸っぱい〟が広がっていた。転がりたいほどつらくて苦しい。

「ええ、すべてぼくのせいですよ。ですから」

「違うわ。あなたのせいじゃないの。わたしったら、なにを言っているのかしら」

決まっている婚約が覆るはずがない。でも、いやだった。自分に絡みつくしがらみが。

アレシアはルカにすがりついた。あまり力が入っているとはいえないけれど、精一杯の力をこめて。

「わたし……もう死んでもいいわ。病気のままがいい」

そうすれば、嫁がなくてもいいし、命がつきるまでルカの傍にいられる。

「なにを言っているのですか、あなたは死なせませんよ」

ぐすぐすと洟《はな》をすすると、目の下にこぼれる涙に舌が這わされる。

「わがままを言ってしまったわ」

「わがままのうちに入りませんが、今日はよく泣くのですね」

アレシアは、目をいっぱいまで潤ませてルカを見つめた。

「ルカ……。いまだけでいいの。しばらくわたしを抱きしめていてくれる？」

すぐにルカが抱きしめてくれて、アレシアは目を閉じる。まなじりからしずくがすじを作って落ちていく。ぽたぽたと。

「あたたかい。でも……もっと、力を入れてくれる？」

彼がぎゅうぎゅうと力をこめるほど、苦しくなるほど、アレシアの心は落ち着いた。

このとき初めて、兄のジネヴラに対する想いが理解できた気がした。立場や身分などを超え、自分ではどうにもできない焦《こ》がれる想いが。

「ルカ。わたしね」

――あなたが好きよ。

続きは声に出せなくて、アレシアは彼の頰にくちづけた。

＊　＊　＊

銀色の髪はろうそくに照らされ、豊かな光沢を放っていた。彼女のまつげはぴくりとも動くことなく、代わりに可憐な胸が上下する。先ほどまで声が嗄《か》れるほど喘いでいたのだ。

疲れきったアレシアは、淫らに膝を立て、彼に秘部を見せていた。

そこからとろりとしずくが伝えば、赤い舌で受け止める。快楽ににじむ液はあますところなく飲み干した。

アレシアの規則正しい寝息は深い眠りを伝えてくる。彼が薬を与えると、彼女の意識は深く沈む。　名前を呼んでみるが、寝息が返ってくるばかり。　彼の顔に笑みが浮かんだ。

彼はポケットから小瓶を取り出すと、指で掬い、アレシアの秘部に塗りこめた。ずぶずぶと小さな穴に指を入れ、曲げては穴をほぐしていく。

一通り終えて、下衣をくつろげれば、ぶるりとはちきれそうなものが飛び出した。

汗ばむ彼女の身体に手を這わせ、きめ細やかな肌をじっとりなぞる。

彼女の唇にむしゃぶりついて、舌を吸い、その口内をすみずみまで味わった。ぐちゅ、ぐちゅ、とあふれる唾液を、彼女の首を支えて飲ませ、そして自身も飲みこんだ。

白い肌に口をつければ、あとには赤い花が咲く。満足そうに見つめた彼は、ささやかなふたつの膨らみに手を置いた。

指の間から顔を出す、薄桃色の小さな乳首は、つんとしてルカを誘うようだった。舌を這わせてキスをする。口に含んで甘噛みすれば、彼女はかすかに身じろぎした。

けれど、眠りが解けないことを知っている。

ルカはアレシアの上に肌を滑らせ、隙間なく重なった。昂《たかぶ》った己の屹立は彼女の秘めたあわいにぴたりと添わせる。

それは彼女が眠りについたあとで、度々行う彼の秘密の戯《たわむ》れだ。ぎゅうと彼女に脚を閉じさせ、秘肉に包まれる感触に、ルカは熱い息を吐く。入れたいところは別にあるが、そこはまだ育てている最中だ。

下腹はつけたまま、上体をぐっと起こして、彼女の身体の脇に手を置いた。腰をゆっくり引いていく。そのとき、彼女の官能の芽をこするのを忘れない。動かすときは、つねに彼女への刺激を意識した。

びくんとアレシアの身体が跳ねる。善《よ》がる顔を窺った。彼は一層猛り、力強く腰を打つ。幾度か往復させたときだった。ふと、違和感を覚えて動きを止めた。

それは、天性の勘ともいえるものだ。空気の流れに耳をそばだてる。

ルカはゆっくり身体を起こした。

彼女を毛布に包み、寝台を下りたときには、つい先ほどまでの熱を消していた。彼は、アレシアに見せる姿は穏やかだが、いまは鋭利な刃物のようだった。黒髪からのぞくのは、研ぎ澄まされた厳冬とも言える銀の目だ。彼は服を身につけず、足音もなく扉へ歩く。

途中、置かれた植物の葉を無造作にちぎり、口のなかに放りこんだ。表情なくくちゃくちゃとやり、染み出た液を己の唾液に混ぜこむ。

ルカがアレシアの医師になってからというもの、彼女が回復の兆《きざ》しを見せているためか、毎夜時を変えて招かざる客が訪ねてきていた。彼はそのつど対処している。

部屋を出るなり、ルカはひたと壁に背をつけ、螺旋《らせん》階段を上ってくる気配をつぶさに追いかけた。

五感で拾った気配は二名。歩幅の様子からいずれも男だろう。一歩、一歩と寄ってくる。足もとの影が揺らいだときだった。身体をひねったルカは、背の筋肉と反動を利用し、相手の首目がけて手刀を放った。

ごき、と鈍い音がした。刹那、すでに身を屈めてもう一方の者へと迫っていた彼は、相手の足を払って落とさせ、その唇に嚙みついた。

それは一見接吻だ。裸の彼は、中性的な容姿をしている上に、おぼろな月明かりも手伝って、さながら魔性のようだった。

相手が彼を認識するころには手遅れだ。唾液まじりの猛毒は、嚙んだ傷と口内から内部を侵し、喉を焼く。

その間、わずか三秒だ。ほどなく、ルカの足もとにふたりの男が転がった。

彼らはアレシアへの刺客だ。浅黒い肌から、戦いを生業にする遠い異国の者だとわかる。

ルカはそれぞれ相手を階下に蹴り落とし、近くの窓から打ち捨てた。

敵を屠《ほふ》れば屠るほど、相手は手練《てだ》れになっていく。もはや、ルカでなければ気配を読むのは不可能だろう。

彼は赤い舌を突き出して、張りついた葉を取り出すと、くしゃりと握る。

そして何事もなかったようにきびすを返すと、涼しい顔で部屋に戻っていった。

五章

ジジへ。

体調はいかがですか？　あなたを思うと胸が張り裂けそうです。なぜ神はあなたに試練を与えたもうたのでしょう。できるならば私が代わりたい。

召し使いがあなたの傍から遠ざけられたと聞きました。なぜそのような事態になったのか。王女のあなたが付き添いもなくひとりでいるなど前代未聞です。

不自由はしていませんか？　つらくはないですか？

あなたの専属医師は信用に足る人物なのか……私は疑問を持っています。

あなたが心配です。早くあなたに会いたい。回復を心より祈っています。

ようやく手が自由になり、開いた手紙に綴《つづ》られた文字を読んだ途端、アレシアは言葉に詰まった。ジルへの返事を書こうにも、召し使いがいない理由に治療が関わっている以上、とてもではないが記せない。

――ジル、ルカに疑問を持たないで！

疑念を抱かれれば治療方法も知られかねない。絶対に秘めておきたいことなのに。

眉間にしわを寄せると、湯浴みの支度をしてくれているルカが、「むずかしい顔をしていますよ、なにが書かれていたのですか？」と聞いてくるから血が煮える。いま、頭のなかは治療でいっぱいだから、恥ずかしさが身体にぎゅうぎゅうに満ちている。

「どうしました？　顔が赤いようですが」

「いいえ、なんでもないの。あの、ジルは心配してくれているわ。……その、顔が赤いのは……あなたとの治療を思い出すとどうしてもこうなってしまうの」

「先ほどまでかわいい声をあげていましたからね。いつもよりも多く吸い出せました」

「ルカっ、お願いだからやめて……」

真っ赤な顔で耳を塞いだアレシアは、「いまから手紙を書くんだから」と、彼が寝台の上に据えてくれた小さな机に向かった。

けれど、アレシアは途中でペンを放棄する。ミミズが這ったような文字しか書けず、とてもではないが人に読ませられるものではない。ルカを仰げば、「代筆しましょうか？」と提案されたが、彼女は首を横に振る。

「いいえ、もう少し回復してから返事を書くわ。……文字には自信があるのにくやしい」

「では、湯浴みをしましょう」

彼は手際よく書きかけの手紙や机を片付けると、アレシアの化粧着を紐解いた。

ルカの手による入浴は、緊張と羞恥の連続だ。面と向かって目を見られない。彼には独自の色気があって、それにひどくあてられ、のぼせてしまうのだ。

彼は、「どうして慣れないのでしょうね」と微笑むけれど、無理を言わないでほしかった。アレシアはいつも切羽詰まった状態だ。

「ルカ、待って。本当に……皆、そんなところを剃《そ》るの……？」

大きく脚を開いて秘部を見せるアレシアは、戸惑いを隠せない。

「ええ。不要なものですからね。逆に伺いますが、これが役に立つと思いますか？」

「え？　それは…………。そうね、不要だと思うわ」

ルカは、刃を当ててさりさりと処理するときに、毎回こちらを見るから、どんな顔をしていいのか悩みは深くなる。

「……不要なのに、どうして生えるの？」

「それは眉毛が生えるのはなぜと聞いているようなものです」

「そうね……確かにわからないわ。なぜ生えるのかしら。見栄え？　でも……そこは」

そんなことを言っている間に彼は剃り終えていた。続いて指示に従い、浴槽のふちに頭をもたせかければ、彼が長い髪をくしけずる。彼は真面目で決して手抜きはしない。

アレシアは細やかな手入れをされながら、また、ルカの好きなところを見つけてしまったと思った。

好きであふれてしまえば、この気持ちはどこへ向かうのか。自分はどうなってしまうのか。いまですら、彼と離れることを思うと耐えがたいのに。

「ルカ。あのね、どうやって湯を用意してくれているの？」

気もそぞろで問いかけた言葉は、声を聞きたいだけのものだった。

「召し使いにお願いしています。ひとりで運ぶのは無理がありますからね。ぼくはその間に湯に入れるハーブを調合しています。良い香りでしょう？」

「とっても素敵な香りだわ。元気が出るような気もする」

柑橘系《かんきつけい》の匂いを嗅ぎながら、でも……と言いよどむ。

「待って。治療は門外不出なのでしょう？　いつ召し使いがここに入っているの？」

途中ではっとして、アレシアは真っ赤に染まった頬を包んだ。

「やだ、わたしったらとんでもない格好を見せているのではないかしら」

なにしろ毎回、治療のさなかに気を失ってしまっている。脚を開いた状態でだ。

「確かに、あなたが眠っている間に湯の支度をさせていますが、この部屋には誰も入室できません。ぼくひとりですよ。安心してくださいね」

胸を撫で下ろすと同時に、『ぼくひとり』という言葉に満足した。

鼻先を上げると、髪にハーブの粉をかけられる。いい匂いにはにかんだ。

「わたしったら贅沢ね。とっても優秀なルカがお世話してくれるなんて。いない生活に戻れるのか心配よ」

「ずっとお世話しますよ」

「本当？　いっしょにいられたら素敵だわ。ずっとだなんて無理とわかっているけれど」

しゅんとまつげを伏せれば、背後で空気が動いた。

「それはそうと、ぼくが専属医師になってから二週間が過ぎようとしていますね」

意外だと思った。彼と過ごす時間は濃厚で、もっと経っていると思っていたのに。

「面会の申し出があるのです。陛下、ロベルトさま、アイアスさま、イゾルデさま」

父と兄、幼なじみでもあるいとこのアイアスに、異母姉のイゾルデ。アレシアは、次々と彼らの顔を思い浮かべる。

「アイアスは、ピエルを預かってくれているのよね？」

「ええ、そうです。面会ですが、まずはイゾルデさまに会いましょう。不測の事態が起きても同性ですから、あなたの負担は少なくて済む。早速今日を予定していますが」

不測の事態として、アレシアは治療を思い浮かべるが、すぐにぎゅうと目を閉じ打ち消した。同性でも異性でも、あれを見られてしまえば、間違いなく心臓は破裂する。

「お願いよ、ルカ。お姉さまの前では絶対に治療しないで」

「なにを言うのですか、するはずがありません。門外不出ですからね」

「……そうだけれど」と、目線を下げればルカが言った。

「あなたにとって、イゾルデさまはどのような方ですか？」

「そうね、綺麗で優しい方だわ。お姉さまとは母親が違うから、お兄さまのようにずっといっしょにいられたわけではないけれど、でもそれでも、とても気遣ってくれるの」

ルカの長い手がアレシアの膝の裏に回った。濡れるのも構わずに、彼はアレシアを抱き上げて、そのまま長椅子に連れて行く。

身体を包むふかふかの布は、彼が纏う香油と同じ匂いがして、脈打つ心臓がどうにかなりそうだった。彼が途中で艶やかに黒髪をかき上げるからなおさらだ。

幸せだ。けれど、だんだんと不安が押し寄せる。

「ルカ、イゾルデお姉さまはとっても美人なの」

「そうですね。お会いしたことがありますが、確かに美しい方のようです」

やはり美しいと思っているのね、とアレシアはしょんぼりする。

イゾルデは、ルカと同じ漆黒の髪をした妖艶な女性だ。ふたりが並べば絵になるだろう。

アレシアは、自分で認めるのも癪《しゃく》だが胸も小さく子どもじみている。勝つのは無理だ。

「……ルカは、お姉さまが病気になったら……わたしのように治療するのね」

彼はアレシアに下着を着つけながら、冷淡に口の端を上げた。

「突然、なにを言い出すのですか。どうしてその思考になるのです？」

「ルカはわたしたち王族の専属医師だもの。きっと、お姉さまの毒も吸い出すのよね」

「王族の専属医師？　初耳です。ぼくは聖人君子ではありませんよ。誰にでも尽くすわけではない。それに、ぼくは医師でありながら医師ではないのです」

「どういうことなの？」

「ぼくは人を診《み》ません。あなただから診るのです」

「あなたは阿片の治療院にいたのよね？　患者を治していたのではないの？」

「解毒の研究をしていただけです。そもそも貴族は労働しないものでしょう？　ぼくもです。イゾルデさまが病になれば、ぼく以外の医師が診るでしょう。当然です。誰が病気になろうが知ったことではないですからね。アレシア、あなた以外は」

アレシアは聞きながら、自分は残酷でひどい娘だと思った。イゾルデには悪いが、ルカの言葉を嬉しく感じているからだ。

独占欲は醜い。けれど、わかっていても、おのずと抱いてしまうもの。

「……治療は、わたしだけ」

つぶやいた言葉はしっかりと拾われた。

「そうですよ、アレシアだけです。面会前にドレスを着て、髪を結い上げましょうね」

アレシアは、罪悪感を覚えてうつむいた。

召し使いを伴い、アレシアの部屋に面会に来たイゾルデは、開口一番「よかったわアレシア。わたくし、心配していたのよ」と涙をためた。こんな優しい異母姉に対して、自分ときたらなぜあんなに自分勝手でいられたのか。

アレシアはルカの服の裾をひっぱって、屈んだ彼にごく小さな声で言った。

「ルカ、お願い。お姉さまが病になったら、どうか治療をしてあげて」

彼はなにも答えず微笑むだけだったが、しかし、伝えた途端に後悔した。

——やっぱりどう考えてもだめよ。いやだわ。ルカがわたし以外にあんなことをするなんて。

毛布を握りしめた手に力がこもる。自分の浅ましさが憎らしくていやになる。けれど思いはどうにもならず、自分が扱いづらかった。

たどたどしくイゾルデに目をやると、彼女は優雅に立っていた。どこから見ても美しく、胸も張り出し官能的だ。

普段のアレシアは、ふわふわと花びらみたいに広がるドレスを着ているが、イゾルデが着るのは身体の線にぴたりと沿うドレスだ。大人っぽくて、アレシアとは正反対だ。

「アレシアが全快したときにはお祝いしなくちゃね。あなたはアモローゾに嫁ぐ支度をしていて忙しかったでしょう？　このところ、ゆっくりと話す機会がなかったですもの。わたくし、はりきって企画するわね」

「お姉さま……ありがとう」

「ありがとうはわたくしのせりふだわ。生きていてくれてありがとう、アレシア」

長いまつげを伏せた姉は、横目でちらとルカを見やった。

「バレストリ伯爵、アレシアの容体を教えて。父に報告しなければならないの」

「お父さまに？」とアレシアが割って入れば、イゾルデは目を細めて頷いた。

「あなたはお父さまの掌中の珠ですもの。早く顔を見せろとおっしゃっていたわ」

兄ロベルトがされた仕打ちを思うと、父には会いたくない。以前の部屋に覗き穴があると知ってからは余計にだ。アレシアがそわそわしていると、ルカが報告しはじめる。

「王女はぼくの補助なしには生活できませんが、一時よりはるかに改善していると言えます。治療が身体に合っているようですから、このままいけば命の危険はないでしょう」

イゾルデは、すげなく「そう」と鼻先を上げた。

「イゾルデさま、いらっしゃって早々ではありますが面会はこのくらいで。アレシア王女はまだ本調子ではありません。無理は禁物ですので」

自身の召し使いに目配せをしたイゾルデは、アレシアに向けて艶やかに微笑んだ。

「アレシア。わたくし、あなたが回復するよう毎日お祈りするわ」

「ありがとう、お姉さま」

アレシアは、姉が薔薇の芳香を残して立ち去ったあと、深く息を吐き出した。

「お疲れになりましたか？」

ルカの言葉を「いいえ」と否定し、もう一度息をつく。

「つくづくわたしって、いやなやつだと思い知ったの」

「そうは思いませんが」

アレシアはこちらを見下ろす彼を一瞥《いちべつ》し、力なくうなだれた。

落ちた肩に、そっと彼のぬくもりがのせられる。いまのアレシアにはそれが救いだった。

異母姉イゾルデに会った翌日、アレシアは兄ロベルトと面会した。力強い抱擁のあと、互いの頬にキスをしあう。

兄によると、アレシアは何度も命の危機を迎えたらしい。脈は微弱で、今宵が峠《とうげ》だと医師に絶望視されていた。そんななか、颯爽《さっそう》と現れたのがジャン・ルカだったのだという。

兄に肩を抱かれたアレシアが、感謝の念をこめてルカを見ると、彼もこちらを見ていたのだろう、銀の瞳と視線が合った。

この目が好きだ。そう思った途端、頬がぽっと色づいた。

「ロベルトさま、颯爽とは言い過ぎではありませんか？　ごく普通に来ましたが」

その言葉に、兄は「いや、颯爽だった」と即座に返す。

「しかし、きみには悪いが、私は先代バレストリ伯爵を知らない。没落したと聞いたが」

「ひどい生活でしたよ。父は母を亡くして酒と賭博《とばく》に溺れましたから」

「たいしたものだ。ひとたび没落して返り咲く貴族は前代未聞と言っていい。しかもきみは白い屋敷を買い戻してしまった。当時十七歳だったんだろう？」

ルカは穏やかに「そうですね、二年前です」と頷いた。

「おそらくかなり値がつり上がっていたはずだが、どのようにして資産を作ったのだろう。――いや、無粋な問いだとわかっているが、次の王になる者としては興味が深い。このアルドは富める国だが、いつ何時、なにが起きるのか、未来は誰にもわからないからね」

自分が知らないルカの過去の話に、好奇心の赴《おもむ》くまま身を乗り出せば、風が吹きこみ、長い髪が攫《さら》われた。すると、兄がさりげなくもとの位置に直してくれた。

「……ただ、働いた結果ですよ。ロベルトさまも労働を恥だとお考えですか？」

その質問にはロベルトではなく、アレシアがはきはきと反応した。

「わたしは恥だとは思わないわ。なにかを生み出すのはとても立派なことだもの。ルカはすごい人よ。わたし、あなたと知り合えてとても誇りに思っているの。尊敬しているわ」

「こら、バレストリ伯爵は私に聞いているんだ。女がでしゃばり、男の会話に首をつっこむとは何事だ。皆の手本となるべき王女らしからぬ行動だぞ、このおてんばめ」

兄が笑いながらアレシアの鼻を押すため、上向き、豚のようになってしまった。

「やめてお兄さまったら、ルカの前よ」

「なんだ、伯爵が素敵なものだから意識しているのか？　確かに彼はいい男だし、おまえが愛読する恋物語の主役のようだ。しかし、おかしいぞ。おまえは『わたしは顔で人を選ばない』と豪語していたはずだが。……これはまた説得力がないな」

アレシアは唇を尖らせ、寝台に腰掛ける兄の胸を押した。

「なによ、わたしはルカを顔で選んでいるわけではないわ。大切なのは性格だもの。それは……とても綺麗なお顔だとは思うけれど」

しどろもどろになるアレシアがおもしろいのか、兄は笑みを深めた。

「礼を言うよ伯爵。アレシアを回復させてくれた上、このように明るい顔を見たのは久しぶりだ。先ほどの問いだが、私も妹と同じ意見だよ。貴族だから、庶民だからと分けるのではなく、働ける者が存分に働く。それが効率的にも一番良いと思う。実はね、私は花や木を育てるのが好きなんだ。父には王族の行いではないと咎められるが、農夫になっても楽しめそうだと思っているよ」

アレシアは、兄の横顔を眩しげに見上げた。

「お兄さまが農夫になるのなら、わたしは毎回収穫を手伝うわ。自ら育てたものが育ち、実るのを見るのはとても素敵なことだもの。すごくいいと思うわ」

「手伝うだけではなく、おまえも共に作ればいい」

「おふたりはずいぶんと仲がいいのですね」

それまで黙っていたルカが口を開けば、兄妹は迷いなく認めた。

「私たちは母を亡くしてから互いに支えあってきたからね。アレシアを失えば、私はどうなっていたことか。想像しただけでも震えがくるよ。だからきみには心から感謝する」

兄が差し出した手を見下ろしたルカは、おもむろに手を重ねる。

大好きな彼らの握手を眺めるアレシアは、感激で胸がいっぱいだった。

兄が退室してから、ルカは無言でアレシアにのし掛かり、ぎゅうと強く抱きしめてきた。有無を言わせぬ迫力に少しひるむが、彼を信じて目を閉じる。すると、より感覚が研ぎ澄まされて、彼が近くにいるような気になった。どうしたの？　という思いはいつのまに

か消えていた。

まぶたを上げて彼を見る。銀色に映るのは自分の顔だ。まるで世界にふたりだけしかいないようだと思った。

――ルカ……。

アレシアはまだまったく立ち上がれないし、一日のなかでは起きている時間より眠っている時間の方が長かった。しかし、首や腕、脚はゆっくりだけれど動かせる。そのため、いまのように度々自身の重みをだらりと預けてくる彼を抱きしめることができた。彼には与えられているばかりだから、束の間だけれど与えている気がして嬉しくなった。

――もしかして、与えられたいと望むことよりも、自分が与えたいと思えることのほうが大切なのではないかしら？

そんなことを考えながらルカを見つめていると、唇を塞がれた。こんなにも無口な彼は新鮮で、たまには言葉がなくてもいいかもしれないと思った。なぜなら、彼の瞳がこれほど表情豊かだと知ることができたからだ。

「ルカはいま、なにを考えているの？」

彼の頬に手を当てると、黒いまつげが閉じてゆく。

「いいえ、なにも。アレシアはなにを考えているのですか」

「わたしもきっと、なにも考えていないわ」

ルカは薄く目を開けて、「それは変な言い回しですね」と小さく笑った。

「アレシア、命じられたので伝えますが、陛下があなたを呼んでいます」

思わず眉をひそめてしまう。

「お父さまが……？　でも、わたしはまだ動けないから無理だわ」

「アレシアが会うのであれば、ぼくが陛下の居所に連れて行くことになります」

「ルカがいっしょに来てくれるの？」

「いつでもあなたの傍に控えていますよ」

父に会うのは気が進まない。けれど、ルカがいてくれるのなら。

口を引き結んだアレシアは、こくんと頷いた。


ルカに抱き上げられて向かった父の居所は、やはり緊張するものだった。

たとえ皆から〝アルド王の掌中の珠〟と言われていても、アレシアにとって父は亡き母とは違い、父ではなく王だった。言いつけは必ず守らなければならなかったし、対面すれば威圧感に震えていた。それは、十六歳になったいまでも変わらない。

彼の首に回していた手がこわばっていたせいか「緊張していますか？」と問われた。

「やめてもいいのですよ？　無理に会う必要はありませんから」

「そういうわけにはいかないわ」

国において王である父の命令は絶対だ。アレシアは、意識して背すじを伸ばす。

父の部屋の黒い扉は、以前よりも濃く、黒々として見えた。神話に登場する女神と英雄の彫像は、おどろおどろしく目に映る。

思わずルカの服を握ると、上からかすかに息が落とされ、彼は「大丈夫ですよ、ぼくがいますから」と耳もとでささやいた。

心強い彼の存在を、改めて意識する。

衛兵により、重々しい扉が開けられた。まず、目に飛びこんできたのは壮麗な黒いシャンデリア。そこからちらちら光が落ちて、前方にいる黒い衣装の父を際立たせている。

ルカは一歩一歩ゆっくりと王に近づいた。父は記憶よりも少し肥えていたが、相変わらず圧倒的で、周囲を萎縮させる。ルカのことが心配になり様子を窺えば、彼は少しも動じることなく怜悧な顔を見せていた。縮こまっているのはアレシアだけだ。

王の、宝石のぎらつく指が、誘うように曲げられた。

「アレシア、近くに寄れ」

言葉に従い、ルカは毛足の長い絨毯を音もなく進み出る。父との距離がなくなるにつれ、アレシアの喉はひく、と引きつれた。底知れぬ恐怖を覚えて逃げ出したくなってくる。

父は、ルカが到達する前に、豪奢な椅子から立ち上がった。

「アレシアを渡せ」

「陛下、王女はまだ」

「黙れ。父が娘を抱くだけだ」

苛《いら》ついた声だった。怖くて仕方がない。アレシアが目を潤ませると、ルカの腕から引き剝《は》がされて、身体は父に移される。

幼少のころ、父に抱き上げられた記憶はある。しかしいまは、肌が粟立ち、とても落ち着いていられない。そわそわするアレシアは、ねっとりとした視線に気づいて父を見た。

顔、胸、腰、足。父は舐めるようにアレシアを凝視している。まるで検分だ。

「あれに似て良き娘になった。しかしこれでは細すぎる。よく食べ万事に備えねばな」

「はい……お父さま」

王はアレシアを抱いたまま、椅子にどかりと腰掛ける。鷹揚に手を払う仕草をしたため、部屋に控えていた衛兵や小姓《ペイジ》はすみやかに出て行った。

父はなおもアレシアをじっくり観察している。ドレスをすり抜け、なかを覗かれている気になった。

「これでは子が乳を吸うには少々足りぬな。それに、この腰では難産になるやもしれぬ。そなたは丈夫な子を産む義務があるのだ。ゆめゆめ忘れるな」

なにを言い出すのかと、アレシアは唇をわななかせた。

「そなたはアルドにふさわしく育たねばならぬ。余が確かめてやろう」

王は、自身の長い毛皮のマントをアレシアに被せた。

ちょうどスカート部分が隠れる形になったが、同時にごつごつとした手が伸びてきて、脚に這わされる。驚いたアレシアは鼻先を突き上げた。

ルカが異変を察したのか、ぴくりと反応したが、アレシアは彼に心配をかけまいと、必死に平気なふりをした。大丈夫と目で合図する。けれど、震えだけはどうにもならない。

いま起きていることが信じられない。どうして父は脚に触れるのか――。

アレシアは、父の手が脚の間に上がるのを感じて唇を噛み締めた。そのときだ。

「陛下」

ルカが声をあげると、父の手が引いていく。

「伯爵、そなたに命じる」

王は傍机にあった黒い小瓶をかざした。

「これをアレシアに飲ませるがよい。二日続けたのち、余のもとに連れて参れ」


アレシアは困惑していた。城塔の自分の部屋に戻ってすぐに、ルカは王から手渡された黒い小瓶のコルクを外すと、とぽとぽと窓から捨てたのだ。唖然《あぜん》としていると、今度は瓶もぽいと放り投げ、涼しい顔でこう言った。

「このような薬はあなたに必要ありません」

「でも……ルカ」

てきぱきと別の薬を用意する彼を、寝台の上から目で追いかける。

「あなたに必要なのはぼくの薬だけです。さあ、できましたよ」

彼は杯を手に持ち、甘いそれをこくりと飲んだ。次に同じものを口に含んで、アレシアの唇に重ねる。

アレシアはすでに自分で薬を飲めるようになっていたが、ルカは口移しをやめようとはしなかった。また、それでいいと彼女も思っていた。

「今日も半分ずつなのね。これはなんのお薬だったかしら」

アレシアは高鳴る胸を押さえながら、上衣の袖を捲る彼に言った。

「シーホーリーともろもろを調合し、葡萄酒で煎じたものです。あなたに必要なものを補う薬といったところでしょうか。配合はそのつど体調に応じて変えています」

「わたしのための薬……」

嬉しかった。けれど、とアレシアはうつむいた。父は命令に従わない者には非道だ。残虐な手法で処刑された貴族も多いため、皆、逆らおうとはしなかった。しかしながらルカは命に背いてみせたのだ。他の者とは違い、自らの意志を持つことに感心しながらも、ひどく不安になってくる。

目を閉じればまなうらに懐かしい顔が浮かび上がる。

かつて、アレシアの大好きだったばあやや召し使いたちも父に処刑されたのだ。助命を懇願しようにも、その機会さえ与えられなかった。なぜなら知ったのは処刑後だったのだから。優しく勤勉だった彼女らがなぜ父の逆鱗《げきりん》に触れたのか、いまだにわからずじまいだ。

アレシアは、自身の両手を見下ろした。

頼りない。この手は誰の役にも立ったことがない。あまりにも無力だ。自分は彼を守れるだろうか？　父に会っただけで萎縮する自分が。

ぎゅうとこぶしを握りしめる。

――いいえ、わたしはルカを守るのよ。絶対に。

決意をこめて頷く彼女を、ルカは見ている。

「あなたはわかりやすいですね。けれどそのご心配は杞憂《きゆう》、と申し上げておきます」

彼を見つめると、ルカの唇は弧を描く。そこには自信が窺えた。

＊　＊　＊

じじ……と芯《しん》が燃え尽きて、ろうそくから煙のすじが上がった。

一段と黒さを増したその部屋は、メロンのような匂いで満ちていた。

寝台ではいつもと同じ淫靡な治療が行われていた。けれど、いまはこれまでとは異質だ。

王の部屋を辞したあと、ルカは止まらなくなっていた。先ほどまでアレシアが恥じらいながらも、自ら脚を開いていたから余計に。

官能を与えすぎたため、彼女は気を失ってしまったが、それでも止まらず何度も果てさせた。太ももを抱えて、あふれたそこに吸いつくと、濃密な彼女の味がした。

あらかた液を飲み干せば、ぐっとあわいを開いて秘めた芽にまた取りかかる。本来小さく可憐な粒だが、彼が執心するため、大抵赤く熟れていた。

アレシアの濡れそぼつ入り口は、治療のたびにハーブをなじませ広げてきた。いまでは難なく指を三本のみこめる。ばらばらと動かすと、いじらしく反応した。

なかの秘めた芽を緩急つけて攻めれば、彼女は身体をこわばらせたあと震える。達しているのだ。じわじわとあふれるものを、ルカは猫のようにぴちゃぴちゃ舐めた。

さらに彼女を求めてむさぼり、口もとをべったり濡らした彼は、手の甲でそれを拭う。

「アレシア……仕上げをしましょうね」

語りかけても答えはない。起きないことを知っている。

ルカは秘部にくちづけしながら、クラヴァットを取り外した。引き裂くように上衣とレースのシャツを脱ぎ、己の下衣をまさぐる。昂るそれを解放すると、先からとろみのある液が伝っていた。

下衣をずり下げ、全裸になった彼はアレシアの肌に自身の肌をこすりつけ、ぎゅうと彼女を抱きしめた。目を伏せ、唇に長く熱いキスをする。そして、これ以上開けないというほど彼女の脚を開かせた。

脚の間に身を置くルカは、肥大しきった昂りを持つと、彼女の秘肉に埋めこみ、くちゅくちゅと溝に合わせて動かした。己の液と彼女の液がまざりあう。

腰をぐっと押しこめば、彼女の秘部はけなげに先を呑む。花びらにぴったり包まれ、ほとばしる官能に震えながら、ルカはさらに進めて半分まで入れた。とく、とく、と彼女の脈動を感じる。

あどけなく眠るアレシアは、予想以上にルカを締めつけ苦しめた。

それでもルカは歯を食いしばり、顔を歪めながらも一気に彼女を貫《つらぬ》く。下腹同士がぴたりと合わさり、彼女の奥に先がくっついた。

「くっ……」

入れているときも壮絶だったが、入れてからもすさまじい。精を搾り取ろうとでもいうように、ぐねりぐねりとなかの襞が絡みつき、絶えず射精感を煽《あお》られる。

肩で息をするルカの額に、じわりと汗の玉が浮く。

腰を動かしたくなる衝動を振り切り、彼はその場に留まった。アレシアに自分の形を刻みつけたい一心だった。けれど己を抑えこむのに苦心する。シーツに置く手は震えていた。

耐え続け、三十分ほどしたころだ。ルカは優しく奥をつついて、おなかを押しては、子宮の位置を確かめた。そして寝台の端に置いていたバードックの葉と種をとる。

それは、巧みに使えば子宮の位置を動かし、収縮させる効果のある草だった。ルカは、葉を彼女の頭頂部に当てて、時折足の裏などをこすり、当てる箇所を変えたりしては、時間をかけて調整した。

アレシアは日々、少しずつ、けれど確実に、彼に合う身体に作り変えられていた。

ルカはしばらくの間、彼女のぷっくりした唇を見つめていたが、いきなり獣が捕食するかのようにがっついた。激しい大人のキスだった。

同時に、小さなおしりを鷲掴みにし、むにむに揉《も》めば、アレシアのなかがうごめいて、ルカをきゅっと抱きしめる。

たまらず彼は、ゆっくり抽送しはじめる。結合部をしきりになぞり、その指をしゃぶれば、じんわりと破瓜の味がした。

銀の瞳がぎらついた。情欲に染まった目をまつげで隠し、ルカは余裕なくアレシアの脚を抱えると、力の限りに楔《くさび》を穿《うが》つ。アレシアの胸が、動きに合わせて揺れていた。

ぎっ、ぎっ、と軋んだ音が速度をあげていく。それは、積もり積もった欲望だ。

黒髪が乱れるのも構わずに、彼は一心不乱に律動する。

突くたび汗が飛び散った。眠っているアレシアも、汗でぬらぬら照っていた。

彼女は口を大きく開けて、ルカの望む声を出す。

びくんとアレシアの身体が跳ねる。これが初めての交接だとしても、身体はすでに開かれているも同然だった。無理もない、ルカは彼女の感じるところを知り尽くしている。

官能を与えれば与えるほどに鮮烈な刺激が返される。ぐつぐつと、燃えたぎる熱が灼熱と化し、腰の奥でうずまいた。

苦しげに眉をひそめた彼は、身をぶるりと震わせる。獣のようなうめきとともに、たまりきった欲をためらうことなくぶちまけた。どくどくとおさまりがつかずにあふれるそれは、アレシアのなかからこぼれ落ち、ふたりの下腹をべっとり濡らしていく。

出会ったときから六年分。ルカは恍惚とした表情で顎を持ち上げ、息を深く吐き出した。

婚約者のいる王女とただの伯爵。ゆるされない間柄だとしても、彼にはどうでもいいことだった。

立て続けに二度果てたあと、それでもルカは彼女を放さず、結びを解こうとしなかった。汗にまみれた身体をなぞり、小さなおなかを撫でさする。

いずれは彼女にもこの交接を知らせるつもりだが、いまはまだそのときではない。決定的に逃げ道を塞《ふさ》いでからがいい。

ルカはアレシアの身体に舌を這わせ、唇をむさぼると、わずかに離して再び吸った。キスの意味はよくわからない。だが、身体が勝手に動くのだ。

ルカはくちづけたまま、彼女の腰を持ち上げた。

ゆるゆると律動をはじめたとき——。ばさばさと音がして、表情なくそちらを見た。白いふくろうが窓辺に止まり、じっとこちらを見据えていた。

ルカは、一瞬身を起こしかけたが、ふくろうに構うことなくアレシアを求めた。


ルカは普段足音を立てない。よって、気配のない彼が気づかれることはめったにない。夜半過ぎ、彼は闇に乗じて白ではなく別の服を着る。それは顔がすっぽり隠れるフード

つきのローブであった。

彼はひそかに城の隠し通路にしのびこむ。それはアルドの始祖しか知らない秘密の通路で、ルカは禁書によりこの存在を知っていた。記憶するとすぐに本は灰にしたため、いまでは知るのは彼ひとり。

その通路の隙間を這いつつ前進すると、目当ての部屋の上にきた。

下から妖しい声がした。天井の豪華な模様の一部と化した古いコルクを抜き取れば、階下に広がるのは黒々とした寝台だ。裸の男の上に女が跨《また》がり、腰をくねくね振っている。

「足りぬ。なんだその腰つきは。下手くそめ、余をもっと楽しませろ」

「はい。でもお父さま、わたくしに子種を注ぐのはおやめください。いつ子ができるか」

「ばかめ、いまさらなにを言っておる。おまえごときに余の子をゆるすわけがなかろう。ゆるしているならとっくに孕んでおるわ。とにかく腰を動かせ」

ぎっぎっ、と女は腰を上下に揺する。アルド王とイゾルデだ。このふたりの関係は、ルカが知る範囲では二年に及んでいる。初めて行為を目撃した日、王は言った。

『おまえはルクレツィアの代わりだ。務めを果たせ』

ルクレツィアとは、王太子ロベルトとアレシアの亡き母である。そして、現在王が執着しているのは――。

「下賤なおまえはアレシアに似ても似つかぬ。やはり本物でなければな」

王が呼ぶのは、いつしか亡き妻に似てきた娘の名に変わっていた。

「おまえはもう用済みだ。ああそうだ、アレシアの代わりにアモローゾに嫁ぐがよい」

「そんな、お父さま！」

くくく、と王が身体を震わせれば、「いやです！」とイゾルデは髪を振り乱す。

「そもそも、アモローゾごときに、余の高貴な血を引くアレシアとの婚約をゆるしたことが間違いだったのだ。あれは生涯余の手もとにおかねばならぬ。男児を産めばロベルトを廃してもよいな。……ああ、じつに名案だ。再び余の種で銀の子が生誕する」

「お父さま、お待ちください！　わたくしが身を差し出せば、いずれアイアスに嫁がせてくださるとおっしゃっていたではありませんか！　だからわたくしはっ」

「黙れ！　少しは余のために役立ってみせよ、無能めが。早く四つ這いにならぬか」

「わたくしはアイアスと……、あ、あっ！　やめてっ、そこは違……ああ…」

「子宮にはいらぬのであろう？　だったらここに注ぐしかあるまい」

獣のような性交を経て、寝台から気だるげに下りた王が、振り返りもせず立ち去れば、やがて部屋から奇声が上がった。

イゾルデは、必死に自身のなかの王の残滓《ざんし》を掻き出し、黒髪をぐしゃぐしゃ掻きむしる。

「わたくしはっ、わたくしは……！」

黒い部屋。彼女はクッションを振り回し、あらゆる箇所を滅多打ちにした。燭台は倒れ、水差しは床に落ち、杯は転がり、ガラスは割れる。布はちぎれて、ぶわりと白い羽毛が舞い散った。雪のようにはらはらとそれらが降るなかで、彼女の顔は憎悪に歪んでいた。

ルカが覗いているのはイゾルデの居所だった。この部屋は、王の部屋と隠し通路でつながっており、王は気まぐれに娘を抱き捨て去っていく。

イゾルデの憎しみの矛先は、長く自身を陵辱《りょうじょく》してきた王ではない。

「……昔からお父さまにもお兄さまにも優遇されて……あの女っ」

髪を振り乱し、呼び鈴を摑んだイゾルデは、大きく打ち鳴らして召し使いを呼び出した。

「無能が！　なにをしている！　早くあの女を跡形もなく消しなさい！」

耳につく甲高い声を尻目に、ルカは思考をめぐらせた。

彼が仕留めたアレシアへの刺客は八人。それは、ルカが彼女の専属医師を務めてからの数だが、以前を含めれば三十人をゆうに超えている。

十七歳でバレストリ伯爵位を継いで、王城に出入りをゆるされてからというもの、ルカは彼女を狙う者をひそかに屠り続けていた。

かつては召し使いなど力を持たない者ばかりだったが、いまは違う。刺客は本業——殺しを生業にしている者たちだ。

「面倒だな」

ルカは誰にも聞こえぬ声でつぶやくと、その場をあとにした。

＊　＊　＊

目を開けたアレシアは、くらくらとめまいがして息を吐いた。身体はしびれて重だるい。

どうしてだろうと目をさまよわせれば、薄布の向こうにルカの姿が見えた。

椅子に腰掛け、本を読んでいるようだ。明かり取りからやわらかな光が降っていて、彼の衣装の白さを一層眩しく変えていた。黒い部屋だから余計に映える。

ふと、彼と離れたくないという思いが湧いて、アレシアは、ぎゅっと胸に手を置いた。

どうすれば、ずっといっしょにいられるだろう？

どきどきする。想いを自覚してからは、彼の一挙手一投足が気になって目で追ってしまうし、いままで以上に素敵に見えていた。

「起きたのですね、体調はどうですか？」

姿や性格も好きだけれど、この声もアレシアのお気に入りだ。

彼は机に本を置く。その手の動きすら艶めかしく見える。同時に顔が熱くなった。この素晴らしい彼に、治療とはいえ幾度も果てさせられている。アレシアは服をいじくった。

黒いレースの化粧着は、彼が脱がせるし着せている。それを思えば熱はさらに増してゆく。

まごまごしたアレシアが質問に答えられないでいると、ルカがしなやかに歩み寄った。

「痛みはありませんか？」

「……痛み？　ないわ。でも……少しだるいみたい。それに」

言いかけたアレシアは首を振る。秘部が熱くてうずくなどとは、口が裂けても言えない。

「いいえ、なんでもないの。きっと気のせいだもの」

寝台に腰掛けたルカは、傍机にあった杯を持つ。

顎を上げると、ルカの顔が近づいた。鼻と鼻がつきそうだ。

「だるいのは仕方がないとして、痛みがないのは安心しました。まずは薬を」

ルカは杯を傾け、こくこくと喉を動かすと、次は飲まずに口に含み、アレシアに重ねた。

流れてきたのはおなじみの甘い味。

すべてを飲み終えても唇は離れず、舌を絡めて、ふたりでもぐもぐと動かした。まるで互いを食べあっているようだ。

「この甘い薬はあなたも必ず飲むのね。もしかして、ルカとわたしで半分ずつなの？」

「そうですよ、気づきましたか。今日はあなたと分けあうものがもうひとつあります」

ルカはポケットに手を入れると、ローンのハンカチを取り出した。開いたそこにあるものを見て、アレシアは思わず緑の瞳を輝かせる。

それは琥珀《こはく》色の飴《あめ》だった。十歳のころ夢中になりすぎたため、王女たる者にふさわしくないと父に禁じられたお菓子だ。

アレシアは何度も目をまたたかせ、ルカを見上げた。心の底から震えがくる。

「ルカ。わたしね、これ……大好きなの」

ルカは琥珀の欠片《かけら》をひとつつまむと、アレシアの唇にのせた。

「知っていますよ。作り手によって味が変わるらしいですが、どうぞ」

口に含むと、懐かしい味がした。亡きばあやの味そのものだ。

「んっ、おいしいわ」

「ぼくにも味わわせてください」

返事の前に唇が重なって、欠片を熱で溶かしあう。アレシアは、感激のあまり胸がはちきれそうになっていた。彼の服を掴む手に力がこもる。

「味を再現しようと何度か作ってみたのですが、どうですか？」

「すごいわ、まったく同じよ。わたしのいまの気持ちがわかる？　とっても嬉しいの。素晴らしいわ……ばあやが傍にいてくれるみたい。この飴、ルカも知っているだなんて」

「ええ。六年前、あなたがぼくにくれました」

アレシアはうめきながらも思い出そうとしたけれど、まったく思い出せなかった。

「だめだわ。わたしったら。どうしてルカを覚えていないの……」

「ですが、いまのあなたはぼくを覚えているでしょう？」

アレシアはルカの手に手を重ねて「もちろんよ」と頷いた。

銀の瞳は穏やかだ。いつまでも飽きずに見ていられるほど複雑で神秘的な色。

「それでじゅうぶんです」

「わたしは思い出したいわ。ルカのこと」

「五分に満たない出来事ですから、なにも気に病むことはないのですよ」

ルカは琥珀の欠片を口に入れると、アレシアに覆い被さった。

再び濃密にくちづけを交わしていると、身体のそこかしこが歓喜する。

「アレシア、大切なのは過去ではなく未来だ。過ぎたことを思い出すよりも、いまを新たに記憶してください。忘れたのなら、その分他のことを覚えればいいだけです」

彼の言葉は不思議だ。どんなことでも従いたくなるし、信じたくなるのだ。

アレシアは彼の背中に手を回し、きゅうと上質な生地を握った。

＊　＊　＊

城塔から出たルカは、王の居室に続く回廊に姿を現した。

黒曜石の床を踏めば、かつん、かつん、と音が鳴る。

普段のルカは音を立てないが、いま、靴が鳴るのは意識しているからだった。

自分の存在を他人に知らせる行為は、彼にとっては不可解だ。いまもばかげていると思っている。けれどあえて行った。

いま、彼は餌《えさ》だった。場を動かすための礎だ。

思い描くのはひとつだけ。他はどうでもいいものだ。

人が音を出すのは、自身が安全だと信じて疑わないからだろう。己が音を立てるため、他者も出すと思いこみ、それがわざとであるなどとは気づけない。滑稽《こっけい》だ。

回廊を、ばたばた慌ただしく走る者をみとめて、ルカは冷えた瞳で一瞥する。

「なんだ騒々しい。例の白いふくろうを見つけたのか？　陛下は早く仕留めろと仰せだ。

王宮内をいまいましい鳥が縦横無尽に飛ぶなどあってはならない。その上やつらは我慢もせずに糞《ふん》を垂れ流すからな。うちに巣くう鳩《はと》ともどもこんがり焼いてしまえばよい」

ふん反り返っている貴族が、急ぐ衛兵に言った。

「アダーニ侯爵さま、いまはそれどころではないのです。火急ですので失礼します」

「なんだと？　なにがあったというのだ」

「まずはロベルトさまに報告しなければなりません。申し訳ありませんが、これで」

ルカは立ち止まらずに会話を聞いていた。

走り去る男を尻目に、ルカは足音を出すのをやめて、いつものとおりに気配を消した。


ほどなくアレシアの居室に戻れば、眠っているはずの彼女は、寝台でクッションに背を預けていた。こちらに気づけば、「ルカ」と笑顔でつぶやいた。

彼は笑みを返しつつ、部屋の片隅に目をやった。香炉の煙はくゆっているが消えかけだ。どうやら予定よりもずいぶん時間が経っていたらしい。

「起きていたのですね」

「いま起きたところよ」

黒い化粧着を纏う彼女は、本人は気づきもしないが、とろりと緑の瞳を潤ませ、情事のあとを匂わせている。出かける前、眠る彼女を散々抱いたのだから当然だ。

屈んだルカは、アレシアの口にそっと唇を寄せていく。軽く触れるだけのつもりだったが、どちらからともなく食みあった。

「ん……どこに行っていたの？」

「薬の材料を仕入れていたのですよ」

「そうなのね。なんだかわたし……」と、アレシアは己に恥じ入るように目を伏せた。

「あなたがいないと不安を感じるようになってしまったみたい。だめね、ふがいなくて」

「ずっと傍にいますよ。治療をはじめますか？」

「なんだか身体がだるいし疲れているけれど……」

「では、いまはよしましょう。もう少し眠ってください」

アレシアはためらうように毛布に指を絡め、やがて、小さく首を振る。

「ルカ、あの……大丈夫よ」

「眠るよりも治療がいいのですね？」

頷くアレシアに、彼はひそかにほくそ笑む。素直で純粋な彼女は、自身がどれだけ淫らであるか知らないだろう。日に日に快楽に溺れ、強い刺激を求めるようになっている。

しかし、羞恥心が邪魔をするのか、アレシアは心を隠してなかなかねだろうとしない。

物欲しそうに見つめるだけだ。

「でも、あなたの負担になるのではないかしら。その……毒が出てしまうもの」

「以前も言いましたが、負担にはなりません。それに、ぼくも気持ちがいいですから」

彼女は不思議そうに首をひねるが、構わずルカは化粧着をほどき、現れたささやかな胸に手を置いた。

「少し大きくなったみたいですね」

「本当？」

「ええ。時には胸だけでも達しますから、ずいぶん敏感になりました。いい傾向です」

アレシアは「やだ、恥ずかしい」とルカの手の下に自身の腕をくぐらせ、色づく頂を隠した。顔も身体もかっかと染めている。

「敏感だとか、達しますとか、そんなこと。……言わないで」

「相変わらず恥ずかしがり屋なのですね」

ルカの手はするすると下り、アレシアのおなかに移った。

「アレシア。この先、だるさや倦怠感、吐き気、それからおなかや腰に痛みを感じたり、味覚や張りなど、身体に少しでも変化が出たらすぐに教えてほしいのですが」

視線をさまよわせたアレシアは、ほどなくルカの目で留めた。

「わかったわ。あのね、めまいがするときがあるの。あとは、治療の名残だと思うのだけれど……さっき、身体のなかからどろっとしたものが出たわ。これは毒？」

「そうですね、毒です。それはぼくが処置しますから触れないでください」

「ルカがそう言うと思って触れていないわ。でも……汚してしまってごめんなさい」

申し訳なさそうに沈む彼女の髪を撫でつける。

「シーツのことでしょうか。気にする必要はないですよ。存分に汚してくださいね」

アレシアは頬を膨らませた。

「なにを言うの、気にするわ。汚すのはとても恥ずかしいし、落ちこむことだもの。よりにもよってそれをあなたに綺麗にしてもらっているなんて……」

「あなたは素直な方だ。ですから、回復も驚くほど早いです。汚れなど気にせず、毒を出し切ることだけを考えてください。気にするのは健康になってからですよ」

ルカはアレシアの化粧着を背中から引き抜くと、自身のクラヴァットを外しにかかる。

「兆候が出るまで治療に専念しましょう」

彼は「兆候？」と疑問を言う彼女の口を塞いだ。

ルカは決定的な結果を求めていた。二度と自分から離れられなくするために。

銀色の髪、深緑の瞳、色白の彼女には、きっと水色がよく似合う。

ルカがアレシアに重なろうとしたときだった。彼はひたと動きを止めた。

「……ルカ、どうしたの？」

先の行為を期待する目を見下ろすと、ルカを誘うように淡い胸先がつんと張る。アレシアはそこを甘噛みされるのが好きなのだ。彼は軽く突起を含んだ。

「あ」

胸越しに彼女を見つめながら言う。

「物音がしましたね」

「なにも聞こえないわ」

ルカはちゅうと両方の乳首をそれぞれ吸ってから身を起こす。

「続きはあとにしましょう。少し、外します」

アレシアに背を向けた彼は、たちまち熱をかき消した。

城塔を下りれば、城につながる扉はやはり叩かれていた。

誰が叩いているのか、彼はとっくに把握していた。が、あえて問いかける。

「どなたですか」

「緊急事態だ。至急妹に会いたい」

相手は王太子のロベルトだ。扉越しの気配から、供を四人ほど連れているのがわかる。

「ただいま王女は眠っていらっしゃいますので少々お待ちください。ですが、体調を考え、供の方はご遠慮いただきます。ロベルトさまおひとりで」

「いいだろう。だが、できればアイアスも加えたい」

アイアスは公爵家の嫡男であり、王弟の息子だ。そればかりか、アレシアがアモローゾの王太子と婚約する前、彼女との結婚を有力視されていた人物だった。

ルカは扉の先を睨《ね》めつける。

「では、ロベルトさまとアイアスさまのおふたりで」

やがて階段を上りきり、ルカとアレシアの前に立ったロベルトは、開口一番に言った。

「アレシア、落ち着いて聞くんだ。父上が……アルド王が崩御《ほうぎょ》した」

六章

空いっぱいに荘厳な鐘の音が轟いた。音は天まで突き抜け、余韻を残して溶けてゆく。再び空気を震わす音のあと、アレシアは息を吸いこんで、時間をかけてはき出した。

黒い城の鐘が打ち鳴らされるのは、王にまつわるときだけだ。子が生まれ、結婚し、そして死を迎えたときに鳴る。母が亡くなり、兄が結婚した際も重い音色が響いていた。

肌が焼けそうなほど日差しは強いが、帽子から垂れる薄布越しでは暗く、雨模様に見えていた。この日、国じゅうに王の崩御が知らされた。死から一週間後のことだった。

崩御と同時に兄の即位が決まり、城のなかは慌ただしい。貴族の思惑が錯綜《さくそう》するなか、新王に取り入ろうとする者は後をたたない。兄の前に人が列をなしている。兄は父に冷遇されていたが、父に同調していた者は、なにもなかったかのように手のひらを返すのだ。

父の葬列を見送ったあと、アレシアはルカに抱かれて大広間にやってきた。病が完治していないこともあり、厚布に閉ざされた席で人目を避けていた。

父は突然発作に倒れ、そのまま目を開けることなく旅立ったという。あとで聞いたことだが、近ごろ心臓に難《なん》を抱えていたらしく、医師にかかっていたとのことだった。

「……なにも知らなかったわ」

アレシアのつぶやきに、ルカが言った。

「それはそうでしょうね。王とは私《し》ではなく公《こう》であり、国そのものですから、絶対的存在でなくてはなりません。一時のものに左右されるわけにはいかない。ですから、王は風邪を引くわけがなく、病になるはずがないのです。自身の弱みは秘めておくものなのですよ。また、盤石《ばんじゃく》でなければたちまち国は攻め入られてしまいますからね。また、下々の者にあなどられれば革命が起きかねない。王は完璧であるべきなのです」

言葉を噛み締め、アレシアは黒いスカートを握りこむ。王とはなんと重いものなのか。

「お兄さまは、いまからそれを背負うのね」

兄はジネヴラと自身の子を傍に呼ぶために王になりたいと言っていた。けれどジネヴラと子は秘めた存在だ。屋敷を与えられたとしても、王である兄は生涯父とは名乗れない。

兄を見やれば、漆黒の長いマントを後ろに引きずり、黄金細工のあしらわれた贅を尽くした黒の正装姿で立っていた。王にふさわしい装いだが、黒が嫌いだと言っていた兄を思い、アレシアは、両手を組んで身を震わせる。黒の衣装は枷のようにしか見えなかった。

――お兄さま。わたしたちはきっと王族ではない者に生まれていた方が幸せだったわね。

王族であるからこそ失うもの、手放したくなくても手放さなければならないものがある。

アレシアは視線を滑らせた。貴族の白い装いの彼を見ていると知らず視界がにじんだ。

「どうされましたか？」

ルカの指が目尻に触れて、涙を散らす。

「ぼくの話で不安になったのでしょうか。でしたらご安心を。前国王よりもロベルトさまのほうが王の適性がありますから。あなたの兄君はあなたが思うよりもはるかに強い」

天鵞絨《ビロード》の椅子に座らされたアレシアは、離れようとするルカを目で追いかける。

「ルカ、どこに行くの？」

「これから王族会議です。ぼくは部外者ですからね。ですが、ロベルトさまにはあなたが耐えうる時間は三十分程度だと進言させていただきました。のちほど迎えにあがります」

アレシアは、きびすを返したルカを見つめた。ぴんと伸びた背すじに長い首、小ぶりな頭。所作は細部に至るまで優美で、ただそこにいるだけで場が華やぐ。うしろ姿にまで艶があるなんて、まるで奇跡のような人だ。

けれど、そのときふと思う。

ひと目でその存在感に圧倒させられるほどなのに、佇まいはひたすら静かだ。音や気配を感じない。目を閉じれば、彼はそこに存在しないかのようだ。

儚い未来を暗示しているかのように感じ、アレシアは、ひどく悲しくなってしまった。

「ルカっ」

思わず呼びかければ、彼はこちらを振り向いて微笑すると、唇に人差し指を当てた。

＊　＊　＊

アレシアを迎えに行くまでの三十分――ルカは王城のテラスにいた。

そこはかつてアレシアが、建国記念日を迎えるごとに唯一姿を見せた場所。黒に包まれ、小さな手を振る時間は二十分に満たない。アルドの王はとかく彼女を隠していた。

一年に一度しか姿を公に見せない彼女を見るため、ルカは十三歳から王城に上がる十七歳までの五年間、毎年ここに通った。それが彼女の成長を知る唯一の機会だったのだ。

かつての彼は、その二十分のためにあらゆる手を尽くした。しかし、莫大な財を築き、ようやく王城に上がることがゆるされても、自由にアレシアを見ることは叶わなかった。彼女は王の選ぶ催しにしか登場しないし、そもそも奥まった席にいるため重職でもない限り一介の貴族が会うのはまず無理だった。

ルカは隠し通路を駆使してアレシアを覗き見ていたが、そのとき彼女に悪意の目が向けられていることに気がついた。彼女の専属医師になるまでのおよそ二年の間、彼女を弑《しい》さんとする刺客を人知れず片っ端から始末した。

そうするうちに、彼は国王周辺の秘された真実にたどり着いた。

酒が入れば、覗かれているとも知らないで、人は饒舌《じょうぜつ》になるものだ。

およそ二年前に、王は語った。

アルドは神話につながる国家であった。そのため血筋を重視する。銀の髪を持つ子がなによりも重要だ。

太陽のもとで七色に光るその髪の神々しさにこそ、民が畏怖の念を抱くからだ。

王族は、その血を守るため、代々狂気に手を染めていた。

アレシアの父である前王は栗色の髪だった。その父である先々代の王も同じく栗色で、国は長きにわたり、神話の銀に飢えていた。けれど、前王の妹は銀の髪を持っていた。彼女は生まれた瞬間に兄の妻になるべく定められ、まだ乳飲み子のころに他国へ出されたのだった。名はルクレツィア。銀の髪を持つ新王ロベルトとアレシアの亡き母である。

と言っても、実はロベルトとアレシアの父は違う。アレシアの父は前アルド王だが、ロベルトの父は賢王と名高い先々代のアルド王。彼は死後も人気が高いが、息子の妻を――実の娘を孕ませた。国は銀の子を重視する。先々代の王が娘を抱いたのは、銀の子を産ませるために他ならない。彼は妻を愛していた。

近親姦はいまにはじまったことではなく、代々の王が必ずしてきたことだ。ある者は姉を抱き、またある者は妹を、そして母を抱き、子をもうけて血を薄めぬように守ってきた。王家は銀の子を待ちわびて、得られれば次は維持することを考える。

実の父にも兄にも抱かれ、それぞれの子を持つルクレツィアは、真実を知ったとき、あまりの事実を受け止めきれなかった。

『そんな……母上が自死だとは、なんてことだ』

父から真実を聞かされたロベルトは、蒼白になり、膝から崩れた。

『この城は狂っている！　こんな……たかが銀の髪で』

『なにを言う、神の名残だ。七色の銀こそが我らが神の血を引く証』

『父上、なぜ私にこのような話を』

アルド王は、手に持つ葡萄酒越しに息子を冷えた目で見ている。

『次期王としてそなたも真実を知らねばなるまい。もっとも、そなたは父の子であり余の子ではないが』

椅子に座る王は、脚を組み替え、鷹揚に杯を傾けた。

『まあいい。息子よ、そなたの妹は良き娘に育ちつつある。そう思わぬか？』

『なにをおっしゃるのです、まさかアレシアに……母上と同じ道を』

『そなたがこの先、銀の子をもうけられねばあれが働かねばならぬ。王女の務めだ』

王はくくくと肩を揺らした。

『アレシアは必ずや銀の子を産むであろう。あれは物を知らぬ、じつに従順で良き娘だ』

ロベルトが『狂っている』と吐き捨て、退室しようとしたときだ。

『待て息子よ、そなたに命じる。いますぐあれを抱くがよい』

王の手が示す先には、黒幕に覆われた大きな寝台があった。そこに裸婦が横たわっている。香炉からは煙がくすぶり、辺りを妖しく濁らせていた。

『先ほどから気になっていたが……阿片ですか。あなたは異常だ！』

『黙れ、あれを抱かねばわかっておろう？　そなたのジネヴラと子は露と消える』

『ジネヴラを殺すつもりか』と、ロベルトは歯をぎりぎりと噛み締める。

『ただ抱くのではつまらぬ。ジネヴラの身代わりとせよ。そなたがどのように愛しい女を抱くのか興味が深い。言っておくが、余の声がけまでやめてはならぬぞ』

『あの女は誰です？』

『娼婦だ。ロベルト、これを飲め』

王が黒く小さな瓶をロベルトに放ると、彼は嫌々ながらも手で受けた。

それは奇しくも毒師ルテリとしてルカが処方したものである。性欲を劇的に高める薬で、服用者の理性を奪う。精子を滅する作用もあるので、避妊にも役立つものだ。

『……なんです、これは』

『性病を防ぐ薬だ。そなたの胤《たね》を保護するものと考えよ』

怪訝そうに眉をひそめながらも、ロベルトは口もとに運んだ小瓶をくいと傾けた。

『早う行かぬか。行って、存分に抱くがよい』

寝台に向かったロベルトは、すぐさま叫んだ。

『どういうことだ！　これはイゾルデではないですか。あなたは実の娘を……』

『黙れ、娘などとは思っておらぬ。それは余の娼婦。なかなかよき声で鳴く。相手が不服であればアレシアでもよいぞ？　あれは十四、そろそろ仕込んでもよい歳だ。先にそなたが開いておけ』

『なにを言っているのです。アレシアには婚約者がいるではありませんか！』

『いまはな。未来は予測できるものではない。そうであろう？』

苦悶に顔を歪ませるロベルトに、王は追い打ちをかけた。

『アレシアかイゾルデか、いまこの場で選べ。選ばぬならジネヴラを殺す』

やがて薬に蝕まれたロベルトが選んだのは、目前の異母妹だった。


テラスでひとり頬杖をつき、階下を眺めるルカは、ロベルトが放った言葉を反芻《はんすう》する。

——この城は狂っている。

言い得て妙だとルカは思う。父は娘を抱き潰し、息子も娘と交接し、そして、抱かれた娘は当事者にではなくアレシアに見当違いな恨みを募らせ、殺しを依頼する。

毒師ルテリの店にも、流れに流れ、イゾルデが直接出向いてきた。貴人が出向くにはふさわしくないさびれた店だが、それでも数多くの貴人が訪れた。

『ルテリ、あなたは評判のいい暗殺者だそうね。狙った獲物は必ず仕留めると聞いたわ』

外套を脱いだ娘は、なにも纏っていないと思わせるほど薄着だった。身体の線があらわになった黒いレースのドレスは、ふたつの乳首が透けている。

ルカはローブのフードを目深に被り、顔を隠しつつ、嘲るように口の端を持ち上げた。あえて声を低めて言う。

『確かにぼくはルテリですが、暗殺者ではなく毒師だ。この店は紹介制……かつ、いまは新たな依頼を受けていない。お引き取りを』

『このわたくしに向かって……。わたくしが直々に訪ねるなんて、名誉なことなのよ？』

『困りましたね。あなたがどのような貴人であるか存じませんが、店の前にたむろする従者はいただけない。大勢で来ること自体、門前払いの対象です。早々にお引き取りを』

黒髪の娘は、どん、と机に手をついた。同時に燭台がゆれ動き、二本灯るろうそくのうち、一本かき消えた。ただでさえ薄暗い店内の暗さが増して、彼に差す影が濃くなった。

『こんなみすぼらしい店、来たくて来たわけではないわ。ドナートをご存じ？　彼に聞いたのよ。……あなた、決して顔を見せないそうね。よほど醜い顔をしているのかしら』

『さあ？　どのような顔をしていようが、あなたには関係ない』

『失敗したことがないのでしょう？　暗殺の手際は伝説にまでなっていると聞いたわ』

落としていた視線をわずかに上げれば、娘は高慢に言った。

『お金はいくらでも払うし、なんならわたくしを抱いてもいいわ。殺してほしい者がいるの。名は、アレシア・コルネリア・グレタ・ピア・アルティエリ・アルド。あの女をこの世から――わたくしの視界から消してちょうだい。跡形もなくね』

『あなたを抱く？　冗談でしょう。ぼくにとってそれは報酬ではなく拷問だ。それでも抱けと言うのなら、逆に金をもらいたいくらいです。それに、聞いてなかったのですか？　ぼくは暗殺者ではなく毒師だと。暗殺は、先日廃業したのですよ。殺しに飽きたので』

娘はわなわなと震えた。

『美しいわたくしに向かって……』

『人があなたを見れば、そう思うのでしょうね』

『あなた、本当にわたくしを知らないの？　この黒いドレスを――』

『ええ、知りません。あなたこそ存じないようだ。ここでは身分などごみに等しい。ぼくは気に入る客は受け入れるが、気に入らない客は消す。目障りなのでね』

ルカは背後にあるずらりと並んだ瓶に向けて顎をしゃくった。

『秘術が書かれた文献があるのですが、とある部族は薬の材料に人体を用いています。ぼくも研究を重ねたいとつねづね思っていますよ。非常に興味深いですからね。たくさんの謎を秘めている。あの瓶の中身のいくつかは人から採取した素材です。たとえば目玉に心臓、血液、骨、脳髄《のうずい》に……特に女性はよい素材の宝庫だ。子宮に胎盤《たいばん》、孕めば胎児』

ひっ、と短く叫んだ娘は、尻餅《しりもち》をついた。そのさまに、ルカは猫のように目を細める。

『おや、驚かせてしまいましたか。本意ではないのですが。ぼくは感情や感覚が少々希薄なので、人の心の機微が理解しがたいのです。……ところで、ぼくは暗殺は請け負いませんが、毒師としてならあなたを客として迎えましょう。本来、新たな依頼は受けないのですが、あなたを驚かせ、ぶざまに尻餅をつかせたお詫《わ》びということで、特別に』

椅子から立ち上がったルカは、こつ、こつ、と歩み、娘に向けて手を差し伸べた。分厚いローブを着こんでいても、所作は優雅だ。

『いかがです？　無理にぼくの客になれと言っているわけではありませんよ。あなたに選択を委《ゆだ》ねます。――ちなみにあなたの名は必要ありません。ここでは客と店主。どのような効果を所望し、いかに叶えるのか。金。それだけの関係です』
　彼の手に、手入れの行き届いた震える指がのせられた。
『……お願いするわ』

　ルカはポケットを探り、銀の小箱を取り出した。そこから嗅ぎたばこを少量つまんで鼻腔に近づける。彼は気づいていないが、こうしてたばこを嗜《たしな》みたくなるのは、いらいらしているからだった。アレシアの専属医師になってからというもの、彼女のすべてを管理してきた彼は、勝手に彼女と離されたことに静かな怒りをくすぶらせていた。

　三十分はいやに長く感じられた。ルカはテラスから臨む大聖堂の天文時計を横目で見やり、手にした懐中時計の時刻を合わせ、衣服に仕舞いながら歩き出す。

　近くに人がいるのはとうに気づいていたが、彼は気づかぬふりをした。

「お待ちなさい、バレストリ伯爵。ジャン・ルカといったかしら」

　ルカは黒い髪をかき上げる。銀の瞳に映るのは、自身と同じ黒髪の人物だ。

「これはイゾルデさま。このようなところでなにをされているのですか？　テラスは恋人の逢瀬《おうせ》の場と相場が決まっていますが、まさか意中の相手でも？」

「あなたに用があるのよ」

「あいにくぼくは婦人に興味がありません。ぼくをお求めならお断りです」

「わたくしだってあなたなんて求めていないし興味もないわ。内密に話があるのよ」

イゾルデの瞳には断らせないという威圧感があった。しかしながらルカはどこ吹く風だ。

「話ですか。いいですが……それにしても少々疑問が残ります。現在、王族会議が開かれているはずですが、なぜ、黒のドレスを纏うあなたがこちらにいらっしゃるのでしょう」

言った途端、相手の目に憎しみが宿った。

「お黙りなさい」

こつ、と一歩進んだイゾルデは、ルカの顎を指で押し上げる。

「わたくしはあなたに用があるからここにいるの。それ以上でも以下でもないわ」

イゾルデはだしぬけにルカのクラヴァットをひっぱり、手の甲で彼の胸を打った。

「見たのよ。わたくしはあなたを」

ルカは冷ややかに彼女を見下ろす。

「お父さまは発作で亡くなったのではないわ。心臓も特に悪くはなかった。悪化したのは最近のことよ。ひと月ほど前かしら？　なぜならわたくし、知っているもの」

「ええ、ご存じでしょうね。あなたは陛下とずいぶんお盛んなようでしたから。心臓が弱ければあれほどの行為はできないでしょう。とっくに腹上死している。あなたの上でね」

かっとイゾルデの顔に朱が差した。物言いたげに口を開くが、一旦閉じて、また開く。

「お父さまとの関係を知っているのなら話が早いわ。わたくしはあの日、お父さまといたのよ。苦しむ姿を見てすぐに部屋から出た者を追ったわ。それがあなたよ。あなたはお父さまがいつも飲む黒い小瓶をすり替えたのでしょう？　わたくし、そのような芸当が可能な者の心当たりがあるわ。健康な者をごく自然に病に変え、発作を装い殺せる者を」

ルカはゆるりと首を傾げ、視線を外したが、したり顔のイゾルデを再び見やった。

「毒師ルテリ」

勝ち誇ったイゾルデはルカに向けて指をさす。

「――バレストリ伯爵、あなたはルテリの客ね？」

ルカは無言で口にこぶしを当てがい、笑いを押し殺す。

「言い逃れできないわよ？　わたくしはルテリの手口をよく知っているの。あなたは彼に依頼したのだわ。王殺しを公言されたくなければ、おとなしくわたくしに従うことね」

なにも答えようとせず、表情を崩さない彼に焦れたのか、イゾルデは眉をひそめる。

「わかっているの？　王殺しは大罪なのよ？　生きたまま火あぶり、もしくは手と足を四頭の馬にそれぞれ別方向に引かれ、身体はちりぢり。死体は朽《く》ち果てるまで晒されるわ。鳥にも散々肉を啄《ついば》まれるでしょうね。目玉のないあなたを想像してみることだわ」

「あなたの死の表現はずいぶん拙《つたな》い。ぼくを笑わせるおつもりですか？」

見るからに気を悪くしたイゾルデは、唇をひん曲げる。

「わたくしをばかにしているの？」

「ぼくは医師です。様々な死を見てきた。ところで、ぼくをどう従わせたいのでしょう」

イゾルデの下がっていた口角が鋭利に上がった。

「あなたの患者を消してちょうだい。お父さまのようにね。消してくれるのなら王殺しのことは黙っていてあげる。褒美もはずむわよ？」

表情なく彼女を見ていたルカは、まつげを伏せてから言った。

「ぼくの仕事は患者を治すことです。一度引き受けたからにはやり遂げます。ですが」

ルカはイゾルデの手を掲げ持ち、その甲にそっとくちづけた。

「完治したあとでよろしければ請け負いますよ？」

＊　＊　＊

王族会議は、これまで蚊帳《かや》の外だったアレシアにとって、よくわからない内容で、自分の無知を思い知らされるものだった。それに、アレシアが参加しているのにイゾルデがいないのも不思議だ。となりの席には、いとこのアイアスがいるから余計に。

途中めまいがして、椅子に座りながらもよろめいてしまったアレシアを気遣い、アイアスが身体を支えてくれて、それから彼女はいとこに話しかけていた。小声でだ。

「ねえ、アイアス。ピエルを預かってくれてありがとう。お行儀よくしてる？　元気？」

アイアスは、豊かな金髪の巻き毛で碧《へき》眼。恋物語に登場するような爽《さわ》やかな青年だ。公爵家の嫡男ということもあり、いま、貴族の娘の間で非常に人気があるらしい。

「元気だよ。うちの庭で走り回っている。昔のきみみたいにね」

「わたし、そんなに走り回ってた？」

「忘れたのかい？　そういえば、ジルがジジに手紙を書いてもいいかなと聞いていたよ」

アレシアは、ぱあっと表情を明るくした。

「ぜひ。あ、その前にジジが手紙を書くわ。もらった手紙の返事をまだ書いていないの。待っていてと伝えてくれる？」

「わかったよ。ところでアレシア、よからぬうわさを聞いたんだ」

やけにアイアスが優しく肩をさすってくるから、アレシアはより不安を感じた。

「よからぬうわさって？　一体なにかしら」

「アモローゾのエミリアーノ王太子さ。きみという婚約者がいながら、……その、大勢の女性と親しくしているらしい。はっきり言ってしまえば、放蕩《ほうとう》の限りを尽くしている。私はいけないことだと思う。きみを蔑《ないがし》ろにしすぎている。遊ぶ男は改心しないし、くずだ。断言する、結婚後も不貞を働くよ。私の父がいい例だ」

思いをめぐらせたアレシアは、ぎゅっとスカートを握った。エミリアーノ王太子を責められない。自分のほうこそ放蕩者だ。アレシアの心にはルカしか住んでいないのだから。

「それは……お父さまも、恋人がたくさんいらしたし……だから」

「伯父上は別だよ。ルクレツィアさまを亡くして以来独身だったじゃないか。それは――きみたち以外にも子がいるけれど。私が言いたいのは、場合によっては婚約破棄するのも手ではないかということ。きみにはもっとふさわしい男性がいるし、無理に外国に嫁ぐ必要はないよ。アルドはじゅうぶん強国だ。戦争がはじまっても負けない。負けさせないよ、私が」

アイアスは軍部に所属しているのだ。かつては兄ロベルトもいた。

アルド王国の軍隊は、城を守る騎士が白を纏うのに対して黒を着る。国を代表する者としてそれがゆるされていた。アルドの黒騎士は戦地で恐れられていると聞く。負けたという話を生まれてこのかた聞いたことがないから、アレシアも勝つと信じて疑わない。

アレシアはいとこの〝婚約破棄〟の言葉を噛み締めた。アモローゾで兄のジネヴラを探したいという思いは強いが、他に望んでいることがある。

「ねえアレシア。もうひとつきみに伝えたいことがあるんだ」

放心していたアレシアは、はっと我に返った。

彼の手がアレシアの手に重ねられた。幼なじみの手は、いつのまにか大きな男らしいものになっていた。

「きみの専属医師、バレストリ伯爵は得体が知れない。きみは彼に傾倒しすぎているから心配なんだ。おそらく彼は、十中八九まっとうな人じゃない」

途端、アレシアは「いきなりなにを言うの」と眉間にしわを寄せた。

「ルカは恩人だし、優しい人だわ。たとえアイアスでも彼を悪く言うのはゆるさない」

アイアスの顔が一瞬悲しげに歪んだ。

「そう言うと思ったよ。……彼が好きなの？」

唇を引き結んだアレシアは、無言で頷く。

「でもね、私は軍人だからわかる。彼は危険だよ。気配がないのもそうだが、あの目。人間らしい感情がない者特有の目だ。戦場では血に飢えた輩《やから》というのが存在する。自ら進んで修羅場に身を置き、人を殺してもなんとも思わない——むしろ喜びを感じるような」

「あなたはルカが殺人鬼だとでも言いたいの？　彼はわたしを助けてくれたのよ？」

悲痛な声をしぼり出すアレシアに、アイアスは「違う」と首を振る。

「言いたいのはそこではないんだ。彼らは常人にはわからない理《ことわり》のなかで生きている。己だけの法則に従っているんだ。信念があればそれしか見えないような……。他人の心は二の次だ。当然私もきみを治してくれた伯爵に感謝している。けれど伯爵には得体の知れない目的がある。そう思えてならない。きみを彼に預けなければならないことが口惜しい。どうか信じすぎないで。好きという感情以前に、疑念を持って見極めるんだ」

アレシアは心が揺れた。この幼なじみは、昔から聡い人で尊敬している。その彼が、胸が痛くなるほど真摯な瞳でこちらを見つめているのだ。

「……ごめんなさい。でもわたし、ルカに疑念を持てないわ。信じてる……ううん、信じたいの。けれどアイアス、わたしはね、あなたのことも信じているの。だから……」

アイアスに手を取られ、ぎゅっと握られた。

「アレシア、片目ではなく両目で見るんだ。きみは幸せにならなければいけない人なのだから、選ぶ目を持って」

――選ぶ目。

わたしは、本当に真実を見ているのだろうか。

アレシアは左目に手を当て、まっすぐ前を見たのち、今度は外して両目で天井を捉えた。

すると奇妙に見えたのか、ルカが寝台に興味深そうに上がってきた。

アレシアに、せつなさに似た感情がこみ上げる。ルカに疑いのまなざしなど向けたくないのだ。

「なにをしているのですか？」

「さっきの会議で幼なじみに言われたの。片目ではなく両目で見ろって。わたしの目はふしあなじゃないと自信を持ちたいけれど、そうとも言えないのかしらって不安で」

ルカがくすりと笑うから、アレシアは肩をすくめる。

「ばかげたことをしているってわかっているわ。笑ってもいいの」

「幼なじみとはアイアスさまですか？」

「そうよ。アイアスとは乳兄弟なの。いっしょに育ったわ。仲良しだし尊敬しているの」

「彼は立派な方ですね。あなたが誇らしく思う気持ちもわかります」

目と鼻の先にルカの顔が迫り、角度をつけて、ちゅ、と唇に当てられた。甘いキスだ。

「ふしあなではないですよ。あなたはあなただ。アレシアだけの視点があり考えがある。

ぼくはそれが気に入っています」

ルカの言葉は心地いい。視線も、面ざしも、なにもかも。

「あなたって口がうまいわ。わたし、自分が取り柄のない娘だってわかっているもの」

「本心ですよ」

——アイアスは、この目が人間らしい感情がない者の目って言っていたけれど……。

銀の虹彩は光の加減で色味が変わる。青や水色、紫。さながら極上の宝石のようだ。

「綺麗ね……。それに」

ルカの両頬を包めば、横を向いた彼の唇が手に触れた。右手にも、左手にも。

「アレシア、治療をさせてください」

頷くアレシアはルカに組み敷かれながら思う。

——こんなにも、あたたかいのに。

王族会議が終了すると、部屋の外までアイアスが抱えてくれたが、外ではすでにルカが待っていて、『ありがとうございます』とアレシアを引き取った。

途中、ルカは根掘り葉掘り会議について聞いてきた。が、理解していないアレシアは、ろくに答えが返せなかった。アイアスがルカについて話した内容も、間違いなく彼は気を悪くする。だから黙っておいた。

「あっ、……あ」

まだドレスを脱いでいないのに、彼がいきなり胸の先を吸ってきた。薄い絹の布越しにだ。吸われるだけでも気持ちがいいのに、濡れた布が突起に張りつき、それが擦り合わされて、じりじりとした熱を生む。

　口をわずかに開けて喘いでいると、ルカが手を重ねてきて、互いの十指を絡ませる。

「アレシア、目隠しをしてもいいですか？」

「……ん、目隠し？　どうして？　あなたの顔が見えなくなるわ」

「目が見えないほうが感覚が研ぎ澄まされますから。ぼくを身体で感じてほしいのです」

「いいわ。でも、取ってと言ったら取ってくれる？」

「それはだめです。目隠しの意味がありませんからね」

　アレシアが「いじわるね」と小さく笑っていると、ルカは自身のクラヴァットを外し、レースのそれを畳んでアレシアの顔に巻きつけた。ゆるい巻き方だったので隙間から見えると思っていたのに、光は差しこむけれど、見えそうで見えない。

　ルカは感じてほしいと言ったが、本当だ。状況がわからないいま、耳や鼻をたよりにするから、よりルカが感じられるような気がした。彼の纏う匂いがほのかに鼻腔をくすぐる。

　アレシアは、すんと鼻をかすかに動かした。

「いい匂い。ルカは優しい香りね」

「そうですか？　いつもハーブに触れていますから。ですがあなたのために調合しているので、これはぼくがあなたに似合うと思っている香りです。ですからあなたの匂いだ」

　突然首すじに熱いものがねっとり這わされ、アレシアは顎を突き出す。舌だと思った。

「知っていますか？　あなたとぼくは同じ匂いがするのですよ。同じ湯を使い、同じものを飲み、そして食べる。同じ香炉から煙を浴びている。つねに傍にいますし、なにより肌を合わせていますから。ぼくもあなたの匂いが気に入っています。あなたは甘い」

舌は顎に這い上がり、やがて唇をべろりと舐める。そして強引に割り、なかに肉厚のそれがねじこまれた。

ゆっくり、強く、なかをなぞられる。唇の隙間の歯茎や歯、口蓋、舌。アレシアは、じわじわと快感を覚えて身体をひねる。脚の間がじわりと濡れてゆくのがわかった。

彼を強く感じる。

「ルカ………ドレスを脱がせて？」

「今日は着たままで」

ルカの両手が胸を包み、揉みこんで、胸の先をそれぞれ爪弾《つまび》いた。あっ、あっ、とアレシアがびくんと跳ねれば、彼は味をしめたようにしつこく何度も弾《はじ》く。

「ん。あっ……。やだ、ルカ。目隠しを取って」

「成長しましたね。大人の形になっていますよ」

じゅ、と頂を吸われ、アレシアは背を弓なりに反らせた。息が荒くなる。

「あ！　だめ。いつもよりも……」

「敏感になるでしょう？　一度達しましょうね」

言うやいなや、足首を高く上げられて、ドレスのままぱっくり割られた。これ以上開けそうにない。

「あ、やだっ」

なにも言わない彼は、アレシアの脚の間で、ごそごそなにかをしているようだった。やがて、布を切り裂く音が聞こえた。秘部の部分だ。そこにひやりと風を感じる。想像すると格好悪い。きっと、生地の間から彼に秘部を晒している状態だ。

アレシアは、いや、いや、と首を振る。

「目隠しを取って」ともう一度言おうとしたときだ。いきなりそこにむしゃぶりつかれ、ぴちゃぴちゃと吸われた。同時に秘裂の上部にある快感の芽を指でもてあそばれる。

「ああっ！」

唇は移動し、秘芽にねっとり圧がかかる。舌と唇だ。びりびりとした官能が、腰の奥から頭の先まで走った。

もうだめ、と奥歯を噛むと、鮮烈な刺激とともにぶるぶる身体がわなないた。汗がぶわりと噴き出して、身体の奥のぐつぐつとした灼熱が暴れ出す。

「は。……あっ！」

いつものように、彼があふれた液を啜っている。舌でえぐられ、厚みのある唇がちゅうっと吸いついた。ひくひくと秘部がうごめくのを感じつつ、胸を動かし息をする。整えたくても息は荒いままだった。

彼が開いたままの両脚を抱え、ぐっと持ち上げた。アレシアのおしりは宙に浮く。

「脚を開いていてください。恥ずかしがらないで」

おしりを支えていたルカの手が、左右の腰に移動した。

視界が遮られているため、なにをされているのかわからず先が読めない。そんななか、いまだ快感に震えるそこに、つるつるとした硬いものが当てられた。なんだか熱い。

得体の知れないものだと感じ、身をこわばらせると、ふ、と息を吐く音がした。

「アレシア、そう緊張しないでください。いまから毒を掻き出しますから、力を抜いて」

「え……？　わかったわ、力を……抜くのね」

どくどくと心臓が大きく脈動している。腰を浮かされているため、頭に血が下りてくる。きっと顔は真っ赤だろう。

「まだ力が入っていますよ。ああ、だめです。脚は開いたまま。もっと開いてください」

アレシアは羞恥心を振り切り、自分の限界まで開いた。

「だって……なにも見えないもの。怖いわ。それに、すごく恥ずかしい……」

「あなたが寝ているときにしていますから、初めてではありません。怖くないですよ」

「……どうして寝ている間に？」

「一気に毒を掻き出す以上、慣れるまで痛みを伴いかねないですからね。眠っていたほうが都合が良かったのですよ。すべてはあなたのためです。痛いのはお嫌いでしょう？」

こくんと頷くと、ルカが続ける。

「すでにあなたの身体に形がなじんでいますから気持ちがいいだけですよ。深呼吸して」

アレシアは言われるがまま、とぎれとぎれに息を吸い、吐き出した。けれど、秘部に当たり続けるそれがとても気になった。

「硬いわ。なにかしら……」

「あなたのための道具ですよ」

「道具？」とつぶやくと、腰にあるルカの手に力がこめられた。次の瞬間、さらに腰を持ち上げられて、秘部に圧迫感を覚える。ぬめぬめと滑るように道具の先がなかに入ってきた。熱くて太い。言葉を失っていると、それはぐちゅっと奥まで侵入してくる。

「あっ！　やっ、……ん。なにこれっ。あ！」

　尋常ではない、鮮烈な快感がほとばしる。指で届かない奥の奥までそれは突き抜く。気持ちいい、気持ちいい、となかが収縮するのがわかった。これまではなにかが足りなくて、もどかしかったが、それは飢えが満たされるようだった。おなかのなかがせつなくうずき、知らず腰が動いてしまう。

「ああっ！　やだ、だめ。どうしよう……あ。怖い」

「怖くありませんから。ほら、アレシア。あなた達していますよ」

「んっ、……あっ」

「休まないで腰を動かしてみてください。ぼくが支えていますから。自分でいいところを探して」

「……ふ。もう……だめ。動かなくても、いいもの……」

「それでも、いまよりもさらにいいところがありますから。ね？　やってみてください」

アレシアは淫らに腰をくちゅくちゅ動かし、道具を奥にこすりつけた。そこに、より刺激が走る箇所がある。

「必死でかわいいですね。止まらない。自分がそれをぎゅうぎゅうと締めつけるのがわかった。そこが、気持ちいいのですか？」

「あっ！　……ん、んっ、気持ちいい……ああ、お上手ですよ。そこが、気持ちいいのですか？」


「わかりました。覚えましたよ」

なかがうごめき激しく脈打つ。とにかく熱かった。それでもアレシアは腰をくねらせる。

「う、……ああっ。——も」

アレシアは快感に朦朧としていたけれど、なかの道具がずるりと抜けたと思った瞬間、一気に奥まで貫かれ、目隠しの内側で目を見開いた。

＊　＊　＊

分厚いローブを着こみ、目深にフードを被ったルカは、疲れ果てて眠ってしまったアレシアにそっとくちづけた。

ぽた、と黒髪からしずくが落ちる。それはアレシアの頬を涙のように伝った。

キスが長いのは、口から薬を与えているからだった。それはメロンの味がするものだ。

アレシアの部屋に続く道では、城塔の入り口はわざとゆるく施錠し、螺旋階段に刺客を

寄せて、一気に彼らを蹴散らしていた。しかし、彼女がいる居室の守りは厳重だ。ルカの首にかかる鍵がなければ開かない。専属医師になってすぐ、鍵をすべて一新した。

その日はいつにもまして、まるく大きな月が出ていた。雲も風も一切ない、星がまたたく夜だった。黒い城は闇に溶けて姿を消すが、月明かりが反射して、形をおぼろに浮かび上がらせた。

ルカは気配を消したまま城内を歩み、城門の跳ね橋近くにやってきた。彼の衣装は宵になじむが、冷淡な瞳は鋭く冴えていた。

じり、とかすかな気配を察知し、ルカは音もなく地面を蹴りこみ、重力を感じさせない動きで走る。

ひとりめを捉えたルカは、相手が気づく間もなく、首をあらぬ方向にねじ切り、次の瞬間ふわりと舞って壁を蹴る。二、三歩水平に壁を走ると、地に降り立って、驚くふたりめをこぶしで沈めた。喉笛を潰された男は蛙《かえる》のようにうめくと、膝から地面にくずおれた。その隙に、ルカは小針で男の首をぷすりと刺したが血は出ない。穴は針が刺さったままで栓になっていたからだ。

たちまちふたりを屠ったルカは、まだ生きている刺客に取りかかる。ルカの顔にはおよそ感情らしいものはない。といっても、目深に被ったフードと夜の闇で隠れているが。

敵は四人――いずれもアレシアを狙う刺客だ。

王殺しとしてイゾルデに脅されてからというもの、協力者のふりをしているため、事前に情報を知ることができていた。以来、ルカは城塔で待ち構えるのではなく、王城に侵入したばかりの刺客を仕留め続けていた。

　とさりとした物音と共に、男がまた倒れ伏す。そして残るひとりに向かってゆらりと身をひるがえせば、近づく黒い不吉な影に、刺客はがたがた震えた。

　当然だ。暗殺に来たのに、逆にことごとく暗殺されているのだから。その鮮やかな手口の主《ぬし》は、彼らが知りうるなかで、たったひとりしかいない。

「おまえは……毒師ルテリ」

　それは、刺客の最後の言葉になった。一気に距離を詰めたルカは男の首を折っていた。

　ルカは人の急所を熟知している。むやみに血は流させない。痕跡を残すのは好まないし、なにより血は匂いを残す。

　ルカは二本の指をくわえて短く「ぴぃ」と指笛を鳴らした。近くの木から、ばさりとなにかが飛び立つ音がしたのを確認し、そのままきびすを返した。


　目の前の女はいらいらと親指の爪を噛んでいた。漆黒の長い髪は、自らぐしゃぐしゃと掻き混ぜたため、艶を失っている。刺客を払ったあと、白い衣装に着替え、伯爵として椅子に座るルカは、表情なく脚を組み、女の言葉を待っていた。

　黒い部屋に据えられた黒い机、椅子。暖炉を囲んだマントルピースももちろん黒だ。

燭台では、ろうそくの火が風に揺すられ、いまにも消えそうになっていた。

「なぜなの……どうして結果が出ないの。散々金を積み、刺客を送りこんでいるのに」

まだ十七歳にもかかわらず、これまでの生い立ちと妄執がそうさせたのか、彼女は成熟した女のようだった。美しく、妖艶であるといえるが、初々しさはみじんもない。

「アレシア王女は、陛下——いえ、前国王と現国王に大切にされていますからね。警備も厳重です。小耳に挟んだ話ですが、王女を守る隠密が幾人もいるらしいですから、狙ってもむずかしいのは当然でしょう。結果が出ないのはある意味しかたがない。それはそうとイゾルデさま。ロベルトさまは鋭いお方だ。その上、大変妹思いでいらっしゃる。アレシア王女に刺客を送り続けるのは少々まずいことになりそうですよ。明るみに出れば……」

イゾルデはぎらりと目をひらめかせ、ルカを睨んだ。

「伯爵っ、黙りなさい！　……わたくしだってお兄さまの妹だわ！」

ルカは静かにイゾルデを観察する。

意外にも、この娘は父と兄には恨みを抱いていないようだ。むしろ敬愛して見える。しかし、同じ父を持つアレシアをひどく憎んでいる。普通という言葉にあてはめるならば、なにも知らない異母妹ではなく、自分を陵辱した父と兄を憎むものだろう。アレシアとイゾルデをあからさまに区別し、扱いを変えているのは他でもない、彼らだ。

人の心は理解しがたいとルカは思う。つくづく謎で、しかしどうでもいい生き物だ。

「伯爵、あなた、直《ただ》ちに隠密をなんとかなさい。ルテリの毒で」

　扇を差し向けられて、ルカは肩をぴくりと動かした。口もとはゆったりと弧を描く。

「ご冗談を。ぼくはただの医師です。隠密など始末できるはずがないでしょう？　たちまち返り討ちにされます。それに、お忘れですか？　ぼくは王女が完治してから請け負うと言ったはずですが。ぼくのいまの責務は患者を治すことです。まだ協力できる段階ではないというのに、このような夜更けにあなたの居所に呼び出されるなどはなはだ迷惑です」

　イゾルデは高慢に長椅子から立ち上がり、ルカを見下ろした。

「あなたを呼び出したのは命じるためよ。いますぐわたくしを抱きなさい。見た目は合格よ。伯爵、あなたは美しいわ。あの方の次にね」

　ルカは笑んだままで彼女を見返す。

「これは王女さま、父王に抱かれすぎたのでしょうか。よもやと思いますが依存症なのでは？　知っていますよ、あなたは前国王の小姓《ペイジ》に男娼まがいのことをさせている」

「いいから黙って抱きなさい！　あの方の代わりにしてあげると言っているのです！」

「お断りします。ぼくにも選ぶ権利はある。奴隷に成り下がるつもりはないのでね。それに、ぼくは女を抱けない。興味がないのですよ。特にあなたには少しも反応しません」

　イゾルデは、長椅子のクッションを鷲摑みにすると、ルカにそれを投げつけた。彼は避けない。クッションは身体に当たって床に転がった。

「このわたくしをばかにして！」

「ところで、なぜアレシア王女を憎むのです？　いまのこのときのことは夢と忘れますから話してみてはいかがでしょう。医師の観点から言わせていただきますが、話せばあなたの気も少しは紛れるはずです。心労を抱え続けるのは健康によくないですからね」

イゾルデは黒いまつげで瞳を隠す。

「……紛れるのかしら、本当に」

「溜まったものを吐き出す行為は精神的にはよいことです」

イゾルデは、身につけている黒い化粧着をするりと解くと、全裸で長椅子に寝そべった。艶めかしくルカを見ながら話しはじめる。

「見て。綺麗でしょう？　わたくしはお父さまに抱かれ続けて身体はお父さま好み。胸も成長したわ。初めて抱かれたのは十二のときよ。当時、お父さまはあの女よりもわたくしを必要としているのだと喜んだわ。けれど違ったの。わたくしはあの女の母の身代わり。でもね、あの女の身代わりでもあったのよ。どこがいいというの？　あんな不細工！」

「アレシア王女の身代わりにされたことが我慢ならないのですね」

「それだけではないわ！　昔からあの女はそう。愛されていると信じて疑わないいらいらする女なのよ。ただ、銀色の髪を持つだけで！　それだけで優越感に浸っているわ！」

怒りに興奮し、かっかと肌を染めるイゾルデに、ルカは冷ややかに言った。

「ロベルトさまも銀色の髪ではないですか」

「お黙りなさい！」

鼻息荒くひじをつき、手で頭を支えたイゾルデは吐き捨てた。

「あの女は自分が特別だと思っているのよ。昔、あの女とわたくしでアモローゾに預けられたことがあったわ。当時、森でくまに襲われ、召し使いが五人殺されたのよ。あの女はあざとくもめそめそして寝こんだわ。おかげでわたくしはあの女を危険な目にあわせた罪としてお父さまに折檻《せっかん》されたのよ。五日もね。思い出すだけでいまいましい！」

イゾルデはこめかみにぷくりと血管を浮かせ、ぎりぎりと歯を噛み締める。

「街道を走る途中、馬車が人を跳ねたときがあったの。人を轢《ひ》いても走り抜けるのが常識でしょう？　王家の馬車を邪魔するなんて罪だもの。けれど偽善の塊のあの女はばかみたいに泣き叫んで取り乱したわ。おかげでアイアスの城に行けなくなったの。それだけでも腹が立つのに、またもめそめそとあの女は寝こんだのよ。絶対に演技だわ。それに見事騙され、献身的に看病したのがアイアスとお兄さま。しかもアイアスは眠るあの女にキスをしていたのよ！　あの女がそそのかしたのに決まっている！　ふざけるなと思ったわ……ことあるごとにふたりの気を引くために、か弱いふりをして！」

突然、あはははは！　と、イゾルデは脈絡もなく笑いはじめた。

「男に媚《こ》びまくるあの子どもじみた浅はかな女は、ばあやが作った飴が好物だったの。お父さまはあの女に言い渡したわ。『二度と下賤なものを食べるな』ってね。でも、性懲《しょうこ》りもなくあの女はこっそりと食べ続けていたのよ。でぶなのは食い意地が張っているからだわ。それでね、わたくし、お父さまに言ったのよ。『まだあの子は飴を食べています。ばあやがかいがいしく作るから、やめられないと思います』」

イゾルデはルカに対して、くいと顎を持ち上げた。

「どうなったかわかる？　お父さまはばあやを処刑したわ。『これで二度と下賤な菓子を食べなくなるだろう』って。あの女、ばあやが死んでからひと月ほど寝こんでいたかしら？　そのくせ、ばあやが処刑された理由を知らないの。薄情だと思わない？　あの女の食い意地がばあやを死に追いやったというのに。まさに偽善者ね。悪魔のような女だわ」

ルカは脚を組み替えた。

「あなたはアイアスさまがお好きなのですね。〝あの方〟というのは彼でしょうか」

ふん、とイゾルデは鼻を鳴らし、「お黙りなさい」と小声で言った。

「わたくしは孤独な幼少期を過ごしたの。王の娘でも妾腹《しょうふく》という蔑みの対象でしかなかった。そんななか、わたくしに優しくしてくれたのがアイアス。わたくしはね、彼の妻になりたいのよ、昔から。けれど、ことあるごとにさも金魚の糞のようにして、アイアスの後ろにあの女もくっついてきたわ。邪魔をして……殺しても殺し足りないわ」

イゾルデは手をのばし、傍机の呼び鈴を鳴らした。すると、前王付きの小姓が現れる。

彼女が顎をしゃくり、脚を開けば、少年は跪いてその股間に顔をうずめた。

「話を続けるわ。お父さまが初めてわたくしを抱いたときにこう言ったの。『身体を差し出せばアイアスと結婚させてやる』って。だから彼はわたくしのもの。とにかくあの女は昔から耐えがたいほど邪魔なのよ。……ああ、もっと強く舐めてちょうだい。もっとよ」

ルカは、イゾルデの近くに転がっている瓶に目をやった。その奥の香炉から流れる匂いは心当たりがあるものだ。

「以前から気になっていましたが、あなたは阿片を嗜みすぎです。恍惚感や多幸感が得られるからといって過剰摂取はいけませんね。ですから、協力者の証としてこちらを差し上げます」

銀の瞳を鋭くしたルカは、机にこつりと赤い小瓶を置いた。その小瓶を見たイゾルデの瞳には、疑念が詰まっていた。

「怪しい薬ではありませんし毒師ルテリから買った薬でもありません。ドロニカムを独自に調合したものです。アイアスさまの妻になりたいのでしょう？　でしたらこれを飲むべきです。ぼくはかつてヴェレッティに従事しましたから、阿片に関して腕は確かです」

ルカは飄々としているが、かつて大金ほしさにこの国に阿片を蔓延させた過去がある。さらにマダムの力を利用して、阿片の治療院も開き、二重に金を稼いでいる。これらの体系は隣国アモローゾにも及ぶほどだった。

「イゾルデさま、あなたの今後の予定では、王女はあなたおひとりになるのでしょう？　いまのままではアレシア王女のみが残りそうですが。それでよろしいのですか？」

イゾルデは喘ぎながら、視線をルカに滑らせる。

「うるさい男ね……。わかったわよ、あとで飲むわ」

「では、ぼくはこれで。二度と夜中には呼ばないでくださいね。迷惑の極みですから」

恭《うやうや》しく一礼したあと、彼はすみやかに立ち去った。

七章

その黒い城を見るのはたやすい。上を向けばいいだけだ。大小七つの城塔がそびえ立つ、黒曜石の王の城。

しかし、そこに入りこむのは不可能だ。貧民街に住む者には道は固く閉ざされていた。許可なく橋を越えようものなら、問答無用で殺される。それがこの国の法だった。

生まれながらの階級からは這い上がれない。貧乏人は貧乏なまま生きて死ぬ。

石畳が剝げ、轍《わだち》がついたでこぼこ道を歩く少年もそうだった。ぼろぼろの服の下にある身体は栄養が足りないために細く、十三歳だというのに、まるで十歳のように小柄だ。

彼は表情なく歩いていたが、ふと遠くの黒い城を見上げた。

城は曇り空のもと、さらに濃く影を刻み、迫力を増している。

――くだらない。

それは少年の口ぐせだ。彼は物心ついたときから無気力で、すべてに対してくだらないと思いながら生きている。いままでも、そしておそらくこれからも。前に立ちはだかるのは暗雲めいた未来だけれど、彼にとってはそれすらどうでもよく、くだらないものだった。

黒い城を眺めていると、ふと父の顔が脳裏をよぎり、声には出さずにつぶやいた。

〝滅んでしまえ〟

少年の父はことさら王城に執着している。かつてあの丘の一員だったからである。父は政争に負けたあげくに落ちぶれて、爵位を持つにもかかわらず、いまでは庶民と変わらない。否、酒に溺れて少しも働かないため、庶民どころか家畜よりも役立たずだ。

帰りたい帰りたい帰りたい。

声に出さずとも、父の表情、仕草はつねにそう訴えていた。過去の栄光にしがみついているのだ。ぶざまだな、と見やれば、すかさずこの世の仇とばかりに怒鳴られた。

『この穀潰《ごくつぶ》し！　早くマダムのもとに行って稼いでこい！』

顔に酒くさい息と唾がかかり、袖で拭う間もなく家からつまみ出される。少年は言われるがまま、とぼとぼとマダムのもとへ向かった。

つい二日前のこと、彼は父にマダム――ヴェレッティ夫人に売られた。それは父の酒代と、莫大な借金を返済するためだった。

少年は父を恨むでもなく、現状を嘆くでもなく、うつろな目をして歩き続けた。

彼は父に疎まれて育った。母が彼を産んですぐ産褥《さんじょく》熱で亡くなったからである。『おまえが死ねばよかった』と、殴られることもしばしばあった。

だが、父に邪険に扱われようとも、少年は、ちっとも悲しいと思わなかった。殴られながら、ただ煩《わずら》わしいと考えた。怒鳴り声も、痛いのも、おなかがすくのも煩わしい。

やがて、これまでの道とは打って変わって綺麗に舗装された道に出た。辺りの建物も、倒壊しそうなものは消え、ひび割れもなくなった。王侯貴族の馬車が走るため、そういうところは見栄えもいいのだ。

ところどころ血のついている箇所がある。度々貴族の馬車に人が轢《ひ》かれるからだ。それは日常茶飯のことだった。すべて〝悪いのは道を阻《はば》んだ庶民〟として片付けられる。いまも速度を落とすことなく、彼のすぐ傍を馬車が通り過ぎてゆく。しかしながら、風に吹かれる彼は少しも恐れず前を見ていた。

少年は王の丘に続く橋を一瞥し、ほど近くにある豪奢な館の前に立つ。マダムの館だ。

金貸し業を営むマダムは、庶民のなかでも成功者であり、地区で三本の指に入る資産家だ。顧客には貴族もいるため、彼女はあの橋を渡れる数少ない庶民のひとりだった。

虎を象った真鍮《しんちゅう》のノッカーを握り、打ち鳴らせば、マダムの執事が顔を出す。

執事は少年の服装を見て、露骨に眉をひそめた。いかにも貧乏そうな身なりの者を正面から迎えるのは抵抗があるらしい。

「ルテリか。入れ」

ルテリという名は、マダムに勝手に付けられた。それに関して、彼に思うところはなにもない。なにしろ自分の本名すら興味がないからだ。

通されたのは、金で宝飾されたまばゆい部屋だった。精緻な彫刻の施された椅子に座り、太い脚を組むマダムは、宝石のぎらつく指をくいと曲げて彼を呼ぶ。

「お寄り、私のルテリ」

指示に従えば、頭の天辺から足の先に至るまで、舐めるように見つめられる。

「そのぼろきれはいただけないね。みすぼらしいったらありゃしない。脱いじまいな」

マダムがじっとこちらを見るので、彼は視線を外さずにいた。

「私はね、あんたが好きだよ。その艶やかな黒髪も鋭い銀の瞳も。私がこの手であんたを最高の男にしてやるよ。だからいま、私にすべてを見せるんだ。裸になりな」

少年は、ためらいもなく着ているものを脱いでいく。そのさまはマダムにあますところなく捉えられ、すべてを脱ぎ終えれば、彼女の赤い口端が鋭利に持ち上がった。

「一流の男におなり、ルテリ。あんたは一生私のものだ」

それから彼は毎日マダムに呼ばれて館に通った。表情はつねに乏しく、心は空洞だ。

マダムの部屋で行われていたことを、人は狂気の沙汰《さた》と言うかもしれない。なにしろ彼は服を着るなと命じられていたからだ。

マダムは彼にとある行為を要求する。やり方は、執事とマダムに手取り足取り仕込まれた。それは古の奴隷が女の主人にしていたのと同じことらしい。

天蓋《てんがい》つきの寝台に全裸で寝そべるマダムは、脚を開いて彼を呼ぶ。彼は命令どおりにマダムの股間に顔を埋め、彼女が満足するまで舐め尽くす。ようはマダムを達《い》かせるのだ。執拗にしろと指示されて、彼は舌と唇を酷使した。

マダムは度々彼の性器を舐めしゃぶり、気持ちがいいかい？　と問うてきた。が、気持ちが良かったためしはない。むしろ気持ちわるかった。用を足す際ひりひりした。

――この行為になんの意味がある？　迷惑だ。

香炉からたゆたう煙がやけに印象的だった。マダムはその煙によって、朦朧としながらある言葉を何度も口にした。

「はあ……ルテリ……早く大きくおなり。あんたはまだ幼いからね、これじゃあだめだ」

言いながら男根を指でいじくられる。触れられたくなかったが、されるがままでいた。抵抗するのは面倒だった。

「早くかわいいこいつで私を突くんだ。一刻も早く大人になるんだよ、私のルテリ」

マダムは少年を完全に我が物にすべく画策したが、金蔓《かねづる》を逃す気はなかったのだろう、父親は承諾しなかった。父は貧しくとも貴族の端くれ、マダムの要求を突っぱねるくらいはできたし、マダムも従わざるをえなかった。

少年の身なりは日に日に輝かしさを増していった。上質な生地で織られた白いシャツとズボンを与えられ、上に金のタッセルつきの小粋なマントを重ねる。その高価な一揃えは貴族の子息が着用するたぐいのもので、彼はどこから見ても良家の子息だった。

骨と皮でできたような身体はいつしか年相応になった。少年は、道行く誰もが振り返るほど美麗な者へと姿を変えた。

しかし、いつのときでも、彼はマダムに逆らおうとはしなかった。従順な人形だ。

マダムの豪華な屋敷に入れば、たとえしたくないことをさせられたとしても、腹を満たすことができたし、図書室にある膨大な本を読めるから、家にいるよりましだった。

目を閉じた彼のまならうらに映るのは、父親とマダム。

――醜悪だ。

もっとも、彼はどんな人間も醜悪としか思えなかった。


「私のルテリ、明日もまた来るんだよ。……ああ、いっそここに住んじまえばいい」

ふくふくした手に頬を包まれ、口に分厚い唇を押し当てられる。舌を絡められ、口内に唾液をどろりと流しこまれるが、彼は少しも反応することなく、うつろに受けるだけだ。唇同士をくっつける。その行為にまったく意味を見出せない。まるで理解しがたいものだった。

重厚な扉が閉まれば、溜まった唾液を石畳に吐き捨てた。彼はマダムの唾液も愛液も飲みこんだことはない。すべて口の端から垂れ流した。他人の体液などおぞましい。

息をついて仰いだ空は快晴だ。黒い王城がくっきりと青い色に映えていた。

長いまつげを伏せた彼が帰路につこうとしたときだ。はっ、はっ、と足にまつわりつくものがいる。見下ろせば、ふさふさとした毛玉のような犬だった。

少年は気まぐれにその黒い犬を抱き上げて、つぶらな瞳と視線を交わした。

おまえはなぜ生きている？

ぼくはなぜ、生きている？

そう心のなかで問いかける。すると、次第に周囲がざわついてきて、少年はなんとはなしにそちらに目を向けた。

四頭立ての贅を凝らした黒い馬車が停車する。馬も黒だ。漆黒は王家の者が纏う色だった。その馬車の扉がばたんと開けられ、銀色の髪の少女がぴょんと地に降り立った。

すぐに召し使いらしき者の悲鳴があがる。

「おやめください、王女さま！」

制止の声を振り切って、黒いレースのドレスをつまんだ少女は一目散に少年のもとに駆けてくる。彼女は全身黒ずくめだ。宝石があしらわれているが、靴も髪飾りもすべて黒。

その大きな緑色の瞳は、少年の抱える犬しか映していなかった。

頬を染めた少女は、薄薔薇色の唇を尖らせる。王女とはいえ、幼い娘らしい仕草だった。

「だめよピエル、いきなり飛び出したりしちゃ、危ないでしょう？　怪我をするわ」

咎めたあとに、少女の視線は少年に向けられる。彼女は満面に笑みを浮かべた。

「ありがとう、ピエルをつかまえてくれたのね。あなた、お名前は？」

聞かれた途端、少年は銀の瞳を瞠った。

彼は生まれてこのかた名前を問われたことがなかった。マダムにさえも。そもそも名前に意味などないと思っていたから、名乗ろうともしなかった。いままでは。

「ジャン・ルカ」

それは口から滑るように出てきた。名前を告げたのは初めてだ。

少女は声には出さずに、ぷくっとした可憐な唇だけを動かした。〝ジャン・ルカ〟と。

そのとき、彼は自分の名前が意味のあるものになった気がした。

「わたしはアレシアよ。ピエルは大切な友だちなの。窓から飛び出してしまって……ぎゅうって心臓がつぶれそうになったわ。だから改めてお礼を言います。ありがとう」

続けてアレシアは「そうだわっ」と、ごそごそとポケットを探り、紙の包みを取り出した。開けばガラスでできたような琥珀の欠片がのっている。彼女はそれをひとつつまみ、彼の口に近づけた。少年の両手は黒い犬を抱いていて塞がっているからだ。

「ね、食べてみて？　わたし、このお菓子がだいすきなの。きっとあなたも気に入るわ」

光を受けて、アレシアの髪も瞳も輝いた。銀の髪はきらきらと七色に光り、緑の瞳は何物にもたとえられないほど、眩しくはつらつとしている。自分と正反対だと彼は思った。

口を開ければ、少女の指がそっと唇をかすめる。やがて口内にふわりと甘さが広がった。

「……おいしい」

ただのお菓子のはずなのに。味など、いままで感じたことはなかったはずなのに。

「そうでしょう？」と首をわずかに傾げたアレシアは、自身の口にも琥珀の欠片を運んだ。

「んっ、やっぱりおいしいわね」

頷いたジャン・ルカは、嬉しそうに欠片を頬張るアレシアを見つめた。

ぞわぞわと不思議な感覚があとからあとから湧き出して、身体を満たし、支配する。これまでなにも感じてこなかった。無色の世界だ。なのにいま、物が色を持ってあふれだす。

「わたしね、これがだいすきなのだけれど、エミリアーノ王太子が太るからって禁止するの。お父さままで同調していやになっちゃう。でもね、食べるわ。だってすきだもの」

いたずらっ子のようにはにかむアレシアの傍で、少年はエミリアーノについて考えた。

エミリアーノとは、十九歳になる隣国の王太子であり、十歳のアレシア王女の婚約者だ。

「王女さま、お急ぎください。行事に間に合わなくなってしまいます」

「いま行くわっ」

アレシアの手がのばされて、ふっと腕のなかの重みが消える。「ピエル、いいこにするのよ?」と犬を抱きしめて、アレシアはジャン・ルカを見上げた。その面ざしは、たちまち少女から王族へと変化して、少しだけ大人びて、綺麗だと思った。

「ジャン・ルカ。あなたと過ごしたこのひとときに、わたくしは感謝します」

臣下にとって、王族からの言葉は誉れだ。アレシアは、わずか五分に満たないこの出会いと見知らぬ少年に、最大限の名誉を与えたことになる。

特に、お披露目前のアレシア王女は、アルド王の掌中の珠であり、貴族とて彼女を目にする機会はまれと言われる姫だった。

アレシアは、小さく「さようなら」と付け足した。

きびすを返して馬車に向かう彼女は、こちらを振り向きもしなかった。

彼は、彼女の髪とドレスが風に揺れるさまを見つめた。

動き出した馬車が橋を越え、見えなくなっても見送っていた。

そして、視線を持ち上げて、黒い王城を見上げる。

あの美しい城には、雲の上の人が住んでいる。黒を纏った王女さま。

きっと、彼女には黒色よりも淡い色が似合うだろう。

これまでさして目的もなくただ息を吸って吐いて生きてきた。未来などどうでもいいし、過去などくそだ。何度も世界が滅びる夢を思い描いて、この手で滅ぼすと決めていた。

彼は自身の腕を見下ろした。もうぬくもりはないが、まだ口に甘さの余韻はあった。

再び黒い城を眺めていると、心の底から愉悦を覚えた。

——ぼくは、ジャン・ルカ。

少年は彼女に「さようなら」と言われても、別れの言葉を返さなかった。あえて、だ。

城を映す銀の瞳は、強《したた》かに輝いた。


『そろそろ城が消えるころね』

マダムのもとから帰路につく道すがら、小さな子連れの女の会話を耳にした。

赤く染まった空の下、夜の訪れに、城は闇に溶けてゆく。あとに残るのは窓の明かりと白い丘。

王女に出会ってから一週間。ジャン・ルカは、あの日から城しか見ていなかった。無数の星が散らばる夜空に紛れていても、見据えるのはかの城だけだった。

手をのばせば届きそうだと錯覚する。けれどそれは星と同じく、はるか遠くにあってつかめない。

『なにをしてるんだい？』

寝台に全裸で寝そべる彼は、マダムにそう問われたことがある。天井に向けて手をのばすのは、無意識のくせになっていた。

引っこめようとした手はマダムに握られ、赤い唇でしゃぶられる。指のひとつひとつにねっとりと舌を這わされ、その合間にマダムはささやいた。

『私のルテリ……夜は長いんだ。続きをしようじゃないか』

たとえ爵位を持つ家に生まれたとしても、没落すればお終いだ。這い上がった貴族は皆無。皆、自滅して消えていく。それは定めと言っていい。貴族は労働を恥と捉え、無から有へと変えるすべを持たないからだ。

妻を亡くし、息子を憎む父は自暴自棄になったのだろう。欺《あざむ》かれ、陥《おとしい》れられ、賭博で財を使い果たし、地位は失墜。先祖伝来の領地や城、王の丘にある白い屋敷を失った。歴史あるバレストリ伯爵家の終焉だ。

奴隷に落ちれば奴隷のまま。神などいない。救いなどは期待するだけ無駄なこと。

もっとも、少年は貴族としての記憶はない。家が没落したのは二歳のころだったからだ。

物心ついたときには、明日の食事もない状態で、おなかはつねに空だった。マダムに買われ、腹を満たせるようになってからも、渇きはおさまることなく飢えたまま。

――また、あれが食べたい。

ささくれのない、小さな白い手がくれた、甘い甘い琥珀の欠片。

少年は、一日に何度も城を見上げた。それは日課のようになっていた。

黒い城に自由に入る資格を持つ者は、王の丘に白い邸宅を構える貴族に限られる。貴族のなかでも選ばれしほんの一握りの者たちだけだ。それはいわば王城への割符。得るには途方もない金がいる。ただの金持ちではなく、富豪と名乗れるほどの財産だ。

少年は、自分を道具であると定義した。いまはただの通過点。来る日も来る日も、彼はマダムにもてあそばれながらも本を読んだ。

そして、とある午後のことだ。彼は、香炉からたなびく煙が阿片なのだと気がついた。金になる、と考えた。

買われた日から半年が過ぎたころには、彼は医術の知識を身につけていた。どこかの医師がマダムに金を借りたのだろう。押収してあった高価な本はすべて残らず記憶した。おびただしい数のハーブも毒の知識も頭のなかだった。けれど足りない。王城に届くにはまだまだ。もっと、もっと、と彼は知識を求めてさまよった。

少年は、毎日マダムの指示で、貧民街から通っていた。律儀に家に戻るのは、父親が帰れと命じたからだ。逆らうでもなく、自らの意志で従った。とある目的があるからだ。

澱《よど》んだ臭いが鼻につくみすぼらしい道を歩けば、かつん、かつんと彼の存在を知らせるように、靴の音が反響した。

掃き溜めのようなこの地区において、見目麗しい者の運命は過酷だ。加えていまは、贅を尽くした格好だ。彼は、獰猛な獣の檻のなかに放りこまれた極上の肉のようなもの。

よこしまな目で見られるのはもちろんのこと、身ぐるみを剝がされる。嗜虐《しぎゃく》趣味の者に捕まれば、数日身体は動かない。襲われるのはごく当たり前のことだ。

父はそうなることを望んでいるようだった。マダムも父の手前、見て見ぬふりをした。

けれど、やられっぱなしの彼ではない。当初はどうでもよくて、相手にされるがままでいたが、あるときから変化した。

自分を襲う者は皆、格好の実験台。彼は己の美貌と身体を餌に、蜘蛛《くも》のごとく人を捕らえて、あらゆる技術を試していった。身につけた毒や薬の知識を利用し、進化させ、独自の方法を生み出した。なにも所持していないときには、懐にあるナイフを閃《ひらめ》かす。

断末魔の叫びがあがる。彼は、急所を知っていた。

──ぼくは存外強いようだ。……いや、人が儚《はかな》く脆《もろ》いだけなのか。

彼はうめく男を冷ややかに見下ろした。

『痛むでしょう、わざとですから。でも、そろそろ限界かな。人の機能とは不思議なものだ。限界にたどり着けば気を失うようにできている。防衛機能というべきか。興ざめだ』

『こ……の悪魔……』

『痛みにのたうつ姿はぶざまだ。だが、あがくさまは生を実感できる。ぼくは感覚が希薄ですから、大いに参考になりますよ。礼を言ったほうがいいのでしょうか』

『おまえには……人の心が、ないのか』

切り刻まれた男が告げれば、返り血に染まった彼は、優美に口の端を持ち上げた。

心などない。ごみを相手に感情を抱くこと自体がくだらない。人に与えられる感覚すら必要ないというのに。すべてがどうでもいいことだ。

『ああ、服が汚れてしまったな。こいつは無粋《ぶすい》だ』

からん、とナイフを地面に捨てて、彼はきびすを返して遠ざかる。男はなにかを話していたが、振り向きもせず立ち去った。

実験台は、働かずに酒ばかりを飲み、うじ虫さながらにうだうだ転がる父親も含まれる。父が起きているときは罵声が飛ぶか殴られる。ルカは避けずに受けていたが、調合した薬を盛れば、父はおもしろいほどよく眠った。それは、きたるべき日に向けての支度——。

しゃがんだ彼は、父の手首に指をあて、顔を覗いたり目をこじ開けては観察した。

『毒の兆候があるな。この薬は失敗だ。一から見直すか』

いびきをかく父を尻目に、少年は窓辺に近づいた。月がぽっかり浮いている。

——少し、疲れた。

彼は、夜空を仰いで目を閉じた。

〝んっ、やっぱりおいしいわね。わたし、これがだいすきなの〟

黒いまつげを上げた彼は、声には出さずにつぶやいた。

――ぼくも、好きだよ。


父は、マダムの他にも金のある女に息子を売って、己の酒の金に変えていた。ルカが黙って従い続けたのは、父の選んだ相手に利用価値があったからだ。

『あなた……本当に勃《た》たないのね』

長椅子の上、彼の脚の間に顔を埋める夫人は言った。

ルカを買う女はもれなく資産家の妻である。彼は〝お茶〟という名の誘いを断らないでいた。夫人の屋敷に目当ての蔵書がいくつかあったからだった。

本は高価なものであり、価値は宝石に匹敵する。貧乏人には手が出ない。

読書中、いきなり押し倒されたが、眉すら動かさずに受け入れた。

夫人が彼の下腹で、舌と唇をうごめかせる間も、彼は本を読んでいた。

『ぼくを押し倒しても無駄だとわかっていただけましたか』

『わたくし、自信があったのに……打ち砕かれた気分だわ』

『ですから無理と申し上げました。そろそろ放していただけますか』

くつろげられた下衣を正そうとしたところで、夫人は頑《かたく》なに首を振る。

『わたくしはあなたが好きよ。あなたはどうなの』

彼はぼんやり天を仰いだ。

『好きの定義とは、一体なんでしょうね。ぼくにはわかりかねます』

いまの少年に、かつて虐げられて、みすぼらしく鶏《とり》がらのようだった面影はみじんもない。指の先に至るまで、優美な動きで自身の容姿をよりよいものに引き上げていた。艶やかな黒髪は装飾品のように顔を彩り、印象的な銀の瞳が際立っている。匂い立つような色香に、無駄のないしなやかな身体つき。人はそれを目で追い、心が囚われるのだ。

十五歳の彼は、そんな己を利用した。知識のためならなんでもやった。

『ふふ……相変わらず冷淡なのね。でも、そこがあなたの魅力だわ。決して懐かない猫みたい。わたくし、言い寄ってくる男には飽きたの。あなたを勃たせてみせるわ』

――くだらない。

夫人にキスをせがまれて、言われるがまま唇を重ねる。

彼はいまだくちづけに意味を見出せないでいた。

マダムの口も、どんな女の唇も、なめくじであり、ごみ以下だった。

〝アレシア王女は、十六歳になられた日に隣国アモローゾに嫁がれる〟

すなわち、それは彼にとっての刻限《タイムリミット》だ。王女はいま十四歳だから、残り二年。嫁がせる気ははなからない。そのために、ぬかりなく準備を進めている。

資産は年々増え続け、彼が十七歳になった時点でマダムをしのぐものになっていた。

きっかけはマダムの人脈、そして与えられた小さな店だ。顧客は急速に増えてゆき、闇の社会で〝毒師ルテリ〟の名を知らない者はいないほどになった。

マダムは隠れ蓑《みの》だった。マダムに支配されていた彼は、その実、彼女を利用し支配した。

バレストリ伯爵位を継いだのも十七歳のころだった。父の死とともに地位を手にし、王の丘に立ち入った。すべてが計算ずくだった。

白い邸宅を買い戻し、王城に初めて上がったあの日のことを忘れない。

彼は、ごく限られた者しか知らない隠し通路を通り、目当ての場所に突き進む。

いまはもう誰も把握していないことだが、バレストリ伯爵家は始祖の代、城の守りと誅殺を任されていた。そのため、王城内の細かなつくりは代々伝わる書に残されていた。

身体を横にしなければならないほどの細い通路を進めば、小さなふたつの光が現れる。その裏は猫の仮面になっているはずだ。

くぼみに顔をはめれば、黒い部屋が見える。かすかに甘い香りが漂っていた。

レースのあしらわれた寝台の向こう側に、銀の髪の彼女が見えた。

髪は長く伸びていた。十四歳の彼女は、ちょうど子どもと大人のはざまにある儚い美を纏っていた。壊れそうな銀細工のようだ。

『アレシアさま、支度が整いました』

『いま行くわ。あ、でも待って。手紙を書いてしまうわ。あとでジルに届けてくれる？』

『かしこまりました。では、その間にお水をご用意いたしますね』

『レモン水がいいわ。フラビアが作ってくれるレモン水、おいしくってだいすきなの』

『では、これから毎日お作りしますね』

『ありがとう。そうしてくれると嬉しいわ』

目にした光景に、彼の息は知らず熱を持ってゆく。遠目にしか見えないけれど、召し使いに手伝われ、彼女がドレスを脱いだのだ。支度とはどうやら湯浴みのことらしい。

白い肌、控えめな膨らみ、華奢だけれど可憐な肢体。長い髪がふわふわ揺れた。

移動した彼女が見えなくなっても、彼はその場に留まっていた。

性欲などないと思っていた。けれど、これまでも彼女の姿を想像すると、度々男の部分がうずいた。が、本物はまるで違う。抗えないほどの渇望を感じた。

ぐっとこぶしを握りしめる。

彼は、燃えたぎる欲を押しこめるために目を閉じた。


ジャン・ルカがバレストリ伯爵になり、王の丘の白い邸宅を買い戻してからというもの、かつて伯爵家を見捨て、疎遠になっていた親族は続々と連絡してくるようになっていた。アモローゾのベルニーニ家もそのひとつだった。

王の丘に館を構えるその意味は大きい。王城に自由に出入りがゆるされ、王の覚えもめでたく、また、名門と認められている証だ。

人は権力と富のあるところに集まり、媚びを売る。貴族は打算の塊だ。しかし、幸いルカは打算のたぐいは気にしない。等しく興味がないというのが正しいが。

親族はいずれもルカに会えばこう言った。

『久しぶりだね、ジャン・ルカくん。立派な青年になった』

久しぶりもなにも会ったことはない。

最初こそ、ルカは面会の許可を与えていたが、すぐに無視をするようになっていた。

親族の狙いはひとつだ。いまや綺羅星の筆頭に挙げられるバレストリ伯爵にはまだ妻がいない。娘をその妻にすることができれば強固な縁が結ばれ、家名を高められるのだ。なによりルカを足がかりに、王城の行事に自由に出入りをゆるされることの利点は大きい。

そんななか、アモローゾから客が来た。

アモローゾのベルニーニ家は、亡き母の兄が継いでいるらしい。伯父は半年前、アルドの国までわざわざ出向き、ルカのもとを訪れた。娘のカルロッタを連れていた。

本来会わずに追い返すところだが、当時のルカが受けた理由は、他でもない、伯父がアモローゾの貴族だったからだ。アレシアが嫁ぐ国――。

ルカはアレシアの専属医師になるまで二重の生活を送っていた。つまり伯爵ジャン・ルカと毒師ルテリだ。王城に上がるとき以外は、深くローブを被ってルテリとして過ごした。よって、普段住まない白い館は、生活感が一切ない。屋敷を見分した伯父は、がらんとしたさまに驚いたようだった。

『見事なシャンデリアはあれど……家具はどうした？　すっからかんじゃないか』

『ええ、ぼくの部屋に衣装があるだけなので。住むつもりはないから家具などいらないのですよ。見てのとおり椅子がないため、立ったままでもよろしいですか』

『では、我が娘のカルロッタに見立てさせよう。趣味がいい娘でね、きみの――』

『伯父上、ぼくは妻《めと》を娶ろうなどとはみじんも考えていませんよ』

ルカは表情なく遮った。すげない態度に、伯父の顔がみるみるうちに赤くなる。

『ですが、ぼくの願いを叶えてくださいましたら、資産の半分を伯父上に差し上げます。悪い話ではないと思いますが』

意表を突かれた言葉だったのか伯父はあんぐりと口を開けた。ルカの資産は一生遊んで暮らせるほど莫大だ。それをさもなんでもないことのように語るのだから無理はない。

『美の基準はよくわからないのですが、カルロッタは世間一般では美しいと言われる容姿なのでしょう？　人気が高いと聞きましたので』

伯父とカルロッタは怪訝な色を浮かべながらも頷いた。

『無論カルロッタは王宮ですこぶる人気がある。求婚者が列をなしているほどだからね』

『ぼくの望みは、そのカルロッタの美しさでエミリアーノ王太子を落とすことです』

『なにを……娘にあの放蕩者の王太子を誘惑しろと？　なんのために』

怒りを浮かべる伯父にルカは飄々と言葉を重ねた。

『ぼくはアレシア王女が他国へ嫁ぐのをよく思っていません。七色の銀は女神ピアの象徴ですからね。神の化身たる王女はこの国に欠けてはならないのです。断固阻止します』

『そのようなカルト的勢力があるのは知っていたが……きみもか。歪んだ愛国心だな。アルドの貴族は神の血にこだわりすぎだ。しかし、だからといって』

『伯父上は放蕩者に娘を近づけるのが気に入らないのでしょう。ですがご安心を。見たところカルロッタは乙女ではありませんよ。ぼくを見る目がひどく性的ですからね。それでなければ、さすがに誘惑の話を持ち出しません』

大慌てで伯父がぎっと娘を睨むと、これまで楚々《そそ》としていたカルロッタは『やれやれ』といったふうに肩をすくめた。

『カルロッタ…………おまえ！』

『お父さま、いまどきわたくしぐらいの年齢で殿方と肌を重ねていない婦人はいないし、生娘はばかにされてしまいますわ。房事は重要ですもの。だって、子作りしなければならないでしょう？　相性の良くない殿方と何度も肌を合わせるだなんて苦痛ですもの』

『ば……ばか者！　なんてふしだらなっ！　そのような娘に育てた覚えはない！』

『ふしだら？　あらいやだ、とっくに時代は変わりましたのよお父さま。それにわたくし、すでにエミリアーノ王太子とは一度寝所を共にしておりますわ』

『し、し……寝所？　なにを言う、おまえに外泊をゆるしたことはないじゃないか！』

カルロッタは無邪気にくすくす笑う。

『夜でなくてもいいですし、試すことにさほど時間はかかりませんわ』

真っ赤な顔でぶるぶる震える父親を尻目に、カルロッタはルカに近づいた。扇を艶めかしく口もとに当てる。

『わたくしのいとこがこれほど美しい方だなんて知りませんでしたわ。できれば未来の夫はあなたがいいのだけれど……顔も身体も素敵だもの。身長も釣り合っているし、なによりあなたにエスコートされたなら、皆に自慢できますわ。家柄も問題なし。……だめ？』

『だめですね。あなたが狙うべきは王太子です。落とすことができれば、王太子妃の座、それからぼくの資産の半分はめでたくあなたがたのものです。宝石やドレスが存分に買えますよ。馬車も素晴らしいものを新調できます。おいしい話だとは思いませんか？』

カルロッタはぷうと頬を膨らませた。

『もう、せっかく理想の殿方に出会えたのにいけずね。あとは相性だけだったのに……でもいいわ、エミリアーノ王太子で我慢してあげる』

＊　＊　＊

窓の近くで羽音を聞いた。

浴槽につかるアレシアの背を布で拭いていたルカは、黒髪を垂らし、彼女を覗きこむ。彼女のまつげがふさりと上がり、緑の瞳が向けられた。

「少し席を外します。この湯、爽やかな甘い香りがするでしょう？　今日はドワーフエルダーです。同じエルダーの蜂蜜水を用意しますから湯を楽しんでいてください」

薔薇色に頬を染める彼女は頷いた。

「でも……ルカ、あなたはもっと自由にしていていいのよ。身体は自分で拭けるから。わたしにかかりきりで、ほとんどあなたの時間がないもの」

「ぼくはあなたの世話が楽しいのです。ですから、楽しみを奪わないでくださいね」

さらに言葉を紡ごうとするアレシアの唇を塞ぎ、わずかに離してもう一度くちづける。

「本当にルカはキスが好きなのね。最近どうしたの？　ずっとしているわ」

「あなたもキスが好きでしょう？」

「そうだけれど……」

傍を離れれば、アレシアの鼻歌が聞こえてきた。ルカは耳を傾けながら窓辺へと歩く。そこには足に管をつけた鳩がちょこんと立っていた。筒のなかにある紙を取り出し、開けば流麗な文字が書かれてある。

〝伯爵、わたくし見事エミリアーノ王太子を落としたわ！　彼、わたくしの身体から離れられないみたい。妻に迎えたいのですって。王太子妃よ、やったわ！　――カルロッタ〟

ルカはその紙を、すぐにろうそくの炎で灰にした。黒ずみは風に流され、窓の外に舞っていく。

鳩が飛ぶ。眺めていると、むくりと自身の欲望が頭をもたげるのを感じた。

――ぼくのもの。

八章

カルロッタからの伝書鳩を受けてから、およそひと月経過した昼下がりのことだった。

ルカはアレシアに黒いドレスを着つけ、それに合わせて髪をりぼんで結っていた。椅子に座って鏡越しにこちらを見ている彼女は、興味があるのか手もとを追いかけている。

「ルカはなんでもできるのね、多才ですごいわ」

「本を読んだので大抵は。刺繍やドレスを縫うこともできますよ。作りましょうか？」

アレシアは何度も首を横に振った。手のひらを向けてこちらを押し止める。

「いいえ、やめて。これ以上ルカの仕事が増えてしまったらとんでもないことになるわ」

「とんでもないことになどなりませんよ」

「あなたは忙しくてほとんど眠っていないじゃない。過労で倒れてしまうわ」

「寝ていますよ。あなたが眠ったあとなので、気づいていないだけでしょう」

いまは、アレシアをロベルトのもとに送るため、ルカは彼女の支度をしている。新王は内々に話があるらしいのだ。

ルカの指が器用に動き、ほどなく銀の髪に複雑な編みこみが完成した。

「さあ、行きましょうか」と抱き上げれば、はにかんだ彼女が首に白い腕を巻きつけた。表情を窺うに、髪はアレシア好みになっているようだった。

「ねえルカ、わたし、最近太った気がするから重いのではないかしら？」

「そうでしょうか、重くはありませんよ。むしろもっと食べて太っていただかなければ」

「太りたくないわ……お姉さまみたいになりたいもの」

「イゾルデさまは細すぎです。それはそうと、味覚に変化はありませんか？」

不思議そうに首をひねる彼女に、ルカは螺旋階段を下りながら言う。

「あなたは以前よりも爽やかなものを好むようですから、変わったのかと思いまして」

「よくわからないけれど、確かにこってりしているものよりも爽やかなものがいいわ」

「少々体温も高めですし、胸も張っています。月の障《さわ》りもあれからまだですね」

りんごのように真っ赤になったアレシアは唇をすぼめる。

「やめて、月の障りだなんて……」

「ぼくは医師ですから身体の変化を気にするのは当然です。だるさはどうです？」

「ルカに抵抗がなくてもわたしにはあるの。……だるさは少しだけあるわ。でもどうしてそんな質問をするの？　まさか、ルカががんばってくれているのに病気が悪化した？」

ルカは彼女の額にそっと唇を置いて、安心させるべく、極力ゆっくり話した。

「いいえ、悪化ではありません。好転反応の一種です。今日からは治療をしばらくやめて様子を見ましょう。また月の障りが来るかもしれませんし、判断は確かでなければ」

彼女は何度も目をまたたかせた。

「……治療をやめるの？」

「無理は禁物です。そうさみしそうな顔をしないで」

アレシアはせつなげにルカを見つめたあと、耳まで赤く染めてうつむいた。

「あの……いやだわ、わたし。その、誤解しないでほしいの。治療をせがんでいるわけではないのよ？　ただ……あなたに触れられたり抱きしめられるのが好きだから」

「照れているのですか？　わかりました、あなたに負担がかからないようにします」

「……どうしよう、せがんだみたいだわ。本当に、しなくてもいいの」

「ぼくがしたいのですよ。させてくださいね」

そのとき、ふいに足音を耳にして、ルカはそちらに目を向けた。遠くの回廊を歩いているのは、アレシアのいとこのアイアスだ。目を鋭くしたルカの唇が笑みの形に曲がった。

「ねえアレシア。ぼくにキスをしてくれませんか？」

アレシアは、「えっ？」と目をまるくする。

「いけませんか？　いつもぼくからなので、たまにはあなたからしてほしいのですが」

もごもごと口ごもるアレシアは、羞恥のためか、かすかに震えた。

「……いま、ここで？　お部屋ではだめなの？」

「いまここでしてほしいです。軽くで構いませんから。ね？」

ルカは、目をぎゅっと閉じてこちらに口を突き出すアレシアに、自身の唇を寄せてゆく。

わずかに触れたぬくもりを深めるべく、さらに唇を押しつければ、彼女は顎を引き、「これ以上はだめよ」とたしなめた。

ルカは簡単に引き下がったが、瞳は愉悦《ゆえつ》を含んで輝いていた。

見ずともわかるからだ。アイアスの、愕然としている姿が。


その後、新王のもとにアレシアを送り届けると、ロベルトは笑顔で「長くなるから帰りは私が送るよ」と言った。ルカが従ったのは、話の内容に察しがついているからだ。

回廊の中程で足を止めれば地上の景色が一望できる。立ち止まったルカはそちらを眺めながら黒い柱にもたれ、嗅ぎたばこをつまんで吸った。

庶民がひしめく場所を見下ろすルカの顔には、表情らしいものは見当たらない。過去の自分はどうでもよかった。頭のなかはこれから先を考えていた。

そのとき、こちらを窺う気配を感じ、ルカは静かに振り向く。

「ぼくにご用でしょうか」

先に声をかければ、女は小さく扇を振って供の者を下がらせた。かつんかつんとかかとの高い靴音が鳴る。

「バレストリ伯爵、義妹を救ってくれて礼を言います」

ルカの前に立つのは、南の国から嫁いできたロベルトの妻タチアナだ。黒いドレスが浮いて見えるのは、南方で好まれるのは明るい色だからだろう。彼女は黒に着られている。

「それにしても見事ですわ。数々の医師がさじを投げたアレシアを……皆が死を覚悟しましたのよ。イゾルデは取り乱していましたわ。わたくしも胸が張り裂けそうでしたの」

芝居掛かった言い方だ。嘘であるのは明白だった。タチアナは、ロベルトがなにかと妹を優先するため、彼女を憎らしく思っているのだ。見ればそれがよくわかる。

「ぼくの治療法がアレシア王女に合ったようで、安堵しております」

「ところで伯爵、その腕を見こんで、わたくしもあなたに診ていただきたいの」

本来ならば断るところだが、ルカは拒絶しなかった。

扇を広げた王妃は、さらに距離を詰めてきた。誰にも聞こえないようにささやく。

「わたくし、この国に嫁いでおよそ一年になりますわ。けれど、見てのとおりいまだ子に恵まれないの。あなた、懐妊を促す方法を知らないかしら？」

ルカは内心冷ややかにタチアナを見たが、表面上は平穏を装った。

彼は、彼女が妊娠しない理由を知っている。なぜならタチアナが祖国カニサレスからアルド王国に入った直後、王太子ロベルトが直々に毒師ルテリの店を訪ねてきたからだ。

当時ロベルトは、面会の約束もとらず、扉を開けるなりこう言った。

『毒師ルテリ。いくらかかってもいい、完全に避妊できる薬がほしい。あとは女の性欲を抑える薬、妊娠欲を抑える薬もあれば。頼む、ここで待っているから至急用意してくれ』

『ずいぶん切実そうですが。夫人に飲ませる薬ということですね？　その効用、可能ですよ。ですが、薬とは、完璧を求めれば相応の危険が伴います。ご了承いただけますか？』

ロベルトのまなざしは闇を孕んでいた。

『構わない。直ちに作ってくれ』

過去のやりとりを思い出しつつ、ルカはタチアナを観察した。

彼がロベルトに渡した薬は月の障りを止めるものだ。副作用として、目の下にくまができ、肌は乾燥し、髪にも艶がなくなる。一年も続ければ、閉経を迎える強い薬だ。

三か月ほど前にタチアナを見かけたときにはその症状が現れていた。が、いまはない。とすると、それは薬を盛られていないこと、すなわち性交がないことを示している。

「失礼ですが、医師として伺います。ロベルトさまの最後の訪れはいつですか？」

「先代の王が亡くなられる直前ですわ。それからは一度も……けれど、無理もないのです。ロベルトさまは王になられてから日々忙しく、寝所で眠るひまもないのですから」

ロベルトは明らかに妻を避けている。ルカは現状に感謝すべきだと思った。薬を渡してから一年ほどになる。タチアナが抱かれ続けていたなら、妊娠できない身体になっていた。ロベルトは、薬に絶対の効果を求めたため、代償は大きなものだったのだ。

「妊娠促進剤ならご用意できます。いまちょうどよい材料が揃っていますから城塔まで取りにいらっしゃいませんか？　ご足労でなければ、ですが」

「行きますわ。今日から早速使いたいの」

タチアナは、ルカを強く見据えた。

「ですがバレストリ伯爵。このことは内密にしてちょうだい」

「もちろんですよ。そもそも医師というものは口が堅くできています。……ああ、内密ついでに伺いますが、タチアナさま。あなた、人を殺めたことがありますね？」

さっと青ざめたタチアナを見返しながら、ルカは淡々と言った。

「殺しを経験した者は目を見ればわかります。あなたのような婦人が人を殺めるときは、その多くは男性絡み、もしくは子ども絡みと言われていますが――失礼、怯えさせるつもりはなかったのですが。いま言ったことは忘れてくださいね」

タチアナの唇はわなないた。

「無粋なことを口にしてしまったお詫びです。門外不出のよく効く薬を差し上げますよ」

やがて城塔にたどり着き、ルカが差し出した薬は、透明の瓶に入った赤い液体だ。

「本日から三日分です。朝と、性交の一時間ほど前に服用してください」

「……ずいぶんと用意がよろしいのね」

「そうですね。この手の相談は多いので。ですが、長く待つよりもいいでしょう？」

瓶を受け取ったタチアナは怪しみながら蓋を開ける。そして、すんと鼻を動かした。

「甘い香り。……なにが入っているの？」

「シーホーリーにクローヴジリフラワー、ビショップスウィード、アニス……あとは明かせないのですが、それらを葡萄酒で煎じました。蜂蜜を加えているので、甘くておいしいですよ。これは性欲を高め、子宮に出産意欲を促すとともに、精子を大量に作ります。男女ともに飲めば効果は上がりますので、ぜひ双方で試してみてください」

　タチアナは瓶を握りしめ、満足そうに頷いた。

「三日とは言わずに、もっといただきたいのだけれど。わたくし、早く結果がほしいの」

「では、三日後にまたお声がけいただければ。それまでに用意しておきますよ」

「結果が出れば報酬ははずむわ。それで、効果は確かなの？」

　ルカの唇は笑みに歪んだ。

「ええ。ぼくの知る限りでは確かです」

＊　＊　＊

　入室してすぐ兄に告げられた言葉は、アレシアを放心させるにじゅうぶんなものだった。

「おまえの結婚はなくなると思う。アモローゾから書状が来たんだ。代わりに同盟に落ち着きそうだよ。——アレシア、聞いているのか？」

　気遣いがこめられた優しい声だった。けれど長椅子に座っているアレシアはぼんやりしたままだ。

「おまえが悪いのではなく相手が悪いんだ。そう落ちこまないでほしい」

　はっとした彼女は「そうではないわ」と首を振る。

「落ちこんでいるわけではないの。お兄さま、本当に結婚はなくなるの？」

「彼は言葉を濁していたが、どうやらおまえ以外に決めた相手がいるらしい」

アレシアは、ぎゅうと胸の黒いレースを握った。その手は小刻みに震えている。

「あのね、わたし……アモローゾにはジネヴラさんがいるのでしょう？　嫁いだら彼女を探そうと思っていたわ。お兄さまに会わせてあげたかったの。でもね、最近は………ごめんなさい、薄情な妹で。嫁ぎたくなかったの。どうしても」

「アレシア、その気持ちだけでじゅうぶんだよ。ジネヴラのことはもういいんだ。おまえが気にすることではない。それに、彼女のことは解決している」

「本当？」

「私は王だからね。権限があるいまは、実行できることがある」

兄の目を見ていると、ジネヴラのことは聞きたいけれど聞けないと感じた。聞かせないなにかがそこにはあった。もしかして、心配をかけまいとした嘘なのかもしれないけれど。

「おまえが嫁ぎたくない理由はわかるよ」

書物机に座っていた兄は立ち上がり、アレシアのとなりに腰掛けた。

「恋をしているんだろう？」

アレシアの顔や身体、いたるところが急速に赤くなっていく。

「……どうしてわかるの？」

「わかるさ」と、兄は片目をつむっておどけてみせた。

「私も恋を経験したからね。最近のおまえは女の顔をしている。特有の顔というのかな、その相手もわかるよ。あんなにつきっきりでいられたら、初心なおまえが恋をしないほうがおかしい。……私としては、アイアスのほうがお勧めなのだが」

「アイアス？　彼は幼なじみよ。友だちでもあるけれど」

肩を震わせた兄は、口もとに手を当てた。笑いをこらえている。

「私の妹は残酷だな。おまえを呼んだのは、一週間後の母上の命日をふたりで偲《しの》びたいと思ったからだ。近々エミリアーノ王太子が来るというし、時間が取れそうもないからね」

「エミリアーノ王太子がどうしてこちらにいらっしゃるの？　結婚はなくなるのに」

「どうしてって、書状は先触れにすぎない。手紙ひとつで関係を終わらせようものなら外交問題に発展する。昔なら戦争さ。まあ、おまえは彼に会う必要はないが」

言葉の途中で、ロベルトは妹を抱き上げる。いたわりに満ちた手つきだ。

「そんなことよりも、思い出話をつまみに食事をしようじゃないか。腹ぺこなんだ」


アレシアは、ルカの言っていたことは本当だと思った。味覚が明らかに変わっていた。兄は好物ばかり用意してくれたが、がんばっても食べられないものがあったし、逆に苦手だったものが食べられた。その変化にアレシア自身が驚いていた。

——わたし、どうしたのかしら？　変よ。匂いが受けつけられないものもあるわ。

食事を終えたころ、アイアスが食堂を訪ねてきたので、彼を加えて過去の話で盛り上がる。そして、帰りは兄に代わり、アイアスが送ると申し出てくれた。

アイアスは軽々とアレシアを抱え、その力強さに過去とは違うたくましさを感じた。

「やっぱり軍人ともなるとがっしりするわね。以前のアイアスはとても細かったのに。女の子みたいだったわ」

わずかに目を見開いたアイアスは、「女の子って」と、呆れまじりに笑った。

「いつの話をしているんだい？　いまは毎日鍛えているからね。怠れば感覚がそれだけ鈍るから。今日は、ロベルトがきみが来ると教えてくれたんだ。だから来た」

「そうなの？　だったらもっと早く来ればよかったのよ。食事もいっしょにとれたのに」

「ルクレツィアさまを偲んでいたのでしょう？　それは邪魔できない。実はね、きみとエミリアーノ王太子との婚約解消の件は前もって知っていたんだ。私は賛成だよ。彼はきみに合わない。アレシアに合うのは、アレシアにしか目がいかないような一途な男だ」

「お兄さまと同じことを言うのね。でも、わたしも解消になってよかったと思っているわ。やっぱり結婚は好きな方としたほうがいいと思うもの」

それまで大股で歩いていたアイアスは、急に速度を落とした。

「ねえアレシア、ずっと考えていたんだ。……やはりバレストリ伯爵は怪しいと思う」

「え？」と、アレシアは眉間にしわを寄せた。

「わたしはそうは思わないわ。あなたに言われてからじっくりルカを見てみたけれど、優しくて素晴らしいって再認識しただけだったもの」

「伯父上——きみのお父さまが亡くなった日があったでしょう？　その日、王の部屋に続く回廊に伯爵がいたのを見た者がいる。それだけじゃない。真夜中に城門付近で見かけた者もいるし、こそこそとなにをしているのか……。夜更けの彼はやけに活動的だ」

「それは誰かと勘違いしているのではないかしら。ルカはわたしにつきっきりだもの」

アレシアと同じく、アイアスも眉をひそめた。

「きみはずっと起きているの？　違うよね？　一日の大半を眠って過ごすと聞いたよ。アレシアの知らない彼がいるのは当然だし、つきっきりとは断言できない。それに、あれほど際立った美形の伯爵を見間違える者がいるだろうか。いないと思うよ」

「結局アイアスはなにを言いたいの？　遠回しにせずにはっきり言って」

一瞬ためらいを見せたあと、彼は自分を納得させるかのように頷いた。

「伯父上の死には不自然な点がある。それに最近、処刑以外の不審な死体がやけに多い。不可解なこともたくさんある。つまり、私は彼が関わっていると思っている」

アレシアは緑の目を瞠った。抗議したいけれど、咄嗟に言葉が出てこない。

「軍部に休みを申請したよ。人を雇い、伯爵を徹底的に調べてみようと思っている。生い立ちからすべて。彼には絶対なにかがあるはずだ」

「……どうしてそんなに疑えるの？　彼は献身的な人なのに。どうしてルカが人を殺したみたいに言うの？　言ったでしょう、彼は、阿片の患者を救おうとしてきた人なのよ？」

アイアスは顔を歪め、苦しげにうめいた。

「きみだよ。きみは伯爵に妄信的だ。きみが彼を想えば想うほど、私は彼を疑う」

「意味がわからないわ。どうしてわたしが出てくるの？　……もういい。あなたがルカを疑うというのなら、わたしは彼を守るわ」

「では、私は彼が言い逃れできないほどの証拠を見つける。自信があるよ。そのとき、きみに目を覚ましてもらう。アレシア、きみが彼の傍にいるのはもう耐えがたいんだ。いますぐに攫いたいくらいだ」

言い合うふたりに、ゆらりと影が近づいた。

「攫う？　アイアスさま、ずいぶんと物騒なことをおっしゃいますね」

月を背景に、漆黒の髪の彼が立っていた。銀の瞳は月明かりを映しこんでいるようだ。

アレシアを抱くアイアスの手に力がこめられた。

「バレストリ伯爵。いつからそこにおられたのです？　気配がありませんでしたね」

「つい、いましがたですよ。日も落ちていますし、あまりに遅いので迎えにあがりました。アレシア王女を返していただけますか？　すぐに治療をはじめたいので」

表情のなかったルカの顔に、妖艶な笑みが浮かんだ。

「アレシア、ぼくといっしょに帰りましょう」

こちらに差し出された手に、アレシアは手をのばす。けれどかすかに指先が震えた。

つい先ほどアイアスの言葉に反論したけれど、なぜか不安と迷いが押し寄せる。だがそれがどうしてなのか、自分でもわからない。

そのさまを見ていたアイアスは、ぎっと強い視線でルカを射貫いた。

「いまは渡すが、伯爵、アレシアは近々返してもらう」

アレシアの身体がアイアスの腕から浮き上がる。ルカが抱え上げたのだ。

「それはおかしな言い回しですね。ですが、あなたの思いはじゅうぶん理解いたしました」


城塔までの道すがら、ルカは口数が少なく、アレシアはおどおどしていた。彼は口を噤んでしまうと、研ぎ澄まされた目と相まって、他人行儀で冷たく感じてしまうのだ。

部屋に帰り着くなり、彼はアレシアの髪を解き、ドレスのなかに手を這わせて下着を脱がせた。そのまま寝台に腰掛けさせると、脚を割り開く。

捲られたドレスが腰の位置にくしゅくしゅとわだかまる。秘部を凝視したルカは、無言のまま、冷えた刃をそこに当てた。

「ルカ……。なんだか今日は」

——怖い。

さり、さり、と肌の上を刃が滑る。

アレシアの心臓は早鐘を打っていた。

彼は時々息を吹きかけ、毛を払う。

「動かないでくださいね。動くと切れてしまいます」

「ん……」

彼は視線を上げ、笑顔でアレシアを見つめた。しかし、その目は笑みとは逆だ。

「濡れていますが、あなたを濡らしたのはどなたでしょうか。ロベルトさま？　それともアイアスさま？　もしくはいつものとおりぼくですか？」

「やめて、濡れてなんていないわ」

つっとルカの指が秘裂を縦になぞる。彼の指には、艶めく蜜のような液がつく。

彼はその指をアレシアに見せびらかせたあと、アレシアの唇に、紅のように塗りつけた。

剣呑な色を宿す銀の目からは逃れられない。なにも言えずに眉根を寄せると、ルカの顔が近づいた。彼は至近距離でこちらを見つめ、伸ばした舌先で唇をくすぐった。

「正直に話して」

「……わたしにはルカしかいないもの……いつも、あなたのことを考えているから」

「ぼくもあなたのことだけを考えていますよ、アレシア」

ぴと、とルカの唇が唇に重なった。彼はアレシアの頭を支えると、くちづけを深めながら押し倒す。シーツに銀色の髪が広がった。

唇をつけたままで彼が言う。

「あなたはもう、あなたひとりの身体ではありません。ですから、他人に触れさせないでくださいね。でないとぼくは、あらゆるものを壊したくなってしまう。あなたのせいで」

その言葉を、〝怖い〟ではなく〝嬉しい〟と思うのはどうかしている。けれどアレシア

のなかには幸せに似た愛しい想いがこみ上げていた。

「わかったわ、ルカだけよ。あなたにしか触れさせない」

「いまからあなたの身体を検分し、深いところから毒を抜きます。時間をかけた治療になりますから薬で眠らせますが、よろしいでしょうか」

アレシアは、こくりと頷いた。否定するつもりはなかった。

ルカはどこから取り出したのか、葉っぱを一枚口に入れると、それをくちゃくちゃ噛みしだく。一瞬、笑みを浮かべたあとに、再びアレシアにキスをした。

唇の隙間から入ってきたのは、彼の味。そして、渋みのある味だった。

「夢を見てください。できればぼくの夢を」

――ええ。きっと、ルカの夢を見るわ。


黒い部屋のなか、アレシアは、レースの布がかかった寝台の前に立っていた。それは城塔に移る前のかつての自分の居室だ。

壁に銀色の猫の仮面がはめこまれていて、月明かりがそれをおぼろに照らし出している。すぐに夢だと気がついた。自分の足でちゃんと身体を支えられているからだ。

燭台の灯が揺れ、気配を感じて振り向けば、召し使いが立っていた。確か名前は……。

「デリア」

しかし、デリアはなにも答えない。彼女の持つトレイには、杯がひとつのっていた。以前にも同じようなことがあったと思いながら。

アレシアはデリアから仮面へ視線を戻し、ゆっくりそちらに近づいた。

わななきながらも猫の仮面を覗きこむ。途端、背すじに冷気が這い上がる。

やはりくぼみの穴には人の眼球が見えた。

心臓が、どくんと跳ねたのは、その目の色をいまのアレシアはよく知っていたからだ。

きっと、アイアスがおかしな話をしたせいだ。アレシアは首をふるりと横に動かした。

——ばかげているわ。銀色の目に見えるなんて。

きびすを返せば、召し使いがぽつりと言った。

「アレシアさま、お顔の色がすぐれないようですが。ハーブ水はいかがですか？」

「ありがとう、いただくわ」

杯を受け取り、それをぐっと傾ける。鼻を突き抜けたのはメロンの味だ。

ぐわんぐわんとした頭痛を感じ、アレシアはぎゅうと固く目を閉じる。床がぐにゃりと変形し、身体がのみこまれるような気がした。

どうして忘れていたのだろうか——。

あの日、デリアにメロンの味がする水を出されてから、用意される水差しの中身は、毎日メロン味の水になっていた。それまではレモンの味だったのに。

デリアに『味を変えたの？』と問うても『レモン水ですよ』と答えが返ってくるからそ

れ以上聞けず、メロンの味でも不満はないから、毎日黙って飲んでいた。

だが、ちょうどその水を飲むようになったころから、眠くて眠くて仕方がなくて、身体もだるく感じる日が増えていた。恋物語を読む気にもならないくらいに。

そんななか、部屋を訪ねた兄が言った。

『父上には内緒だぞ？　こいつは黒色じゃないからな』

兄の肩には大きな白い鳥がのっていた。

『……綺麗なふくろうね。名前は？』

『バチスだ。触ってみるかい？　人に懐いているんだ。きっとおまえも気に入る』

かわいいけれど、愛犬のピエルは鳥が苦手なようで、机の下でぶるぶるしていた。

『触ってみたいけれど、やめておくわ。ほら……ピエルが』

ピエルのこともあったけれど、眠くて倒れそうだった。

『そうだな。しかし、ピエルがここまで怯えるとはね。バチスを置いてまた来るよ。おまえは二日後、アモローゾに発ってしまうからさみしくなる。今夜はここに泊まるよ。昔のようにいっしょに寝ないか？　夜更かししよう』

『ええ、お兄さま』

兄が去るのを待って、アレシアは寝台に倒れこんだ。

目を閉じた世界は真っ暗闇で怖かった。まるでこの城のように深い深い黒色だ。

このままでは闇のなかにのまれてしまいそうだった。心のなかで必死に救いを求める。

「アレシア」

耳ざわりのいい声だ。アレシアは重いまぶたを持ち上げる。そこには美しい顔があった。ルカだった。彼が壮絶な色気を放ちながら至近距離でアレシアを見つめている。

彼はなぜか汗をかいていて、それがぽたりと滴った。なにも纏わずアレシアにぴたりと重なっていて、また、アレシアも裸だ。自分も汗をかいていた。

意識が飛びそうなほど気持ちがいいと思った。おなかのなかで灼熱がうごめいている。けれど眠気は去らず、とても起きていられなくて目を閉じた。

次にまぶたを開けたときには、アレシアは、ひとりで寝台に寝そべっていた。しばらく黒い天井を見つめ、己の身体をまさぐる。裸でなく、化粧着を着ている。

アレシアは薄布越しに彼を見た。ぎい、ぎいという音は、薬をつくっている音だ。

「……ルカ」

「起きたのですね。いま薬が出来上がりますから」

杯を片手に近づくルカを見ていると、白色を纏った彼は爽やかに笑った。

「そんなに見つめられると照れてしまいます。どうしました？」

「ねえルカ、わたしたち、さっきまで裸だった？」

「いいえ。ぼくの夢を見たのですか？」

知らず顔を染めたアレシアは、「見たわ」とつぶやいた。

ジルへ。

心配してくれてありがとう。見てのとおり、わたしは元気よ。

最近は立ってゆっくりと歩けるほどにまで回復したわ。次にあなたに会うときは自力で歩いているのが理想だからがんばるわ。

時々ルカがばあやの飴を作ってくれるのだけれど、信じられる？　そっくりそのままあの味なの。あなたにもぜひ食べてほしいわ。食べているとばあやを思い出すの。

早くピエルに会いたいわ。ジル、ありがとう。あなたには感謝の言葉がつきません。

＊　＊　＊

〝ジジ〟ことアレシアの手紙を受け取った〝ジル〟は、返事を書くためにペンを取る。その正体は、アレシアのいとこで幼なじみのアイアスだ。

かつてアルド王は、アレシアとこの異性の幼なじみの関係をよしとせず、距離を置くよう命じた。だったらと、偽名での文通を彼女に提案し、以来七年、手紙のやりとりが続けられている。〝ジジ〟も〝ジル〟も男女どちらともとれる名前であり、幸い手紙を怪しむ者はいなかった。


ジジへ。

元気なあなたの姿を見られて嬉しいです。一時は命を危ぶまれていましたからね。危篤状態だと知ったときには、聖堂に駆けこみ、一晩中祈りを捧げたほどでした。あなたが回復したら、私の田舎の城に連れて行きたいと思っています。見せたい景色があります。あなたに食べさせたい物があります。

ところで、バレストリ伯爵に処方されている薬を教えていただけませんか？　伯爵の治療は門外不出ですが、あなたと同じ病になった者を救えたらいいと思いました。今回のことで懲りたのです。大切な人を失う者がひとりでも減るといい……。

文字を綴っていたアイアスは、紙からペン先を上げた。ぎっと椅子に背を預け、窓の外に広がる空を見る。頭をよぎるのはいつだって同じだ。銀色の髪をした女の子。

物心ついたときには恋をしていた。恋には〝なぜ〟も〝どうして〟も通用しない。理屈などないからだ。自覚した時点でもう遅い。身を焦がすほどの想いを抱えたあとだった。

視線が向かう先にはいつも、ロベルトの妹――四つ年下のアレシアがいた。

天真爛漫でくるくると変わる表情は、見ていて飽きない。いつも夢中で追いかけた。

アイアスの家は王族であり、名門中の名門だ。そのため、ごく当たり前のように、彼には内々に決められた婚約者候補の娘が何人かいた。なかには王の庶子イゾルデも含まれていたものの、彼はすべての候補者を頑なに拒んだ。出家して聖職者になるとまで宣言したものだから、父は折れたのだ。おかげで公表される前に話は立ち消えになった。

だがしかし。突如、アルド王によりアレシアの婚約が発表された。

彼は、それでもなんとか彼女の傍にいようと、一番近くにいられる異性は私なのだと自分に言い聞かせ、耐えていた。彼女との手紙のやりとりだけが心の支えになっていた。

アレシアを諦めきれず、悶々とした日々は長く続いた。そして彼女の病が発覚。おまけに男が……バレストリ伯爵が専属医師としてつきっきりでいると聞いた瞬間、焼けつくような嫉妬が湧き上がった。アイアスは、気づけば伯爵の素性を調べはじめていた。

だが、神はアイアスを見捨てることはなかった。現在、アレシアの婚約は解消されようとしているのだから。

――私は王族だ。かたや伯爵は一介の貴族にすぎない。……選ばれるのは私だ。

自室の椅子に座っていたアイアスは、遠くで毛玉と格闘している彼女の愛犬ピエルに目を向けた。指をぱちんと鳴らせば、はっ、はっ、と息を切らせ、けなげに駆けてくる。

小さなぬくもりを抱いた彼は、その唇に、自身の唇を押し当てた。

彼の目には、この愛らしい黒い犬が、いつしか彼女に見えていた。


王の丘にある公爵邸は、もっとも王城に近い位置にある。と、いっても崖と高い壁に阻まれているため、馬に乗らねばならない距離だ。

ロベルトに呼ばれて王城入りしたアイアスは、回廊でイゾルデに出くわした。彼女の纏うドレスはつねに生地が薄いが、今日は一際薄かった。乳首が浮いてまるで裸だ。

「アイアス、お久しぶりね。会えて嬉しいわ。これからわたくしの部屋にいらっしゃらない？　あなたに見せたいものがありますの」

腕にねっとり手が這わされて絡みつく。たわわな胸が押し当たるから、気が気ではなかった。このような場面をアレシアに見られでもしたらと焦りが募る。

アレシアは昔から強引とは無縁の性格だが、イゾルデはそれとは真逆で磁石のようにべったりしてきた。気づけばアレシアは兄のもとへとことこ行っていて、なぜかアイアスとイゾルデ、ロベルトとアレシアという組み合わせができていた。そのため、彼はイゾルデが苦手だった。

「すまない、時間がないから遠慮しておくよ。ロベルトに会いに来ただけなんだ。すぐに出なければならない」

それは嘘ではなく本当だ。彼は今日、ジャン・ルカの父親――先代バレストリ伯爵が没落したあと住んでいた場所へ出向くつもりだ。大金を積んで調べさせたところ、伯爵は信じがたいことに、貧民街でもさらに落ちぶれた者がたむろする〝掃き溜め〟に住んでいた。

――必ず彼の正体を暴いてみせる。

「あら、でもお兄さまは、いまはアモローゾの王太子を出迎えているはずですわ」

そのひと言で、アイアスの全意識は、ジャン・ルカからイゾルデに向かった。

「エミリアーノ王太子が来ているのかい？」

「ええ、先ほど来られたばかりだから時間がかかるのではないかしら。少しお話ししましたけれど、あの方、わたくしの胸をじっと見るものだから恥ずかしくなりましたわ」

彼は話の途中でイゾルデの顔に鼻先を近づけた。すると、彼女の頬が薔薇色に染まる。

「王太子は、アレシアとの婚約を解消するために来たんだよね？」

「その予定でしたけれど、王太子一行は、偶然アレシアに会ったみたいですの。すると今度は一転、婚約を継続したいとおっしゃって……いまは、お兄さまをはじめ大わらわ」

「なんだって！　詳しく話してくれないか」

イゾルデの指がアイアスのクラヴァットに伸ばされ、レースをいじくった。

「そうね……続きはわたくしの部屋で話しますわ。ほら、ここで隣国の王太子の話をするのは礼儀を欠いていますもの。それに、どこに目や耳があるかわかりませんわ。ね？」

艶めかしくすり寄るイゾルデを尻目に、アイアスは周囲を見渡した。衛兵が見回り、柱を挟んで召し使いが歩き、向こう側では着飾る貴族が話しこんでいる。確かに、国家間の婚約の話を人に聞かれるのは避けたい。

「いいだろう、きみの部屋に行こう」

このとき彼は、イゾルデの唇が鋭利に上がったのには気づかなかった。


その部屋は、香炉からもくもくと煙が出ていた。鼻をひくつかせたアイアスは、嗅ぎ覚えのある香りに辺りを窺った。甘い果実の匂いがする。そう、これはメロンの匂いだ。

部屋のなかに通されると、彼女は「飲み物を用意するわ」と、断る間もなく出て行った。

黒い部屋。王族は皆、黒の義務に取り憑かれて過ごしている。アレシアも。

彼女には、黒ではなく他の色が似合うのに。……そう、自分と同じ白色が。

アイアスは長椅子に腰を下ろすと、天井を仰いで息をついた。

――私はなにをしているのだろうか。

自問自答を繰り返せば、この状況がおかしなことだと気づく。婚姻前の男と女が、密室にふたりでいると、深い関係を疑われるし、言い逃れできない。

しかし、アイアスが己のことよりも強く思ったのは別のこと。

アレシアとバレストリ伯爵の関係はどう考えてもおかしい。たとえ専属医師だとしても、城塔で若い男女がふたりきりでいるなど……。

ふと、めまいがしてアイアスは額に手を押し当てた。なぜだか急に眠気に襲われ、勝手にまぶたが閉じていく。

妙にメロンの煙が身体や喉に絡みつき、いがいがする。ただただ不快だ。

――なにかが、おかしい。違和感……だらけだ。

眠気を払うべく、彼は傍机にある黒い水差しを傾け、杯に注いだ。それを一気に飲み干せば、すぐに甘ったるさが突き抜ける。

それは、メロンの味がした。

九章

つかまり立ちができるようになってから、アレシアは部屋のなかで歩く訓練をはじめた。ルカにはまだ早いと言われたが、彼に頼りきりだから、自分でできることをしたかった。

そんな思いに駆られていると、これまで召し使いに頼りきりで、なにもしてこなかったことに改めて気がついた。そう、アレシアはりぼんを蝶《ちょう》結びにすることすらままならない。できることを考えて、すぐさま肩を落としてうなだれた。自慢できることはなにもない。

自分は誰かの世話になることを前提に成り立っている。それは病になる前も、いまもだ。

――わたしは、なにも学ぼうともせず、傅《かしず》かれるのが当たり前になっていたのだわ。

いままで何度か普通の女の子になりたいと夢見たことがあったが、〝普通〟はなんとむずかしいことか……。アレシアは、普通にはほど遠い。

だからといって賢いわけでもない。ドレスもひとりで着られないし服のしわひとつ伸ばせない。それで生活できていたのは、優秀な召し使いが傍にいたからだ。いまはルカが。

アレシア本人は無知で、人ではなくまるで人形――。

思い至った途端、しくしくと底冷えともとれる寒気が襲い来る。

「ああ……どうしよう……」

ため息まじりにつぶやくと、机に向かっていたルカがすぐさま手を止め傍に来た。

そのまま軽々と抱き上げられる。

「どうしたのですか？　たくさん歩いたのですから、いまは眠っていただかないと」

「ねえルカ、わたしはとても無知だわ。なにもできない自分が急にいやになったの」

「アレシアは無知ではありませんよ。立派に外交ができるではありませんか。今朝も」

「外交？　違うわ……ただ笑っていればいいだけだもの。笑って挨拶をして……」

ぐすぐすと涙ぐんでいると、ルカの唇が目に当たり、優しく吸った。

「それも国にとって重要な要素なのですが。かわいらしいあなたがいれば、相手は強硬に出られません。その功績は大きい。あなたのおかげでうまく運んだ事例はあるはずです」

「わたしなんかをなぐさめなくていいの。ルカに慮《おもんぱか》ってもらえる価値などないのよ。なにもできないわたしは、誰の役にも立てっこない……必要のない人間なのだわ」

「なにを言うのです」

「刺繍もうまくはないし、詩も下手くそだわ。お兄さまに失笑されたもの。できることといったら、水差しからこぼさず杯に水を注ぐことくらいよ。誰かの役に立ちたくても、存在だけで足手まといだもの、価値がないにもほどがあるわ。こんなの、無能の極みよ」

ルカの唇は額に移動して、そこにいくつもキスが落とされる。うじうじするアレシアに、彼は「ばかですね、アレシアは」とささやいた。

「いまの時期、あなたがこうなるのも仕方がないと言えますが。情緒が不安定になりますからね。気分が落ちこみやすく感情の起伏が激しくなるのです。さあ、深呼吸をして」

吸って、吐いての声に従った。まるで子どもを相手にしているようだ。すじ違いだとわかっていても、なぜかいらいらしてしまう。ルカには大人の女性として扱われたいのに。

そして、いらいらする自分に腹が立ってくる。本当にいやなやつだ。

「しばらく放っておいて。ひとりにしてちょうだい」

「お断りします。ねえアレシア。自暴自棄になるのはよしてください。価値がないなどと思うのはばかげている。ぼくは愚か者の傍にはいませんよ。こう見えても名だたる王からお呼びがかかっていますので仕事には事欠きません。この国に留まらずとも、他国でも爵位を賜《たまわ》ったほどですから。それをすべて袖にしてここにいる意味を考えてみてください。わかっていますか？　ぼくにとって、あなたは世界そのものだ」

唇をまごつかせたあと、アレシアはどのような顔をしていいのかわからず、すぼませる。

「ルカは、なにもできないわたしといてはもったいないから……だから、世界の名だたる王のもとに行ってもいいの。わたしなんかに」

「〝なんか〟は禁止です」

ルカに寝台に降ろされ、顔を背けると、彼が被さってきた。すぐに唇に熱が満ちる。

何度も啄まれ、観念したアレシアは真っ向からそれを受けた。

「ん……」

「言ったはずですよ。ぼくは自ら選び、進んでここにいる。あなたという存在が、ぼくには必要不可欠なのです。あなたのいない世界は無価値でごみだ。もしもあなたを失えば、ぼくは世界を滅ぼします。くだらない世界など煩わしいだけですからね。ですから、ぼくよりも長生きしてください。もっとも、絶対にあなたを死なせませんが」

アレシアは、「ルカのばか……滅ぼすなんて大げさね」と苦笑した。

彼は世界まで引き合いにして、アレシアを元気づけようとしてくれている。そんな彼の冗談を聞くと、鬱々としている自分が恥ずかしくなってくる。

「……わたしを死なせないの？　あなたよりも長生きさせるの？」

彼の額が、アレシアの額にこつりとつけられる。じわじわとあたたかさが移る。

「ええ、なにが起ころうともあなたを治しますし生かします」

「わたしだけを長生きさせて、ひとりぼっちにするつもり？」

「当然ひとりにはしませんよ。……そうですね、あなたを誰にも渡しませんから、ぼくの寿命ぎりぎりまで生かすことにします。ふたりで生を終えましょう」

アレシアは、その言葉に感極まった。彼の頬を包み、形の良い唇にちゅ、とくちづける。

「だったらふたりともさみしくないわね。いっしょに生きて死ぬのでしょう？」

「ええ、ぼくたちはいっしょに生きて死にます」

「ルカ……最後はずっと手をつないでいてね」

「もちろんですよ」と、ルカはアレシアの下唇をぱくりと食んだ。

「……でも、なにもできないわたしを生かしてどうするの？　りぼんすら結べないのに」

「ぼくがなんでも教えますよ。ですが、ひとり立ちできない程度にしておきます」

言葉を紡ぐ間に、彼はアレシアの化粧着を紐解いた。胸が現れ、アレシアは頬を赤くする。歩く訓練をする前まで治療していたから、頂はいまだに熟れたままだった。

「ひとり立ち……させてくれないの？」

「ええ、ぼくを必要としてほしいですからね。ぼくがいないと生きられなくなればいい」

アレシアは小さな突起を口にする彼を見下ろした。

「とっくに、ルカなしでは生きられないのに」

「知っていますよ。ぼくはあなたのここを食べてしまいましたからね」

そう言って、ルカはかぷりと左の胸にかじりつく。銀色の視線をアレシアに向けたまま。

ささやかな胸に赤い歯型がくっきりつくと、ルカは先端にも歯を立てた。

「あっ……」

胸をもてあそびながら、ルカはアレシアの化粧着を引き抜いた。

纏うものがなくなり、思わず隠そうとすれば、すかさず彼の手に手を取られた。

「すでにあなたはぼくから離れられない。そうでしょう？」

「離れられないのではないわ……離れたくないのよ」

「では、二度と離れないために、ひとつになりましょう」

アレシアは言葉の意味を考える。

「ひとつに？　もしかして、ルカは……わたしを」

黒髪の隙間から見える瞳は楽しんでいるようだった。

「いけませんか？　とはいえ、あなたはとっくに純潔を失っていますよ。わかるでしょう？　治療で広げて毒を吸い出しましたし、道具を入れましたから膜はありません」

ルカの指が、秘部にくち、と埋められる。まだ道具の余韻がありアレシアは顎を突き上げる。初めて彼にそれを使われてからというもの、度々ルカは目隠しをして埋めるから、自ら奥をこするのも慣れていたし、いまでは自分でうまく果てることもできる。

「だめよ……。婦人が男性を受け入れるのは、結婚してからでないと。いけないわ」

ルカは呆れたように息を吐く。

「あなたという人は。ぼくの治療をあれほど受けておいてまだ純真でいるのですね。……今朝、エミリアーノ王太子に会いましたが、いまごろ結論が出ているでしょう」

朝、アレシアはルカにせがんで裏庭を散歩した。その帰り道、ばったりアモローゾの一行と鉢合わせた。ドレスをつまんで挨拶を交わしただけだったが、青い正装姿の王太子は確かに女性が放っておかなそうな凛々しい人だった。放蕩者なのも頷ける。

「ねえアレシア。あなたは今日、自由の身になりました。ですが、いまあなたをぼくのものにしなければ、いずれはまた同じように婚約するでしょう」

「しないわ」

「いいえ。ロベルトさまが――もしくはこの国が窮地に陥っているならどうですか？　婚約によって救うことができるとしたら、それでもあなたはしないと言えますか？」

目を開けたまま、アレシアは唇を震わせた。婚約しないと言い切りたい。けれど、兄や国を思えば声が出ない。

「その迷いはあなたのせいではない。あなたが王女だからです。優しいあなたは私《し》や個を優先できないのですよ。だからこそいま、ぼくはあなたとひとつになります」

「ルカ……」

「あなたの自覚がほしいのです。すでにぼくのものだと知ってください。どうあがいても遅い。あなたはぼくから離れられない。それに、ぼくは離しませんよ、絶対に」

ルカはしっとりとアレシアに口を重ねてから続ける。

「王女をやめていただきます。ただの娘になってください。ぼくと共に生きて死ぬとはそういうことです。ぼくは選択肢を与えない。あなたが出す答えはひとつだ」

アレシアは目をまるくする。彼の言葉に驚いたのではなく、股間に違和を感じたからだ。つい、いつもの治療のとおりに脚を大きく開いたままでいた。そして、彼は身体をその間におさめて笑んでいる。完全にのし掛かられている状態で、身動きできない。その上、先の治療でぬかるんでいる秘部は硬いものをやすやすと迎え入れる。

道具のようだけれどそうではない。彼が下衣をくつろげているのが見える。

「待って……ルカ。それは……道具ではないでしょう？」

「ええ、違いますね。わかっているでしょう？　ぼくの性器です」

くに、と先端がさらに奥を目指し、アレシアは「だめよ」と首を振る。ずるずると下がろうとすると、腰に腕が巻きついた。

「怖がる必要はありません。あなたは慣れていますから」

「ルカ……わたしたちは結婚していないわ。ふ……不埒な関係と、なってしまう、から」

「あなたはそう言うとわかっていました。はじめからね。だからぼくは――」

彼は唇を歪めて綺麗に笑った。そして、アレシアのおなかをゆったり撫でさする。

「この期に及んであなたはなにも知らない。不埒などと。とっくに根付いているのに？」

「……根付く？」

「清廉であるのと同時にあなたは淫らなのです。ぼくがそう変えましたから。あなたがもう治療なしではいられないのは知っています。ぼくを見れば、官能を与えていなくても濡れるようになってしまった。触れれば、奥にほしくてうずいているのも知っています。ぼくはあなたを求めていますが、アレシア、あなたもぼくを求めている。女性の身体は正直ですから、手に取るようにわかりますよ。思いはすべて筒抜けだ。さあ、味わって」

「――ああっ！」

アレシアはびくんと背を反らせた。一気にルカが奥の奥まで来たからだ。隙間なく彼でいっぱいで、苦しい。けれど、気が狂うほどに気持ちがいい。

あまりに強烈な肉感に、腰くだけになりそうだ。

「だめ…………なのに」

「だめではありませんよ。ひとつになることはもはや自然なことです」

　ぎゅうと猛りを搾る自分を感じて、アレシアはくしゃくしゃと顔を歪める。じわりと汗がにじんだ。

　同時に、疑問が湧き上がる。硬さ、太さ、熱……ぴたりとなじむ質感は、いつもの道具そのものだ。

「ルカ、これ……。あっ」

　ちょうど感じるところを、ルカが腰を揺らしてつつくから、なかはさらに収縮する。

「……んっ……動いちゃ」

　腰に手を添えたルカがずるりと先端まで出し切り、また奥までずぶずぶ分け入った。その間隔が狭まって、部屋にぐちゅぐちゅと卑猥な音が響きはじめる。

　奥がうごめき痙攣《けいれん》しても、彼は容赦なくこすり、鋭く感じる点を的確に突く。

「あ。……あっ！」

　汗で張りつく銀の髪を、涼しげなルカに掬われた。

「道具と同じでしょう？　当然です。ぼくの形そのものですから。いつもはあなたに任せていますが、こうしてぼくが動くのと、自ら動くのと、どちらが気持ちいいですか？」

　動きが弱まり、アレシアはその隙に、ふう、ふう、と息をつく。すると彼が、また激しく抽送をはじめた。まだ質問に答えていないのに。

「ぼくは、あなたが動くのも自分で動くのも、どちらも好きですよ。腰を揺らすあなたは淫らでそそられますからね。達しているあなたも、食べてしまいたくなるほどかわいい。ぷるぷる震えてけなげで飽きません。いま、見せてくださいね」

ルカの手がおなかに移り、下腹にすべり落ちていく。あわいの秘めた芽にたどり着けば、その小さな粒はぬるぬると滲み出た液で泳がされ、指先でくっと挟まれた。

ひくっ、とアレシアが身体を跳ね上げると、ルカは嬉しそうに口にキスをする。その間も腰は動いたままだった。

指の腹で続けられる刺激に、腰の奥がぴくぴくわななく。もう、だめ、来ると思った。快感にむせぶ甘やかな叫びはルカに舌を絡めて食べられた。どくんどくんと脈を打つなかで、彼はさらに楔を穿つ。

アレシアは意識を飛ばしかけていた。あまりにも気持ちが良すぎて、なりふり構っていられなかった。両脚はルカを離すまいとしているのか、知らずに彼の腰に巻きついていた。

「あ……う……」

「アレシア」

彼が珍しく眉をひそめ、かすかに喘ぐ。額からこぼれた汗が滴って、頬に落ちた。

切羽詰まっているときなのに、その顔があまりにも美しくて見惚れる。彼は、綺麗だ。

「――は。あなたは最高ですよ。身も、心も……」

ぎゅうっと彼に身体を抱きしめられて、アレシアは目の奥が痛くなる。じわじわと視界がにじんで目を閉じた。

流れる涙は彼が舌で受け止めた。それが、嬉しくて幸せだ。

不安などひとつもない。胸に広がる思いはむずがゆく、甘酸っぱくて、そして——。

そのとき、彼が蠢動《しゅんどう》したあと熱いものが広がって、奥にじわりと染みこむのを感じた。

「あ……」

深呼吸を数回繰り返し、息を整えた彼は、若干かすれた声で言った。

「いま、なにをしたのかわかりますね？　その意味も」

アレシアは、頷く代わりにゆっくりとまたたいた。

「あなたはぼくのものです」

「わたしは、ルカの……」

アレシアは、シーツを摑んでいた手を上げて、彼の背に回した。

「……わたしたち、赤ちゃんができるかもしれないことを、したのね？」

「そうですね。ですがなにも心配いりませんから産んでください」

目を閉じたアレシアは、「うん」と小さく頷く。

「あなたならそう返事をしてくれると信じていました。出会ったころから」

アレシアは裸だけれど、彼は服を着たままだ。ルカは楔を抜かずに、さらに身体を密着させるから、ボタンや宝石が肌に食いこんだ。

こすれて冷たいけれど、彼の匂いに酔いしれて、アレシアは多幸感に浸った。

「これはうっかりしていました。あなたを抱くときは全裸になると決めていたのですが」

「そうよ、わたしだけ裸だなんてずるいわ……」

鼻先を擦り寄せてきた彼は微笑んだ。

「あなたはぼくと肌を合わせたいのでしょう?」

「覚えていたのね」

つられてアレシアも頬をゆるめたけれど、ふと気がついて唇を引き結ぶ。

「いやだわ、いま思えば、わたし……とってもはしたないことを言っていたのね」

「ではやり直しましょうか」

「待って、やり直すって」

言葉の途中で、ちゅ、と唇に彼の熱がのせられた。

大きく目を開けたアレシアに、彼は言った。

「ぼくはあなたを離しません。慣れてくださいね」

＊　＊　＊

まるでひとつになることが、人生のすべてであるかのようだった。

寝台に寝そべったまま、彼はアレシアを抱えていた。守るように腕におさめて虚空を睨む。窓から差しこむ赤い光がふたりの肌を照らしている。ルカは彼女の眠りを妨げないよう、毛布を引き上げた。

目を伏せ瞳を隠した彼は、彼女の首にねっとり舌を這わせていく。

もう一度交わろうとしたときだ。こちらに近づく気配を感じた。

気だるげに身を起こして窓辺を見やれば、やがて、翼を広げてすうと流れるように、白いふくろうが止まった。羽を休めた鳥は、なに食わぬ顔でルカを見た。

――つくづく、面倒な男だ。

黒い髪をかき上げれば汗が散る。彼は傍机に置いたシャツを、いかにも億劫そうに手に取った。

ルカは、アレシアの口をぱくりと食んで、おなかをさすり、彼女に毛布を巻きつけた。


ふたりは他人行儀だ。王城で会ったのが初対面ではないけれど、普段はそれを装った。

今日は人払いをされているらしい。黒い扉を二度鋭く叩けば「入れ」と短く声がした。

ルカが入室すれば、声の主は書物机から立ち上がる。複雑に組み合わされた格子窓を背景に、逆光のなかで堂々とした佇まいだ。

「やあ、今日は早かったね。きみは無視することが多いから上々だ。ルカと呼んだほうがいいのかな。アレシアはそう呼んでいるだろう？　それとも、〝伯爵〟のままで？」

それは、黒を纏った新王ロベルトその人だ。彼は目の前の長椅子を示して着席を促した。

ルカは指示に従いながらにべもなく言った。

「伯爵でいいですよ。ぼくたちは友人ではありませんし」

「そうだね、友人にはなり得ない。酒はのむかい？」

「酒は嗜みません。勘が鈍りますからね」

ロベルトのことは、最初から食えない男だと感じていたが、勘は外れていなかった。

かつて、妻を妊娠させない薬を毒師ルテリに求めた男は、王城にいたバレストリ伯爵ジャン・ルカを、初見でルテリだと看破《かんぱ》した。以来、じわじわと距離を詰め、こうして部屋に呼ぶほどまでになっている。

ロベルトは瓶を傾け、杯を琥珀色で満たした。

「きみの勘には恐れ入る。ところで、本当にここから城塔の気配を感じ取れるのかい？」

「ええ、でなければここに来ていません。アレシア王女の身が危険ですから。あなたの異母妹はたちが悪い。本来なら、あなたや父王を憎むべきなのに、無害で無力な妹を狙う」

「父ほどの悪人はいないからね。それはわかるが、なぜ私を憎むべきなのかな？」

「それはあなた自身がご存じなのでは？」

椅子に座ったロベルトは、酒を啜ってから言った。

「――なるほど、その顔。きみは城の内情を知っているというわけだ」

「そうですね」

「だが、女心には疎《うと》いようだ。女は女を憎むようにできている。たとえば夫に愛人がいたとしよう。その恨みは夫ではなく、相手の女に向かう。夫が相手を無理やり手篭めにしたのかもしれないのにね。女は浅はかな生き物だ。しかし、アレシアは不思議な子だ。人を惹きつけるが、同時に憎ませもする。本人はきみの言うとおり無害で無力」

アレシアと同じ銀色の髪をかき上げたロベルトは、ふうと息を吐き捨てた。

「きみがアレシアの傍にいなければ、とっくにイゾルデに殺されていた。そろそろ手を打たなければならないね」

鼻にしわを寄せたロベルトの表情を窺うに、イゾルデを邪魔だと考えているようだった。

「嫁がせてはどうですか？　ぼくが口を出す問題ではありませんが」

「嫁がせる、か。そうだね、とにかくアレシアを守ってくれて感謝するよ。……まあ、きみは妹にひどいことをしているから守って当然だが」

ロベルトは、声の調子を落として言った。

「私を塔に呼び寄せ、わざと見せただろう？　あの日、眠るアレシアを抱いていたのはどういうわけだ」

ルカはなに食わぬ顔で足を組み替えた。

それは一週間ほど前のことだ。彼はアレシアとの行為をこの若き王に見せていた。

「その場でぼくに食ってかからなかったから黙認したのだと思っていました」

肩を震わせ、ロベルトは顔に笑みを刻んだ。

「黙認？　これはおかしなことを言う。私は兄だぞ。よくそんな言葉が言えるね」

「あなたはアレシア王女に妹以上の感情を抱いている――それを確かめてみたくなりまし

た。やはりぼくの勘は冴えているのか、当たっていましたが」

ロベルトは笑みを崩すことなく、さらに深めた。

「なぜそのような考えに至ったのだろう。ばかげていると思わないか？」

「現にあなたはあの日からぼくを憎んでいる。兄ではなく男の目でね。ぼくは人の敵意に敏感なのですよ。しかし残念でしたね、彼女の裸を見たかったでしょうに。ぼくは女性に興味がありませんから服を脱がせる必要はありません。穴だけでじゅうぶんです」

「私の妹を穴、か。ひどい男だ」

そうつぶやくと、ロベルトは手に持つ杯を眺めた。

「あの子の声は慣れていた。小さかったあの子が、あのように大人の声を出すとはね。……きみはあの日に初めて抱いたわけではあるまい。アレシアはきみに恋をしているようだから、夢見がちなあの子が深い関係をせがんだのだろう……違うかい？」

「どうでしょうね。ですがこれだけは言えます。王女との性交はとある仮定の上で行っています。ぼくなりにあなたの人となりを観察し、分析した結果ですが話しても？」

ロベルトは口に運んだ杯をくい、と呷《あお》った。

「仮定に興味はないが、今日は特別だ。聞くよ」

「原則としてですが、反論は聞きません。なぜならぼくのなかでは確定だからです」

「たいした自信だね。いいだろう、口は挟まない」

立ち上がったルカは、酒瓶を取り「長くなりますから」とロベルトの杯に注ぎ足した。

「あなたにはジネヴラという恋人がいた。しかし、彼女はアレシア王女の身代わりだった。あなたは妹への感情を隠すために己に逆らえない召し使いに誘いをかけたのです。抑えきれない男の欲が募っていた、といったところでしょうか。そのなかで、あなたは全身全霊、召し使いに恋をする男を演じ抜いたのです」

表情を変えることなく、ロベルトはこちらを見ている。

「ジネヴラを抱きながらあなたは妹を抱いていた。あなたは、女の身体のみがほしかった。目を閉じれば顔など見えませんからね。それに、身ごもろうが問題ない。あなたは王太子ですからどうにでもなる。貴族を相手にしたほうがよほど厄介です。亡者のごとく群がられますからね。さぞかしあなたはお父上を愚かだと思っていたことでしょう。イゾルデがいい例です。母親が貴族であるために娘だと認めるしかなかったのですから」

ルカは酒をのむロベルトを一瞥し、もとの長椅子に腰掛けた。

「ある日、あなたは父王にイゾルデかアレシアを抱けと命じられた。イゾルデを選んだあなたは無理をして抱いているように見せかけ、しかし、その身体に溺れていた。いまだに彼女を抱いているのでしょう？　アレシア王女の代わりとして。けれど、事情が変わった。アレシア王女を抱くぼくを見たからです」

ロベルトは肩をすくめて息をつく。

「あなたは神話を神聖視しすぎている。あなたは自分を神の化身だと思っていますし、同じ銀の髪を持つ妹も侵しがたい崇高なものだと考えている。あなたにとって、銀を持たない父王や異母妹は蔑みの対象だ。妹の成長をずっと待っていたのでしょう？　あなたは自分で奪いたかったけれど、彼女に嫌われるのを恐れるあまり、純潔を失うのを待っていた。もしもアモローゾに嫁いでいたとしても、後年、取り戻すつもりでいた。戦争によって」

ルカは、「ああ、そうだ」と思い出したように言葉を重ねた。

「あなたの父親が父王ではなく祖父なのは同じ理屈ですよ。当時、先代アルド王はルクレツィアを神聖視していたのですぐには抱けなかった。ですから、見かねた祖父が国のために試したのでしょう。父王はさぞかし自分の父を恨んだでしょうね。あなたと同じように。純潔を失わせることを望みながら、しかし、汚した相手はゆるせない。哀しい男の性《さが》、といったところでしょうか。あなたと父王は互いに忌み嫌いながらもよく似ているのです」

ロベルトは表情なくうつむき、眉間を揉みこんだが、顔を上げたときには笑んでいた。

「壮大な話だね。まだあるのだろう？　続けて」

ルカは笑っているようでも笑っていないロベルトの目を見据え、唇を弓なりに曲げた。

「アレシア王女はあなたの恋を嬉しそうに語っていましたが、あなたはでたらめを言ったのです。なぜなら、恋人と子を追放されていながら、あなたには必死さや悲愴感といったおよそ人間らしい感情が見られない。少々悠長がすぎます。王太子のあなたが探せば、女や子どものひとりやふたりたやすく探せるはずです。しかしそうしないのはなぜでしょう？　……それは、彼らがすでにこの世にいないと知っているからですよ。アレシア王女にアモローゾにいるなどと言ったのは、かの国に嫁いでも、自分のことを思っていてほしいから。万が一王女が嫁いでいれば、あなたを思いながらジネヴラを探し続けていたでしょうね。死んでいるとも知らずに……彼女はそんな人だ。ジネヴラは皆を騙す隠れ蓑でしかなかった。父王もイゾルデもアレシアも皆、うまく騙せたようですが、ぼくにはわかる。情が厚いと見せかけてその反対です。あなたはぼくと同じですよ。感情が希薄だ」

ロベルトは、いかにも感心したといった様子で目を細めた。

「ぼくたちのような輩はまず自身の手を汚さないことを考える。面倒に巻きこまれたくはないですからね。そして、なにより駒として人を利用するのが当然です。思うに、あなたはジネヴラの話を妻のタチアナの耳に入れた。彼女の想いが自身にあると確信しているあなたは巧みに妻の嫉妬を煽り、ジネヴラと子を始末させたのです。それは将来のとある目的のため。あなたは〝愛する者を悪しき妻に奪われた悲劇の王〟になる必要があったからです。……予言しますが、近い将来、あなたはタチアナをジネヴラ殺害の罪で追放、もしくは断罪しますよ。さて、いまの話は十中八九正解、といったところでしょうか」

ルカはひとつ咳払いをし、「もうじき終わりますからどうか辛抱を」と言った。

「同種の人間はすぐに見分けがつきます。ですからあなたはぼくが毒師ルテリだと気がついた。逆に同じことが言えますよ。ぼくは、あなたが手に取るようにわかる。まるで鏡だ。あなたは城をごみだと思っている。妹がすべてだ。父王になにかをささやき続けたのでしょうね。王を陰で操り、悲劇の王太子を演じ、アレシア王女を閉じこめさせた。そして妹に会える唯一の男になり、あたたかな手を差し伸べたのです。彼女はけなげにあなたを慕っていますよ。あなたと国に対して従順だ。あなたがそう仕向けた。ぼくたちの得意な統制というやつですよ。もとよりあなたは早々に王になるつもりでした。アレシア王女を手に入れるために。あなたは妹しか見ていない。妹がいるからここにいる。深く言ってしまえば妹がいるから生きている。このまま子のない王で居続け、国の存続のためと謳い、王女の心を動かし堂々と手に入れる。彼女が銀の子を産むまで抱く。もちろん産んでからも抱く。……まあ、ぼくに言わせてもらえば回りくどいと言わざるを得ませんが」

ロベルトは杯にある残りの酒を一気に飲み干した。とん、と机にそれを置く。

「正誤は置いておくとして、大変興味深い話だった」

その顔には爽やかな笑みが浮かんだ。

「私は私以外の人間を愚かだと思っていた。皆はただの駒でしかない。しかし撤回しよう。きみは別だ。私のいまの気持ちがわかるだろうか。喜びだ。きみこそ私の協力者に値する。妹をこれからも守ってくれ。ところで聞くが、きみはいまも妹を抱いているのかい？」

ルカは高慢に顎を上げた。その顔は無表情。

「ぼくが女に興味がないのはご存じでは？　失礼ながらたとえ王女とてぼくには穴と変わりません。男も女もただの穴。ごくたまに訪れる性欲を発散させるためのものです」

やれやれと、ロベルトはこめかみに指を置く。

「聞くだけ無駄だったね。では、今後は一切抱かないでくれ。妹がきみに恋をしたのは想定外だが相手がきみなら構わない。恋に恋する年頃だ、いっときの迷いで済むだろう。だが、そのあたりを念頭に置き、妹が嫁ぐまでよく世話してくれ。……やれやれ。嫁ぐ日に落ちこむあの子が目に浮かぶよ」

若干眉をひそめたルカは、「嫁ぐ?」と小声で言った。

「婚約は解消されたと思っていましたが。王女もそのおつもりですよ」

「ああ、それだが取りやめをやめた。エミリアーノ王太子はアレシアと偶然会ったらしいな。かつては幼いとばかにしていたようだが、すっかりあの子を気に入ったようでね。急遽婚約解消を撤回、いますぐにでも娶りたいそうだ」

「あなたはそれでいいのですか?」

ロベルトは渋い顔をしてから、ひじをついた。

「聡いきみならわかるはずだ。あの王太子は愚かな放蕩者。女ひとりで満足しない。しかもやつは慣れれば女に手をあげる。嗜虐趣味があるからね。……かわいそうに、アレシアは傷つけられるだろう。ずたずたになった時点で私が救う。つききりで支えるさ。いまのきみのようにね。私は、義務で結ばれるのではなくあの子の心もほしい。この国をあの子と手を取り合って治めたいと思っている。私のとなりで一生あの子が笑っている、そんな国と城にしたい。アレシアは鳥になりたいと夢見ているんだ。一から国を作り変え、私の傍で自由に飛び回らせてあげたい。そのために王になった。あの子は私のすべてだ」

恍惚と語るロベルトを眺めつつ、ルカは口の端を持ち上げる。

「父王を殺してまで手に入れたかったのですね」

「あの男はアレシアを力ずくで妻にしようとしていたからね。汚らわしい、させるわけがない。かわいいあの子を母上の身代わりになどさせてたまるか。……どうやらイゾルデはきみを疑っているようだが」

「そう仕向けたのはぼくですから。取るに足らない蠅《はえ》のようなものです。あなたには、アレシア王女の専属医師に口利きしていただき、おまけに刺客の死体もうまく処理していただいていますからね。感謝しています」

ルカは話を切りあげようとしたが、付け足した。

「それはそうとロベルトさま、鳥でぼくを呼びつけるのはそろそろやめていただけませんか？　あなたはつねにぼくを苛立たせるころ合いで鳥を飛ばしますから。そのうちあれを始末しかねない。邪魔なものは消す性分なので」

「バチスはもとはきみの鳥だろう？　さすがはきみの鳥だけあってよく訓練されている。なかなか気に入っているんだ。なにを主張しているのか、夜、鳴くのが玉に瑕だが」

ルカが白いふくろうを所持していたときは、名前をつけずに〝鳥〟と呼んでいた。が、ロベルトは名前を与えたらしい。

「いまやバチスは王の鳥だ。始末などと物騒なことを言わないでくれないか」

「しかたないですね。では、外してもよろしいですか？　王女の薬の時間ですので」

ロベルトはアレシアのことになると弱いのか、物言いたげではあったが、退室をゆるした。

「いいだろう。エミリアーノ王太子はアレシアの病の回復を待つそうだ。あの子とともに帰国すると言ってきかなくてね。早めの完治を目指してくれないか。よろしく頼むよ」

「最善を尽くします」と席を立ったルカは、出口へ向かいかけたが振り返る。

「集中して治療に入りますから、王女はしばらく塔から出られません。王太子に、完治するまでは会えないとお伝えください」

「なぜ出られなくなるんだ？」

「これはどなたにも話す気はなかったのですが、あなたになら」と、前置きして続ける。

「毒を以て毒を制するからですよ。ぼくの治療はそういった荒治療ですから門外不出なのです。王女に毒を盛るなど前代未聞でしょう？　先代王なら間違いなく断頭台行きだ。しかし、そうでなければアレシア王女は回復に向かえない。それほど特殊な病ですからね」

　ロベルトは納得したように相づちを打つ。

「なるほど、名だたる医師が治せなくて、きみが治せる理由はそれか。さすがは毒師だ」

「ええ、毒を操るぼくでなければ彼女は治せない。ですから、アレシアさまの婚約の件はぼくからお伝えしましょうか？　王太子とは、婚約解消ではなく予定どおりだと」

　ロベルトは「いや……」と否定しかけたが、「そうだね」と頷いた。

「伝えてくれ。アレシアに会えるのはいつになる？」

「まだはっきりとは言えません。ですから、時期が来ましたらお伝えします」

「頼んだよ、伯爵」

　王の部屋を退室したルカは、瞬時に凍てつくような空気を纏う。

黒髪の隙間から見える瞳は、剣呑にぎらついた。

＊　＊　＊

アレシアは、届いた手紙に目を走らせ、思わず肩を落として息を吐く。〝ジル〟ことアイアスが、体調が思わしくないため田舎の城へ行ったらしい。

かつて出征したときは、彼は前もって知らせてくれたので声をかけられたがいまは無理だった。事後報告をさみしく感じて、アレシアはもう一度ため息をこぼした。

でも、と思う。彼はアレシアのことを心配してくれるけれど、いつも自らの苦境を明かさないため、相談にのれたためしがない。思い至ったアレシアは、自己嫌悪に陥った。

――いつも、わたしは〝わたしわたし〟で自分のことばかり。こんなわたしだからだめなのよ。悩みを話す気が持てないほど頼りないのだわ……。頼れるわたしにならなければ。

寝台に座りスカートを握りしめていると、上から影に包まれた。見上げればルカがいた。

「また落ちこんでいるのですか？　今度はなにを」

「落ちこんでいるけれど、……いいえ、なんでもないの。わたしね、頼りがいのある人になろうと思うのだけれど、どうすればいいのか……よく考えなくちゃ」

アレシアの肩に手がのった。優しくさすられる。

「ジルはあなたの友人でしたね。手紙にはなにが書かれていたのですか？」

「遠くへ行ったのですって。ここからジルのところまで二日もかかってしまうの」

ルカはアレシアの持つ手紙を抜き取り、それを傍机に置いた。

「さみしいのですね。でもね、あなたにはぼくがいますから。ぼくを見て」

ルカはキスが好きだ。すぐにアレシアの唇を求めてくるのだから。そしてアレシアも好きだった。彼とのキスが。

特に伝えられなくても、口を開けるのを待っているとわかるから、アレシアは口を開け、彼を受け入れる。そのぬくもりを味わっていると、くちづけは深まった。

キスは不思議だ。高揚し、胸が満たされ、どきどきする。

ほどなく彼の唇が離れ、再び重なる前に言った。

「ルカは、わたしがいま気が落ちやすい時期だと言っていたわね。だからかしら、自分がとてもいやになってくる。いらいらするし……ルカは優しくしてくれるのに、その、ごくたまにあなたにもいらいらするの。なぜなの？　わからないわ。こんなわたしなんて」

「ぼくにもいらいらするのですか？　それは困りましたね」

唇の先をつけながら彼が話すから、吐息がかかる。

「ごめんなさい。もういらいらなんて、しないようにするから」

「アレシア、抱かせて？　あなたはぼくを感じているときは心が晴れていますから」

アレシアの頬に朱が走る。そうなのだ、アレシアはルカと身体を重ねているときだけは鬱々とした気持ちを忘れて彼に夢中になれる。心も身体もルカでいっぱい満たされる。

ルカは、また、ちゅっと口に吸いついた。

「ほら、顔色が明るくなった。嬉しいですよ、気に入ってくれて。好きでしょう？」

「そうだけれど……ルカ、あの、でも……最近ずっと、その、してばかりいるわ」

「いやですか？　でも、忘れては困りますよ。ぼくは夫であなたは妻です。なにもおかしなことではない。同時に治療もできていますから、早く健康になっていただかないと」

綺麗な指が胸をかすめてすべり落ち、アレシアのおなかに止まり、優しくつつかれる。

「ここにはもう、子がいますよ。できてもおかしくはないことをしていますからね」

「本当？　子どもが……」

アレシアが両手をおなかにのせると、その上から彼の手が重なる。

「ぼくの子です。アレシアとぼくが二度と離れられない証ですよ。早く会いたいですね」

ぞく、と背すじに震えが走り、ぞわぞわ広がり、肌が粟立つ。

震えるのは寒さからではない。喜びだ。

「そうね、早く会いたいわ」

いままで影を宿していた緑の瞳が、きらきらと輝いた。

「だめね、鬱々なんてしていられない。わたし、がんばっていいお母さんにならないと」

「そのままのあなたでいいですよ。ぼくが導きますから……すべて任せて」

頷いたアレシアは、甘えるようにルカの首に腕を巻きつけた。

十章

ルカは手のなかの瓶を見下ろした。

青い瓶は彼にとって特別な薬を入れてある。出会ったあの日の空の色。

蓋を開ければ、ふわりとメロンの匂いがする。

毒のようだが毒ではない。目立った副作用も一切ない。十四のころから五年の年月をかけて試行錯誤の末に生み出した。処方箋《レシピ》は頭のなかだけだ。父を実験台にして、父が死んでからはあらゆる人で試していた。彼女を手に入れるためだけに。

その薬は、少量ならば睡眠導入剤と同じ効果がある。ひと口飲めば朦朧として眠りに落ちる。けれど一定期間使用すれば、対象者は昏睡し、原因不明の病にかかった状態になる。ひと月服用させ続ければ身体の機能は著しく低下して、いわば仮死状態も装える。

薬を抜くのは簡単だ。徐々に量を減らして汗をかかせ、排出させればいいだけだ。逆に与える量を減らさなければ病の状態は保たれる。

時には直接身体に塗りこみ、時には香炉に入れて煙にし、様々な形で纏わせた。

ルカは、彼女を嫁がせないと決めていた。

十三歳のとき、彼女が乗る黒い馬車を見送りながら理想の薬を考えた。

青い瓶は、想いが具現化したものだ。

回廊に佇んでいた彼は、その瓶をぐっと握りしめ、中身をどぼどぼと階下へ落とす。

そして腕を振りかぶり、それを遠くの方へ投げ捨てた。


時は、遡《さかのぼ》ること五日前。

その黒い部屋には、壷の割れるけたたましい音が響いていた。ひとつではない、いくつもだ。花は床に散乱し、水と破片が飛び散った。立て続けに割られた五つめは、部屋の隅まで転がった。燭台までもが投げられて、倒れたろうそくは薄布に火をつけた。

ルカはそれを冷ややかに眺めていたが、ややして、炎がちらつく布に水差しを傾けた。

全裸のイゾルデが漆黒の髪を振り乱して荒ぶっていた。ようやくつかまえた愛しい人の姿が寝台にないからだ。わがまま放題に育った彼女は、癇癪《かんしゃく》を起こせば、思いどおりになると信じて疑わない。

ルカは、イゾルデにアイアスを籠絡《ろうらく》させるため、睡眠導入剤を渡したが、なにをとち狂ったかこの女はアイアスを四日の間閉じこめ、犯し続けていた。

――醜悪だ。

彼は先刻、深夜の闇に乗じてこの部屋を訪れた。いまは白を纏っているが、はじめは分厚いローブの毒師ルテリの格好で。

　部屋のなかはすさまじいありさまだった。寝台の上のアイアスは口を布で縛られて、両手両足を縄で四柱にそれぞれ固定されていた。縛られた箇所には血がにじみ、こすれて肉がえぐれていたし、ずっと唇を噛んでいたのか、口から伝った血が顎にこびりついていた。

　ルカは、彼の視線を真っ向から受け止めた。

　アイアスは起きていた。白目は赤く充血し、青い瞳は研ぎ澄まされて、軍人らしいというべきか、色濃い殺意を孕んでいた。囚われてから一睡もしていなかったのだろう。

　全裸のイゾルデはアイアスに跨がり、彼を体内に入れたままで寝息を立てていた。

　深く被ったフードで顔を隠したルカは、彼にしのび寄ると、唇に人差し指をあてがった。

『ここから出たければぼくの言うとおりに』

　アイアスは険しい顔をしていたが、すぐさま同意の代わりにまたたいた。

『縄を外しますが動かないでください。扉の向こうには衛兵がいますからね。いまの状態で気づかれれば、あなたはこの女を娶らなければならなくなる。わかりますね？』

　娶るなどむしずが走るほど嫌なのだろう。アイアスは従順だった。

　ルカはイゾルデの口に袋を当てると、彼女をさらに深い眠りに落とし、ぞんざいに足でごろりと転がした。

　イゾルデをどけたことであらわになったアイアスの身体は、狂気に満ちたものだった。

　彼の身体は数える気が失せるほどの、おびただしい所有のしるしがついている。存分にもてあそばれたのだろう、性器も真っ赤に腫《は》れていた。

ルカはアイアスの戒めを解くと、彼の傷ついた手首と足首、唇に、自身が調合した軟膏《なんこう》を塗っていく。ひどく染みるのだろう、彼は小刻みに震えていた。

『……礼を言う、貴公は命の恩人だ。名を教えてほしい』

『聞かない方がいいのでは？　あなたは悪夢として片付けたいでしょう』

ルカは全裸の彼に『あなたの服です』と脱がされていた服を集めて手渡した。

『着終わったら、ぼくについてきてください』

『貴公、ここでのことだが――』

『もちろん口外しませんよ。あなたは夢を見ていた。ぼくもその一部にすぎない』

そうしてルカは、アイアスを逃がしたあと、ルテリの服から貴族の白い服に着替え、なに食わぬ顔でまたイゾルデのもとを訪れた。取り乱す彼女を、彼は嘲笑含みで眺める。

「いやぁぁああアイアス、どこにいるの！」

「イゾルデさま、そろそろ静かにしてはどうでしょう。癇癪は見苦しいですよ」

薄布の火を消したルカは、水差しをぽいと寝台に転がした。

「伯爵、あなたの言うとおりにしたわ。既成事実ができたのよ……それなのに！」

「あなたは大変詰めが甘い。なにが既成事実ですか、相手がいなければただの妄言です」

イゾルデはルカの胸を「お黙りなさい！」と、どんとこぶしで打ち据える。

「なにを言うの！　わたくしはアイアスに抱かれたわ！　何度も何度も子種を」

「愚かにも人払いしましたね？　召し使いが誰もいないではありませんか」

くわっとイゾルデは目を剝《む》いた。

「当然じゃないの！　わたくしたちふたりの時間は誰にも邪魔させないわ！」

「邪魔などとばかばかしい。目撃させてこその既成事実です。その縄を見るに、アイアスさまを監禁していたのでは？　あなたは抱かれたのではなく無理やり犯したのです」

口ごもったイゾルデは、壺の欠片が散乱するなか、へなへなとへたりこむ。

「ち……違う。違う……わたくし……わたくしは違うわ！」

「あなたはたった一度の機会を逃しました。ぼくは言いましたよね？　これはやり直しがきかないと。あなたは二度とアイアスさまを手に入れられない」

髪を振り乱してイゾルデは首を振る。

「わたくしは……次こそうまくやるわ！　やってみせる！」

「次はないのですよ、諦めなさい。あなたは恨まれている。今後は目も合わせてもらえないのではないでしょうか。当然ですよね、男を犯したのですから」

イゾルデは、ひぃと鳴るほど息を鋭く吸った。

「アイアスさまは軍人な上に公爵家嫡男。王族です。さぞかし矜持が高いでしょう。あなたはそれをこっぱみじんに砕いたのです。彼は女性経験がなかったらしいですよ。初めてがこれではよい思い出には成り得ない。一生引きずる心的外傷になったのでは」

ぶるぶると震えながら、イゾルデはつぶやく。

「お黙りなさい……」

「彼、二度と行為に及べないかもしれませんね。今後、女性を抱く際、あなたを思い出すでしょうから。もちろん悪夢として。男は意外にも繊細なのですよ」

「黙りなさいっ！」

「一生消えない傷を刻んだので、愛でないにしても、あなたはアイアスさまに忘れられることはないと言えます。それでよいではありませんか。愛と憎しみは似ているといいますが、なるほど、思いの強さは同じだと思いますよ。根深く、決して動じぬ強い思いだ」

「黙れぇぇ！」

ルカに飛びかかったイゾルデだったが、彼は飄々としながら身をひるがえし、それを避けた。するとイゾルデは床にびたんと倒れこむ。幸い、そこに破片は落ちていなかった。

「わたくしは、わたくしは！」

髪をぐしゃぐしゃと掻き混ぜたイゾルデは叫んだ。

「いやあああ！」

「わめかないでもらえますか？　あなた、いま人が来ればぼくと結婚するはめになりますよ。裸ですから」

イゾルデは、打って変わって聞き取りにくいほど小さな声で言った。

「……あなたと結婚ですって？　冗談じゃないわ、絶対に嫌よ」

「ぼくのほうこそお断りです。あなたと結婚するくらいなら鼠《ねずみ》を妻にしますよ」

ルカは寝台の傍に転がる瓶に目をやった。渡した催淫剤は空になるまで使ったようだ。性器に塗る軟膏もすべて使い切ってある。相手を朦朧とさせるために渡した青い瓶の睡眠薬は、一度使ったきり使用の跡が見られない。

いざ、アイアスを前にして長年の想いが爆発し、気が逸ったのだろう。手順を説明したにもかかわらず、用法は少しも守られていない。

瓶をすべて回収したルカは、イゾルデに蔑みの目を向け、服を着て召し使いを呼ぶように言い置くと、すぐさま部屋から出て行った。

それから五日後——強い陽光が差しこむ回廊にて。

きみに話があるんだと男は言った。ルカは表情なく請け負った。

その男はエミリアーノ王太子。アレシアの湯を支度させるために出向いた先で、偶然彼に会ったのだ。ついでに彼のもとに寄ろうとしていたから、こちらの手間が省けた格好だ。

エミリアーノ王太子は金茶色の髪の青年だ。役立たずのいとこのカルロッタによれば、彼は来る者拒まず去る者追わずの放蕩者とのことだった。どうやらカルロッタはすんでのところで嗜虐趣味の餌食にならずに済んだらしい。

王太子は派手な色を好むようで、赤い毛皮のマントを羽織り、黒いブーツを重ねた白い下衣に、身体の線に沿う優雅な黒い上着を重ねていた。横には金の房飾り。曰く、アルドを意識した装いとのことだが、彼は白を纏う者が多い王城内でよく目立つ。

「きみを初めて見たときは驚いたよ。こんなにも夢のような美形が存在するなんてね。その若さだ、この先さらに男ぶりはあがるだろうね」

この手の賛辞はほとほと聞き飽きている。ルカは鼻先をついと上げた。

「それは少々褒めすぎですよ。ですが、あなたのような麗しいお方に言っていただけるのは、身にあまる光栄です」

「見栄えのいい臣下がいてロベルト殿がうらやましい。ああ、アレシア王女のことを聞いたよ。いま、完治に向けて治療をしているのだってね」

「はい。王女に会う機会をあなたから奪ってしまい、恐縮ですがご辛抱ください」

王太子は、手のひらをぴんとルカに向けた。

「なに、構わないさ。実は我が国にアレシア王女の危篤の知らせが入った折に、長老たちが『王女は子を産めるのか』と他の娘を勧めてきてね。あやうく強引に妃を変更させられそうになっていたが、この国に来て決意を新たにしたんだ。私の妃は彼女しか考えられない。『この命をかけて幸せにする。結婚を後悔させない』そう彼女に伝えてくれないか？たちの悪いうわさが広まっているが、真実はいま言ったとおりだからね。頼むよ」

「はい、そのようにお伝えします。ところでエミリアーノさま」

ルカはこちらに笑みを向ける王太子に、ふたつ瓶を取り出し、見せつける。

「ん？　なんだろう、これは。酒かい？」

「いいえ、違います。医師としてお願いがあるのですが、今日よりこちらを服用していただいてもよろしいでしょうか。アレシア王女は病人です。完治後もしばらくは人よりも免疫がない状態なので、王女の身体に合わせるよう、前もって飲んでいただきたいのです」

「これはどういったものだろう。私は怪しいものは口にしない。できないんだ。わかるだろう？　国を担っているからね」

ルカは真摯に会釈した。

「ええ、もちろん存じています。普通に生活する分には飲んでいただかなくても問題ないのですが、夫婦は深い関係を結びます。つまり、ぼくが問題だと考えるのは、接吻や性交渉といった、体液を摂取する可能性のある行為です」

伝えた途端、怪訝そうな表情の王太子から、疑念が抜けていくようだった。

「なるほど。病で弱っているアレシアに影響が出ないよう協力するということだね？」

「はい、平たく言えばその通りです。ご協力いただけますか？」

もちろんだよ、と王太子は同意した。

「夫婦には交渉はつきものだからね、そういうことであれば喜んで引き受けよう」

「エミリアーノさまは多くの女性と関わっておられる。――失礼、これは悪しきうわさでしたね。けれどご容赦ください、真実を聞く前に用意してしまいましたので。こちらは病原……つまり性病を撲滅する薬とお考えください。いま症状が現れていなくても、多くの方と交わった方は源を所持していますから。必要なければこのまま持って帰りますが」

エミリアーノ王太子はじっと瓶を見つめて、すぐににんまり笑った。

「私には必要がないが、供の者で必要な者がいる。やつには困ったものだ。もらうよ」

などと言っているが、王太子は必ずこれを飲むだろう。性に乱れたアモローゾでは性病のたぐいが蔓延しているのだ。確信のもとルカは頷く。

「ありがとうございます。続いてもう一方の薬ですが、こちらは必ずお飲みください。いまのアレシアさまに男性の精を与えるのは危険なのです。毒になるとお考えください。この薬には、それを中和する作用があります。甘く味付けしましたので、飲みやすいですから、ぜひ初夜の日まで続けてください」

ルカから受け取った瓶を握った王太子は、「アレシアのためなら喜んで飲もう」と、背後にいる召し使いに手渡した。

「ひと目でもアレシアに会えるようになったら連絡をくれるかい？　一度話したくてね。以前話したのは、彼女がまだ幼いころだった。……六年前か」

「ええ、真っ先に連絡いたします」

颯爽と立ち去る王太子の背を見ながら、ルカはほくそ笑む。

壁に背をつけ、嗅ぎたばこを取り出すと、中身をつまみながら考えた。

王太子は根っからの女好きだ。好みの女がいれば必ず手を出すだろう。彼らがもっとも気にするのは性病だ。そのため、放蕩者にとっては素晴らしい薬に見えるはずだ。実のところ、あれに性病を消す効果はない。催淫剤だ。ただでさえ性欲の塊である王太子は普通でいられなくなるだろう。

　男の精を中和するというのも嘘だった。中身はアレシアも好きな甘い薬だ。ロベルトの妻タチアナにも渡しているが、性欲を高め、精子を大量に作り、子宮に出産意欲を促す子作りのためのもの。妊娠促進剤だった。

　王族だからこそそれが役に立つ。王侯貴族は等しくしがらみの上に立ち、また、それを重んじる。情事の相手が貴人であればあるほど、子ができれば身動きができなくなり、意に沿わないことでも受け入れる。それは体裁を異様に気にする彼らの定めだ。

　ルカは銀の小箱を虚空に放ると、片手でそれを受け止める。あとは機会を待つだけだ。


　アレシアのいる城塔を離れたルカは、つねに凍てついた空気を纏っているが、彼女のもとに近づくにつれ、それは徐々に溶けてゆく。彼女の居室の扉を開ければ、その面ざしはがらりと変わり、他の者には決して見せない顔となる。

　ルカは手際よく服を脱ぎ、寝台に近づいた。

　銀色の長い髪をかき分け、眠るアレシアの首すじに鼻をつけると、甘ったるい匂いがする。それは蜂蜜入りのミルクのようで、ルカはそれを毎日嗅いだ。

　彼女に伝えれば『子どもっぽい匂いだわ』と拗ねそうなので言わないが、彼が使うハーブの香りとはほど遠いのに、アレシアには彼女独自の染められない部分が多々あった。それをひとつひとつ探しては、時間をかけて堪能するのがひそかな楽しみだ。

ルカは、甘い匂いのなかで行為に及び、彼女を抱えてわずかに眠り、同じ匂いに包まれながら起床する。彼の睡魔はまぐわいの合間にしか来ない。彼女のなか——そこが、一番安らぐ場所だった。ルカは、つねに彼女とひとつでいたいのだ。

果てを迎えても、つながりは解かずに入れたまま。アレシアは、それが普通だと思っているようだった。行為の多さに疑問を持つ様子はない。ルカの理想の形だ。

「ルカ……」

アレシアに覆い被さる彼は、彼女のぷっくりとした口にくちづける。

「起きたのですね。でも、まだ真夜中ですよ。眠って?」

寝ぼけまなこの彼女がこちらに伸ばした手を取った。小さく、あたたかな手だ。

その手の甲にじっくりキスをして、頬ずりすると、彼女は嬉しそうにはにかんだ。

「わたし、あなたとこうしていられて幸せよ」

「ぼくも幸せですよ」

彼女は自身のおなかをさすった。

「本当に赤ちゃんがいるのかしら？　いつもと変わりないけれど」

「いますよ。男と女、どちらがいいでしょう？　ぼくはどちらでも構いませんが」

「わたしも。……ねえ、わたし、ルカに名前を決めてほしいわ」

「ぼくですか？　それは困りましたね」

ルカもアレシアのまるいおなかをさすっていると、彼女から健やかな寝息が聞こえてきた。つねにルカの相手をしている彼女は、疲れきっているのだろう、最近は薬がなくともよく眠る。

深い眠りが訪れると、ルカは彼女の脚を大きく開かせて、丹念に愛撫したあと、秘部に指を入れていく。子宮を確かめ、発育を促すために薬をそっと塗りこめる。

実のところ、彼は子どもにはまったく興味を持てない。子は、彼女を縛りつける鎖。決して彼から逃れられない呪縛だ。彼がほしいものはひとつだけ。

「名前……」と、ルカはぽつりとつぶやいた。

〝子〟しか浮かばず、思いをめぐらせていたが、彼は近づく殺気に気づき、思考を閉じた。

初めて人を殺した日など覚えていない。特に感慨を抱かなかったからだ。

アレシアを狙う刺客を葬るときも、相手がまばたきをする間に終わる。

迎え撃つときは大抵、動きやすいローブを纏っていた。

風は雨の匂いを孕んでいる。その空気を吸いつつ、ルカは手刀と毒でふたりまとめて手にかけた。風でローブが膨らみそれが萎《しぼ》むまでの間に、残るひとりの首目がけて針を刺す。極めて迅速だ。

力があれば強いというものではない。急所を突けば、鋼の筋肉を持った男も呆気ない。

首は鍛えられる箇所ではないから、ルカはつねに首を狙う。もしくは眉間だ。

ルカは倒れてきた男を足で蹴る。すると、事切れた男はごろんと転がり落ちてゆく。

死を見れば、たまによぎる顔がある。息子に怯えて震える父の顔。なぜ私がと瞠目するマダムの顔。くだらない存在だった。邪魔になったから消した。

それにしても、とルカは思う。

イゾルデほどわかりやすい女はいない。彼女がアイアスに逃げられて落ちこんでいた三日間、アレシアどころではなかったのか、刺客は送られてこなかった。

その後イゾルデは、アイアスを追いかけて彼の田舎の城へ行ったが、王女でありながら門前払いを受けていた。そして矜持をずたずたに傷つけられた彼女は、なぜかアレシアに沸々《ふつふつ》と憎悪をたぎらせ、刺客の数を倍増させていた。

——面倒な女だ。

一週間ぶりにイゾルデを訪ねると、彼女は相当機嫌が悪かった。控える召し使いたちを「出て行きなさい！」とどやしつけ、椅子のひじ掛けに身体を預けてこちらを睨む。

「なんの用かしら」

気だるげに杯をくいっと呷る彼女の目の下には色濃いくまがこびりつき、黒髪と黒い衣装も相まってさらに陰気になっていた。床には水たばこが転がっており、まだ十七歳だというのに十は年上に見えるありさまだ。

「あなた、このままだと大変ですよ」

ルカは蔑みを隠さず言った。するとイゾルデは聞き捨てならないとばかりに身を起こす。

「いらいらする男ね、なんだと言うの」

「あなたが犯したアイアスさまとロベルトさまは友人です。明るみに出ればどうなるか」

イゾルデは苛立たしげに杯を床に投げ捨てた。中身はぶちまかれてばりんと割れる。

「いちいち犯したなどと言わないでちょうだい！」

「事実ですから。その顔、まさかこの期に及んでアイアスさまの妻になろうなどと夢見てはいませんよね？　それほど愚かだと思いたくはないのですが」

肩でふう、ふうと息をしたイゾルデは、ぐっと赤い唇を噛み締める。

「諦めていないのなら直ちに諦めなさい。万にひとつも望みはない。あなた、それどころではないのですから。相手は王位継承権がある方だということをお忘れなく」

「黙りなさい！」

ルカは意に介さずに続ける。

「イゾルデさまの行動が明るみに出た場合ですが、あなたの評判は地に落ちます。うわさはたちまち広がる。王城の現状をご存じでしょう。皆、耳と口でできている。話に尾ひれがついて有る事無い事言いふらされること請け合いです。そんなあなたを娶りたがるのは、ろくでなしの男やもめか歳の離れた明日をも知れぬ老人くらいがせいぜいでしょう」

イゾルデの眉間に深いしわが刻まれる。

「うるさいわね……いざとなったらあなたが娶ればいいじゃない」

ルカは銀色の瞳を細めた。

「ご冗談を。鼠を妻にするほうがましだとお伝えしたはずですが」

怒りで顔を赤くしたイゾルデはぶるぶると震えた。

「わたくしは王女よ？　臣下の分際でなんて侮辱を！」

「臣下？　ぼくはアルドの貴族ですが他国の貴族でもあるのですよ。縁がありまして」

ルカはかつて依頼を受け、遠いファルツ公国の戦いに協力し、毒や病原を用いて敵国の軍隊を幾度か壊滅させた。それは長年難攻不落と言われた砦だったらしく、大公に功績を認められて爵位を賜った。以来、彼はバレストリ伯爵だが、ベーレンブルク伯爵でもある。

「余談が過ぎました。ところでイゾルデさまはご存じですか。現在、名だたる君主やその跡継ぎの方々はことごとく既婚者です。まあ、一夫多妻制の国もいくつかありますが、現在この国にいらしているエミリアーノ王太子が最後の独身者。その彼にアレシア王女は見初められたというわけです。いまのところ、最後の王妃への道と言えますね」

イゾルデは眉をくいと上げた。彼女はアイアス一辺倒で、王太子に興味はなさそうだ。

「あなたはアレシア王女を憎み、亡き者にしようと画策している。ですが、ぼくがあなたなら、そのような短絡的なことはしない。エミリアーノ王太子を奪うことに注力します」

「いやよ、エミリアーノ王太子などいらないわ。なぜ奪わなくてはならないの？」

「アレシア王女が没したからといって胸がすくのはいっときだけだ。彼女は死とともに即刻神格化され、長く民に語り継がれるでしょう。建国記念日での人気を思い出してみては？　さらにあなたとの差は開くばかり。死者を相手にしては、永遠に差は縮まらない」

　ルカは下唇を噛むイゾルデを横目に続ける。

「殺してその後どうなるというのです？　あなたはまだ生きるのに。アイアスさまとの火種もありますし、アルドはすでにあなたにとって気が休まらない国なのでは？　それに、ロベルトさまは聡いお方です。すぐに刺客を捕らえ、拷問の果てにあなたを突き止めるでしょう。あなたは裏の社会に関わりすぎだ。ぼくの耳にも届くくらいですからね」

　ルカは、「バレストリ伯爵家は、古くは守護と誅殺を命じられていた家系ですから、裏とは多少縁があるのですよ」と付け足した。

「アレシアさまの殺害が明るみに出れば断頭台行き、よくて不毛の地に永久追放です。北の地は寒いですよ。凍えるといった生優しい寒さではない。凍傷でその美しい指をまるごと失う可能性だってあります。その点、王太子を奪ってしまえばイゾルデさまは王太子妃に。ゆくゆくは王妃です。アレシア王女はあなたを超えられなくなる。一生ね。……さて、どちらがあなたにとってより良い未来なのでしょうか」

　ルカは懐から小瓶を取り出し、イゾルデに差し出した。

「協力者として、ぼくはあなたにどちらの道も示します。いままでどおりになさるのであれば、アレシア王女が完治したあと、ぼくが動きます。もしもエミリアーノ王太子を奪うおつもりであれば、アイアスさまのときにお伝えした方法で篭絡してください。間違っても犯してはいけませんよ？　篭絡、です。あなたが獣のようにむさぼるのではなく、男性の方が積極的にならなければ。ですが相手は王太子ですので、人を呼ぶ無粋なまねはいけません。恒常的な関係に持ちこんでください。お美しいあなたにしかできない芸当です」

黙って聞いていたイゾルデは、じっと瓶を見つめていた。赤い液体だ。

「それはなに？　薬？　お酒？　葡萄酒のようだけれど……催淫剤なの？」

「いいえ。催淫剤などあなたには必要ないでしょう？　行為がお好きなようですから」

言いながら、ルカは王太子のことを考えた。彼に薬を渡してからというもの、彼の客間に出入りする若い召し使いが増えている。さすがに貴族の女に手を出さないだけの分別はあるらしい。意外にも真面目なようで、薬も毎日きちんと飲んでいるようだった。

夜、その客間を隠し窓から窺えば、裸の女の上で獣のように腰を振っていた。

ただでさえ妖艶なイゾルデだ。エミリアーノ王太子は、身体の線があらわになった彼女に普通でいられるだろうか。否、無理だろう。

ルカは黒いまつげを伏せた。

「これは美容の薬です。病の治療の間は好転反応により肌が荒れますので、アレシア王女に処方していたのですが、どうやらあなたのほうが必要だと思いましたのでお持ちしました。一度鏡を見てみれば、ぼくの言葉の意味がわかるかと」

眉をひそめ、傍机の手鏡に手をのばした彼女は、自身を映した瞬間、鏡を取り落とす。

その後、震える指で自らの頬に触れ、撫でさする。ぽつぽつとにきびがあるのだ。

「………その薬をもらうわ。もっと……もっとたくさん必要よ。用意してちょうだい」

「いくらでもご用意いたしますよ。まずはこちらを」

ルカがイゾルデの手に瓶を握らせると、彼女はすかさず開けて、それを口もとに運んだ。喉が動くのを見ながら、ルカは口の端をつり上げた。

「甘いわね。これならたくさん飲めるわ」

「そうでしょう？　甘くてとてもおいしいので、アレシア王女も気に入っています」

＊　＊　＊

客間から艶めかしい声がする。イゾルデの嬌声だ。時折王太子のうめきも聞こえ、ルカの狙いどおりにふたりは行為に没頭していた。最初は人目を避けて夜のみだったが、二週間を経たいまなりふり構わず昼でも重なるありさまだ。

イゾルデが王太子を訪ねた直後にはじまった不埒な関係は、途切れることなく続いていた。王太子はこれまで若い召し使いを代わる代わる呼び寄せていたが、いまではイゾルデ一辺倒だ。身体の相性が相当良いらしく、互いに離れがたいようだった。

別室に控える王太子の付添人が情事を見て見ぬ振りをするのは、主がアモローゾでも傍若無人に振る舞っていたからだろう。人は年中猫を被ってはいられない。

これほどまでに王太子が他国で油断するのは、ルカが避妊薬を処方しているせいだった。彼には『精子を殺す』と説明しているが、その実、中身はただの滋養強壮剤。ますます体力がついた彼は盛り、日に日に行為の時間が延びていた。

――そろそろか。

隠し通路にいたルカは、きびすを返して歩き出す。手には酒瓶を持っていた。

向かった先は王の部屋。ルカがロベルトの本質を言い当ててからというもの、仲間意識が芽生えたようで、簡単に目通りがゆるされる。

衛兵により観音開きの扉が開くと、ロベルトは足を組んで豪奢な椅子に座っていた。本人は優美な男だが、黒い背もたれの彫刻は、彼をいかめしくみせ、神々しさを纏わせた。

ロベルトは片手を上げて、払うことで、その場の召し使いすべてを下がらせた。

「やあ、伯爵。突然きみが来るということは、アレシアの件かな？　早く聞かせてくれ。私に会えなくてさみしがっているだろう？　あの子は昔からさみしがりやでね」

彼はもう、妹への愛を隠さなくなっていた。

「時々あなたの話をしていますよ。そのつど現状をお伝えしていますが――ただ、ぼくが話せることは多くはありませんし、気の利いたことも言えませんが」

「だろうね。きみの話し方は冷淡でアレシア向きではない。あの子は子どもから大人になりたてで、恋物語にうっとりするような年頃なんだ。あの子にきみは不向きだろう」

満足そうなロベルトに椅子を勧められたが、ルカはすぐに戻ると伝えて辞退した。

「いまの王女の状態ですが、順調に回復しています。ですが今日は病状の報告に上がったわけではありません。たまたま手に入ったものがありますのでお持ちしました」

ルカが机に酒瓶を置くと、ロベルトは顔に笑みをたたえた。

「きみが入ってきたときから気になっていたんだ。よくその酒を手に入れられたね」

それはファルツ公国の、幻とも言われる葡萄酒だ。

「薬の材料を仕入れていると、なにかと融通が利くのですよ。お好きだと伺いましたので。エミリアーノ王太子殿下もお気に入りだとか。おふたりでどうぞ」

「そうだね、いただくよ。彼はアレシアの様子を毎日聞きにくるから答えに困っていたんだ。いまごろ退屈しているかもしれないね。私もいま空き時間だからちょうどいい」

続けて「きみもどうだい？」と問われたが、アレシアの治療を理由に断った。

「いつかきみとも飲みたいよ。我々は似ているからね」

「せっかくですが、ぼくは酒を飲みません。薬の調合には使用しますが」

酒は、動きや判断を鈍らせる愚かな飲み物だと、ルカは捉えている。

「ああ、そうか。きみは前にも断っていたね。だが、また私と話してくれるだろう？　きみの考察は楽しい。ばかどもの相手はうんざりでね」

「失礼ながら、アレシア王女は疑うことを知らず賢い方とは言いがたい。ロベルトさまが彼女に惹かれるのはなぜでしょう？　あなたの言う、ばか、に該当するのでは？」

「まったく、きみは本当に失礼なことを言うね。妹をばかだとでも？」

口調は腹を立てているようでもロベルトの瞳は笑んでいる。ルカは表情なく見返した。

「ただ興味があるのです。王女は感情豊かで純粋な方、あなたとは正反対だ。人は無い物ねだりをする生き物なのかと思いまして」

「私は無い物ねだりをしているわけではない。アレシアだからこそだ。あの子のすべてを愛している。私は彼女の瞳ほど美しいものを知らない。世の女どもを見てみるといい。汚れきっている。その点あの子は曇りのない子だ。賢くはなくとも素直でひたむき。清廉な精神を持ち、決して私を裏切らない。私たちは血以上のものでつながっているんだ。まさに運命。あの子は私のすべてだからね。そして、私もあの子のすべてだ」

ルカは鼻先をついと上げた。

「ロベルトさまは悪いお方だ。それほど大切に想っていながらアレシア王女を崖から突き落とそうとなさっている」

「きみにはわからないか。大切だからこそだよ。私はあの子のすべてを手に入れるためなら手段を選ばない。私なしでは生きられなくなればいい……それが理想だ」

ルカは仄暗い視線を浴びながら、「とにかく早く治してほしい」の言葉に頷いた。

「ところであの子は子を産めるのだろうか」

「生殖器官、および機能に一切問題はありません」

ロベルトは目を眇めた。以前見た、ルカとアレシアの行為を思い出したのだろう、憎しみがこめられている。それをルカは淡々と受け流す。

「伯爵、あの子が嫁ぐ前に避妊薬を処方してほしい。中絶の薬もだ。他人の子など断じてゆるすつもりはないからね。それはそうと、きみの子を孕んでいるようなことは？」

「ありえません」

ロベルトは傍の呼び鈴を鳴らした。すると、ほどなく扉から白を纏った若い男が現れる。

「ジェレミア、エミリアーノ王太子のもとに出向いて酒の席に誘ってくれないか」

恭しく礼をしたジェレミアが退室すると、ルカは言った。

「ではぼくも戻ります」

「あの子に伝えてほしい。いつもきみを想っていると。それから伯爵、薬を頼んだよ」

ルカは返事の代わりに、唇の端を引き上げた。


ロベルトの使いが王太子の客間を訪ねるころは、まだ彼らは行為の真っ最中であり、さぞかし部屋は淫靡だろう。ふたりは戸口の近くでまぐわっていたから声は外に筒抜けだ。

ロベルト本人が情事を目撃したなら事実をひねり潰すだろうが、彼が使いに出したジェレミアは貴族だ。指示を仰ぎに宰相のもとに行くだろう。

これはただの結婚ではなく、アルドとアモローゾの王族――すなわち国同士の婚姻だ。そのアレシアの夫となるべき王太子と異母姉イゾルデの醜聞を、一介の貴族が自己の判断のみで王に報告できるものではない。なにせ彼は王の黒い思惑を知らないのだから。

突然湧いた不祥事だ。が、国にとっては建前上アレシアもイゾルデも大差ない。結果、嫁ぐのは肉体関係を持つ王女イゾルデになるはずだ。なぜなら交接した以上孕んでいる可能性があるからだ。

事態はルカの思惑どおりに進んでいた。

ルカが大胆不敵に動けるのは、恐れや不安といった感情が希薄な上に、家も地位も資産もはなから守ろうとしていないからだった。貴族などどうでもいいのだ。国さえも。簡単にごみと同じで捨てられる。

それに、ルカは爵位を与えられたファルツ公国で城を手に入れていた。それはアレシアに似合いそうな、百年ほど前に建てられた薄水色のおとぎ話のような城だった。地位にこだわらない彼が、かの地で素直に爵位を賜ったのは、ベーレンブルク伯爵家の城を彼女にあげたくなったからだ。

きっと、彼女には黒よりも水色のほうが似合うだろう。

回廊を、ルカはあえてこつこつと靴を鳴らして歩いた。城塔へ向かう彼は、アレシアがよく口ずさむ歌を脳裏に描く。彼女は湯浴みが好きなようで、必ず湯のなかで歌うのだ。最近の彼は彼女と離れている間、よく思い出しては反芻している。

城塔の鍵を開けようとしたときだった。

ごふ、という咳とともに、ルカは突然膝を折る。

手が震え、視界が揺らぐさまを感じて、やはり来たと思った。いつもよりも進みが早い。

ルカは刺客を屠る際、毒を度々使用している。そうでもしないと、多数を一気に仕留めることは不可能だ。ひとりで相対する以上、時間をかければ不利になる。

おまけに毒を妙薬へと錬金するとき、アレシアに飲ませる前に、何度も己の身体で確かめる。そのため、完成まで徐々に毒が蓄積されて、限度を超えれば症状が現れる。

これまでは周りの人間《ごみ》で効果を確認していたが、城塔にいるいまは試せる者がいないから、自分の身体を使用した。結果、毒の回りも早かった。

ぽたり、ぽたりと汗が顎を伝って滴った。咳をすれば、ごぼっと血がこぼれ出る。早く解毒しないと死ぬと感じ、視野が黒ずむなか、ルカは螺旋階段をふらふらと上る。血を拭うひまもない。また、吐き出し、口に鉄の味が広がった。

何度も壁にぶつかりながら、アレシアのもとにたどり着いたときにはもう目は見えなくなっていた。息も浅い。

花瓶を倒したようだった。近くにある本も落ち、しかしそれに構わずしびれる手で解毒の瓶を探した。瓶とわかればすぐさま口へ運んだ。選ぶ余裕などなく、味覚は失せて、なにを飲んだのかわからない。

これまで彼は、回復するまで闇に紛れて身をひそめるのが通例だった。が、いまはそうはしなかった。

彼女の寝息を頼りに寝台まで這いずって、熱を求めて手をのばす。

アレシアにぴた、と身体を寄せたルカは、彼女を守るように包みこむ。

銀色の髪に顔をうずめて、鼻で探れば、かすかに香るものがある。甘いミルクだ。

――ぼくのもの……。

十一章

明かり取りから降る帯状の光が、ちょうどまぶたの位置にさしかかる。

眩しさに目を覚ますと、おなかに回る腕があった。横を向いて寝ていたアレシアは、背中に感じるぬくもりに幸せを噛み締める。つねに起きているルカが、初めてとなりで寝ているのだ。嬉しくて胸が高鳴った。

どんな寝顔をしているのだろうと、起こさないようそっと彼を窺った。しかし、次の瞬間、夢うつつのアレシアはあまりの現実に悲鳴を上げた。

「ルカっ！」

黒い髪はだらりと顔に垂れていた。顔は青白く、血を吐いたのだろう、口に赤がこびりついている。白い貴族の衣装を着こんだままで、その服にも血が染みついていた。

「ルカ、しっかりして！」

肩を揺すり、何度呼びかけても彼の瞳は閉じたまま。長いまつげは少しも動かない。影のせいか、目の周りが落ちくぼんで見えていた。アレシアは、彼の頬を手で包む。けれどすぐに跳ね上げた。

「どうしよう、大変だわ……すごく熱い……」

慌てて水差しに布を浸し、絞って彼の顔を拭く。額に布を置いて熱を下げようとするけれど、血を吐いているのだ、このような子どもだましではだめだと思った。

――こんなとき、どうすればいいの？　血が……。どうしよう、なにもわからないわ。

きょろきょろと辺りを見回せば部屋のなかは荒れていた。花瓶は割れて花が散らばり、いつもは積まれているルカの本はすべて崩れ、机に並んでいた瓶はなぎ倒されていた。薬をのませたいけれどわからなくて手が出ない。

彼を失う恐怖に駆られて、ルカにしがみつく。無能な自分がつらかった。

「いっしょに……生きて死ぬと言ったじゃない」

じわりと視界がにじみ、頬に熱いものがぼたぼた落ちた。

――だめよ、できることをしなくちゃ。

アレシアは扉に向かって歩き出す。病み上がりの膝はまだがくがく震えるけれど、早く、早くと気が急いた。

走りたいのに走れない。速く歩けなくて憎らしい。アレシアは、肩で息をしながら階段を下りてゆく。

ところどころで血を見つけた。間違いなくルカの血だ。

追い詰められたアレシアは、唇を曲げて子どものようにべそべそ泣いた。

階段を下り終えたときだった。扉を開ければ、遠くの回廊に従者を引き連れて歩く兄を見つけた。

「お兄さま！」

兄はこれからどこかへ向かう様子だったが、アレシアが叫ぶと一も二もなくやってきた。従っていた者たちは皆、人払いしたようだ。

すかさず黒い毛皮のマントを脱いだ兄は、アレシアの身体を包みこみ、眉をひそめてたしなめた。

「化粧着じゃないか……こんな姿で出てはだめだ。それにどうした？　なぜ泣いている」

しゃくってしまい、言葉が出ない。焦っていると兄が身体を抱きしめた。強い力だ。

「落ち着いて、悪いようにはしないから。私はいつでもおまえの味方だ」

「お兄さま………ルカを助けて」

「バレストリ伯爵がどうかしたのか」

頷いたアレシアはたどたどしく状況を説明し、最後に付け足した。

「お願い、医師を呼んで」


アレシアは、兄が手配してくれた医師がルカを診るさまを固唾をのんで見守った。一国の王だというのに傍にはロベルトも控えていた。

ルカは変わらず固くまぶたを閉ざしていて起きそうもなかった。いつもは理知的で、頼もしく見えるのに、眠った顔はあどけない。

近くに歩み、ぎゅうとルカの手を握れば、兄は「やめなさい」と遮った。

「医師の邪魔になるだろう？　こちらに来なさい」

うなだれたアレシアは、兄が差し出す手を取った。すかさずしっかと包まれる。

「どうだろう、伯爵は」

その言葉に、壮年の医師は渋い顔をする。

「申し訳ございません。このような症例は見たことがなく……判断がつきかねます」

不安でおろおろするアレシアが身を乗り出せば、その肩を兄に抱かれた。

ロベルトが「どういうわけか聞かせてくれ」と医師を促すと、説明がはじまる。

「少し、気になることがございます。伯爵の血についてなのですが、なんらかの毒が含まれている可能性があります。鼠に血を舐めさせてみたのですが死にました。……しかし、毒は身体を蝕み弱らせるものなのですが伯爵は違います。悪化しておられない。いまある症状も毒が原因とは言いがたく……」

気むずかしげに腕を組んだロベルトは、周りにいる医師の助手たちに言った。

「この部屋を直ちに整えろ。階段の血も残らず清めるんだ。伯爵を丁重に看病してくれ。彼がいなければアレシアは治せないからね。あらゆる手を尽くして死なせないでくれ」

ロベルトは続いてアレシアに向かった。

「ここを離れよう」

「いやよ、ルカを置いて行きたくないわ」

「毒の疑いがある以上はだめだ。それに、ここにいてもなにもできないだろう？　我々ができるのは伯爵を信じることだ」

なにもできないの言葉に声が詰まる。その間に、有無を言わさず兄が抱き上げた。

「しばらく私の部屋にいなさい。いいね？」


兄は、王妃タチアナとは部屋を分けているらしく、となりの部屋は王妃ではなく側近が詰めていた。その側近をも払った兄は、入室してすぐに言った。

「おまえに報告しなければならない話がある」

寝台に横たえられ、アレシアは「寝てなどいられないわ」と首を振るが、兄は「完治していないだろう？」と取り合おうとはしなかった。

「まず、エミリアーノ王太子についてだが、彼はおまえとの婚約解消を取りやめたいと言っていただろう？」

それは初めて聞く話で、アレシアは一気に血の気が引く思いがした。

「だが、話が変わった。急遽、彼はイゾルデと結婚することになったんだ。そのことで、いま城は騒然としているよ」

「イゾルデお姉さまと？」

「年齢的にはおまえよりも早く嫁いだほうがいいのは確かだ。よしとするしかないね」

ロベルトは、アレシアの傍に腰掛けた。

「だが、当の王太子はおまえと結婚すると言ってきかない。困ったものだ。……イゾルデだが、おまえに手出しはさせないから安心しなさい」

なぜ優しいイゾルデについて不穏なことを言うのかわからず、首をひねると、察したロベルトは銀色の髪をかき上げた。

「そうか……そうだよな、言葉が悪かった。いま言ったことは気にするな」

「でも、どうしてエミリアーノ王太子はわたしと結婚すると言うのかしら。美しいイゾルデお姉さまのほうが魅力的だわ。わたしなんて、ただの小娘だもの」

「人には好みというものがあるからね。おまえの相手だが、ふさわしい者を選ぶから待っていてほしい」

「お兄さま、わたし、結婚は」

言いかけたが、途中でやめた。ルカに言われていたのだ。ロベルトになにもかもを打ち明けるのは完治してからにしようと。

アレシアは、自身のおなかをさすった。ルカの子どもがここにいる。

「わたしはいつ城塔に戻れるの？　早く戻りたいわ」

「伯爵が目覚めてからだ。ところで私は、この際おまえは結婚を急がずしばらくこの城に留まってもいいのではないかと思っている。私は父上とは違う。おまえに自由を与えられる。監視の心配はないからね。だからおまえは城塔からもとの部屋に移ればいい」

アレシアの脳裏に、黒い壁にある猫の仮面が鮮明に浮かび、肌が粟立つ。

「……お兄さまはこの城は狂っていると言っていたわ。それはいまもなの？」

問いには答えず、兄はあいまいに微笑んだ。

「お兄さまの言うとおりだったわ。わたしね、確認したの。わたしの部屋の仮面は覗き穴になっていたわ。だって……目を見たから。人がいたもの」

「それはいつのことだ」

「病になる直前よ。とても不気味だったわ」

深刻な顔つきのロベルトは顎に手をやった。

「おかしい。おまえのかつての部屋を検めさせたが、仮面につながる隠し通路を知る者は誰もいなかった。文献にも記されていない。だから安心していたのだが……もう一度くまなく調べる必要があるな」

「大ごとにしないで。それにね、わたし、城塔が気に入っているの。移りたくないわ」

兄は気を張り詰めていたが、ふっと力を抜いた。

「あの景色を望める窓か。鳥のような気分になれると言っていたね」

「そうなの。……そういえばお兄さま、アイアスは田舎の城に行ったのね」

肩をすくめた兄は、若干顔を曇らせた。

「ああ、私にも報告なしで突然だった。彼と昼食の約束をしていたのだが、反故にされたのは初めてだよ。まあ、体調が悪いのなら仕方がないね。ひどくなければいいが」

「そうね、心配だわ。お兄さま、アイアスが城に来る日がわかったら教えてくれる？」

「いいだろう。少し外すが寝ていなさい。存分にくつろぐといい」

兄はアレシアの額にくちづけを残して去っていった。

＊　＊　＊

場合によってはアイアスを夫に据えてもいいかもしれない——ロベルトはそう考えた。王家に忠実な彼は昔から扱いやすかった。彼には悪いが、アレシアを傍に迎えたくなった折には戦地で消えてもらえばいい。もちろんただでは死なせない。丁重に扱い、英雄の座を与えて讃え続けよう。

逆に扱いにくいのがバレストリ伯爵もとい毒師ルテリだ。さすがは名だたる刺客なだけあり、固く守っていた秘密はたやすく暴かれた。極めて有用な青年だが、同時に最悪の敵だった。彼は涼しい顔でこちらの弱みを突いてくる。ロベルトの最たる弱みはアレシアだ。伯爵は、彼女の心を握り、こちらがなにもできないことを承知で手折ってみせたのだ。

あの日を思えば、知らずこぶしに力が入る。

伯爵はあまりにも危険な諸刃の剣だ。知りすぎたあの男は秘密とともに消すべきだろう。いまが絶好の機会だが、アレシアを治せるのは伯爵しかいない。

ロベルトは、アレシアが完治してからすぐに手を回そうと考えていた。しかし、相手は屠れぬ者はいないとまで言われる手練れ。それ相応の力がいる。

「陛下、エミリアーノ王太子が面会したいとのことですが」

背後の従者の言葉に、ロベルトは「断れ」とすげなく言った。

――くそ、性欲の塊め。おかげで私の計画はこっぱみじんだ。

エミリアーノ王太子とイゾルデの情事が発覚した際、怒りのままふたりに会えば、呆れた事態が待っていた。

王太子はイゾルデに『おまえになど用はない！　尻軽め！』と叫び、矜持の高いイゾルデは憎悪をむき出しにしていた。いわずもがなその矛先はアレシアだ。王太子はなおもアレシアと結婚するとだだをこねて聞かないのだから。

――早く始末しておけば。

イゾルデはとにかく邪魔でしかない存在だ。房事の具合がよいため生かしていたが、余計なことしかしない。いま彼女を葬ればアレシアを守れるが、イゾルデと王太子の婚約が新たに成立した以上、事は複雑だ。

そんななか、伯爵の病は都合がよかった。大事なものは手もとに置くのが一番だ。

思いをめぐらせていると、宰相が意気揚々とこちらに近づいた。

「陛下、このたびはおめでとうございます。宴や祭りの支度はもろもろ、どうぞ私にお任せください。輝かしいアルドを国内外に知らしめましょう！」

――イゾルデごときでくだらない。

ロベルトは頭のなかで吐き捨てながら、人好きのする笑みを浮かべた。

「ああ、頼んだよフェルナンド。きみにすべて任せる。いつも頼りにしているよ」

その後、様々な者が声がけを期待して寄ってきたが、彼は笑顔でそれらを躱《かわ》した。

――王とは、不便だ。

ロベルトが居室に戻ると、アレシアは寝息を立てていた。おそらく泣いていたのだろう、まつげが濡れている。それを指でぬぐい取り、ぺろりと舐めればしょっぱい味がした。

彼は、彼女の顔をじっと見つめていたが、やがてそれだけでは飽き足らず、身を乗り出して可憐な唇に吸いついた。

昔からアレシアの眠りはずいぶん深い。だから彼は度々彼女にキスをしていた。もちろん初めてのくちづけも彼女が相手だ。なにせ、赤子のころよりしてきたのだ。

じゅっと口に吸いつきながら、黒い化粧着をまさぐった。ロベルトは、ことあるごとに妹の成長を確かめた。ほくろの位置まで把握している。

――ん？　若干大きくなったか。

ずり下げれば、つんとみずみずしく張る胸が現れた。手で包み、薄桃色の先に舌を這わせてもてあそぶ。

そのとき、まつげを上げた彼の瞳に仄暗い影が差した。

白いすべらかな肌に、赤い所有のしるしを見つけたからだ。紛れもない伯爵の痕跡だ。

ひとつだけではなく、三つある。

これまでの優しい手つきとは打って変わり、ロベルトは荒々しく化粧着を剝ぎ取った。

そして、目にしたものに瞠目する。

それはアレシアの秘部だった。下生えは綺麗に剃られて管理されている。その上、付近に所有の証が散っている。目の前が真っ赤に染まるのを感じた。

「殺してやる！」

ぎりぎりと歯を嚙み締めたロベルトは、アレシアの脚を広げ、そこを激しくむさぼった。花びらの間を舌でこすり、秘芽をぎゅっと圧し潰す。指を膣に入れれば、しっとりとしたそこは、たやすく二本閊《つか》えることなくのみこんだ。

伯爵はアレシアを抱いている――。極めつきがこの寝言だ。

「――っ、ルカ………来て」

ロベルトの熱くたぎる目はさらにぎらついた。

もう、我慢ができないところまで引き上げられた。

いきり立つ己を突き入れようと、下衣をくつろげる。だがそのときだ。扉が叩かれた。

「陛下、引見の支度が調いました。お越しくださいませ」

腹が立ちすぎると、人は怒りを通り越して笑いが出てくる。ロベルトは、くくくと肩を揺らした。

＊　＊　＊

扉を叩く音で眠りから覚めたアレシアは、ここが城塔ではないことに落ちこんだ。ルカがいない。もはや彼といるのが当たり前になっていた。

入室してきた召し使いは、兄が手配したのだろう、城塔で暮らすようになる前にいたアレシア付きの者だった。兄の心遣いを感じて、沈んだ気持ちが少し浮上する。

起き上がれば、胸もとのりぼんが解けていたようで、化粧着が乱れていた。気づいた召し使いがすぐさま直してくれる。

「アレシアさま、お水をご用意いたしますか？」

彼女は、アレシアに手紙を差し出しながら言った。

「お願い。ありがとう」

受け取った手紙は〝ジル〟からだ。本来ならペーパーナイフを使うが、アレシアはそのまま手で封を解く。そして、すぐに目を走らせた。

ジジへ。

あなたに直接お話ししたいことがありペンを取ります。

ジジの立場では機会は訪れないかもしれませんが、もしも機会があるのなら、この手紙を託したエルダに伝えてもらえませんか？　彼女が私のもとまで案内してくれます。

いつまでも待ちますから、どうか私に時間をください。

私が出向けばいいのですが、わけあって、城には行けません。

それでも私はあなたに会いたい。


読み終えたアレシアは息をつく。ジルが強くお願いしてくるのは初めてだ。そしていま、アレシアは塔を出ていてひとりきり。彼の身体も心配だ。そのため、ルカが気がかりで仕方がないというのに思いは揺らぐ。

奇しくもアレシアのもとに手紙を運んだ召し使いはエルダだ。もともとエルダは公爵家で働いたのちアレシアのもとに来たため、仲立ちをするのも頷ける。

アレシアは、水をトレイにのせて運んできた召し使いに言った。

「ねえエルダ、ジルはいまどこにいるの？」

「王の丘の屋敷にいらしています」

アレシアは、杯をひと口こくりと飲んだ。大好きなレモン水だ。

「こちらに戻っているのね。どのようにしてジルに会えばいいのかしら」

「私が案内いたします」

アレシアには迷いがあったが、機会はいま以外にないと思った。

「お願いするわ」

少々お待ちくださいの言葉に従い、アレシアはいくつか彼女に頼みごとをしたのち、おとなしく椅子に腰掛けた。そしてぐるりと部屋を見回す。

兄の部屋は、父王の部屋よりもはるかに落ち着いた内装だ。兄は幼少期から華美ではなく慎ましやかなものを好んでいた。

――お兄さまは言っていたわね。花や木を育てるのが好きだって。

兄を思うと直結する思いがある。

――ジネヴラさんはどうなったのかしら。ふたりが会えていたらいいのに。

しかしながら、ジネヴラのことを考えると、今度は王妃のタチアナに行き着いた。兄とジネヴラがうまくいけばいいと願いながら、タチアナのことも心配だ。矛盾している。

アレシアがうじうじ頭を抱えていると、召し使いのエルダがノックとともに戻ってきた。

「アレシアさま、こちらにお着替えください」

それは灰色の服だった。この国では召し使いは灰色を着るのが決まりだ。

エルダに手伝われながら服を着るアレシアは、彼女に頼んだことを聞く。

「ねえエルダ、城塔の様子はどうだった？　ルカは？」

「残念ながら伯爵さまにはお会いできませんでした。衛兵が戸口を固めていましたから」

「そう……」と、まつげをじんわり濡らすアレシアに、エルダは励ますように言った。

「アレシアさま、伯爵さまは生きておいでですから厳重なのだと思います。失礼ながら、亡くなった方には警護は必要ありませんもの。きっと、すぐに回復なさいます」

「そうね。ルカは……わたしを置いて死んだりしないもの」

——ずっといっしょ。

アレシアは自分に言い聞かせ、うつむき加減の顔を上げた。

「ジルの様子はどうなの？」

「私は直接お会いしていないのですが、先ほど鳩で連絡を交わしました。自らアレシアさまを迎えにいらっしゃるそうです」

アレシアは「歩けますか？」の声に、「大丈夫よ」と答えた。階段などのでこぼこ道は難儀するが平坦な道ならゆっくりであれば歩ける。

「わたしね、病になってからわかったことがあるの。それは自分が当たり前だと思っていたことは、実はとても素晴らしいということ。わたしは、あなたたちがいかに有能で、気遣ってくれていたかを知ったの。だからあなたにお礼を言うわ。エルダ、ありがとう」

エルダはアレシアにフードを深く被せて、顔と髪が見えないようにりぼんで固定する。

「もったいないお言葉です。私たちの間ではアレシアさま付きになりたい者が多いのですよ？　皆、純真なあなたが大好きですから」

アレシアは嬉しくなってはにかんだ。

「さあアレシアさま、行きましょう」

王の部屋の警備は厳重だが、アレシア付きの召し使いたちには甘かった。兄の声がけもあったのだろう、割符を見せれば灰色の服を着たふたりは怪しまれることなく部屋を出た。回廊を歩いていると、時々人とすれ違う。ふたりは立ち止まってやりすごし、時間をかけて裏手口までたどり着く。途中、見たことのない調理場なども見られて新鮮だったが、やはりというべきか、黒で統一されていた。

外に出れば、白塗りの馬車が一台停まっていた。アレシアたちが近づけば、すぐに扉が開かれる。

なかにいるアイアスは帽子を被った貴族の正装姿だが、以前よりもやつれていた。病のせいか生気がない。見るからに悪そうだ。

「大変……安静にしていなくて大丈夫なの？　ひどいくまだわ」

「見た目だけだよ。最近眠れないからね。でも、身体は平気さ。早く乗って」

「ごめんなさい、馬車には乗れないわ。いま、ルカが大変なの。ここで聞かせて」

「だめだ、ここでは絶対にできない話なんだ。頼むアレシア、乗って」

差し迫った面ざしのアイアスを見ていると、勝手に口が動いた。

「……少しだけなら」

彼のエスコートで、アレシアは召し使いとともに乗車した。アイアスが天井を叩いて合図を送れば、馬車はゆるゆる走り出す。

　ほどなくアレシアは、心臓が押しつぶされそうなほど不安になった。勝手に城外に出るのは、これまで固く禁じられていたからだ。

「わたし、つい出てきてしまったけれど……どうしよう、外に行くなんて」

「きみに自由がない現状のほうが異常だよ。そしりは私が受けるから安心して」

「安心？　できるはずがないわ。アイアスひとりで罪を被るということでしょう？　それはいやよ。わたしもいっしょに罰を受けるわ」

　アイアスは、にっと白い歯を見せた。

「きみは昔から変わらないね。では、共にロベルトに怒られようか。なんなら一発くらい殴られてもいい」

「お兄さまは人を殴ったりしないわ。とても優しい方だもの」

　アレシアが窓に視線を滑らせれば、白い豪華な館が見えた。公爵邸だ。アイアスは馬車を止める指示をして、召し使いのエルダを下車させた。再び馬車が走り出したが、アレシアは彼の意図がわからなかった。

「どうしてエルダを降ろしたの？」

「聞かれてはまずい話をするからね。彼女にはしばらく私の家にいてもらう」

「まずい話？　ところで、いまどこに向かっているの？」

「橋を越えて庶民の地区へ。きみの目で確かめてほしい。伯爵の正体を」

　かっとアレシアの顔に血がのぼる。

「アイアスのばか！　ルカはいま大変な状態なのよ？　病気で血を吐いて……臥せっているのに、こんなときになにが正体なの？　わたし、聞きたくない！」

　思わず激昂したものの、アレシアは己の浅はかさが招いたいまの状況に落ちこんだ。アイアスについてきた以上、身をもって賛同していることになる。

「どうしよう……わたし、なにをしているのかしら？　ルカが心配だから戻るわ」

　アイアスはすかさず「まだ帰さない」と拒絶する。彼らしからぬ怖い目だ。

「アレシア、きみは手紙に薬のことをいくつか書いたよね？　あれを調べたんだ」

　以前、ジルが手紙で薬を教えてと書いていたため、ルカから聞いて覚えているものをいくつか書いた。それを思い出す。

「調べたですって？　人助けではなかったの？　……もしかして、騙したの？」

「すまない」

　ぶるぶる震えたアレシアは、怒りがこみ上げるのを抑えられなかった。

「なんてこと。門外不出なのに……どうしよう、わたし、ルカを裏切ったのね……。アイアスを信じていたのに、こんなのひどい！」

　ぽろぽろと涙をこぼすアレシアの目もとに、彼はローンのハンカチを押し当てた。

「聞いてくれアレシア。裏切っているのは伯爵のほうだ。頼む、泣かないで」

　アレシアがハンカチから逃げるようにそっぽを向くと、彼の手が追いかける。

「きみが飲んでいた薬は病を治すたぐいのものじゃない。別の意味を持つものだ」

「やめて、なんだと言うの」

「言いにくいが、あれはすべて性欲を高めるものだった」

アレシアは緑の目をまるくする。同時に火を噴くほど顔も身体も熱くなり、汗がじわりとにじんだ。

「……ルカは悪くないわ」

ルカに疑念を持ちそうになり、慌てて首を横に振る。自分の病はたくさん果てて毒を排出しなければならない以上、処方されてもおかしくはない――そう、思い直した。

「なにを言うんだ？　病に臥しているきみに性欲の薬だよ？　ありえないじゃないか！」

この、アイアスが持つ疑いを晴らすには、治療を説明しなければならない。けれど人には知らせられない話だ。葛藤したアレシアは、灰色のスカートを握った。

「それだけじゃないんだ。なかには妊娠を促進するものまであった。性欲と妊娠に関わる薬をきみに処方するなんて……どう考えてもおかしい」

聞くなりこわばったアレシアは、咄嗟に自分のおなかに手を置いた。ぞわぞわと背すじに寒さが這い上がる。

「妊娠を、促進……？」

アレシアの様子が気になったのか、アイアスは身を乗り出した。

「まさか……きみ」

「違うわ！」

混乱して頭のなかが白くなり、アレシアは虚空を見つめる。

――ルカ、どういうことなの？


馬車は橋を越え、庶民の地区にさしかかる。アレシアは放心しながら窓を見た。色とりどりのレンガが使われた建物群、市場の屋台の屋根は赤や青。そこは、黒や白ではない色にあふれた世界だ。興味があったはずなのに、しかし、ちっともそそられない。

いまだ頭の整理が追いつかなくて、ずっとこんがらがったままだった。

「少し、とある男の話を聞いてくれないか？」

ゆるゆるとアイアスに目を向けると、彼は「私の知り合いの話なのだが」と付け足した。

「……聞くわ」

アイアスは深い呼吸のあとに話しはじめた。

「その男は未婚でまだ女性を知らなかったんだ。だが、王城に行ったとある日、眠らされて気づけば寝台にくくりつけられていた。全裸でね。得体の知れないものを飲まされ、つねに興奮状態にさせられた。男は、朝も夜も関係なく女に無理やり犯されたんだ」

衝撃的な話に、アレシアは口もとを手で覆う。

「男は監禁されて辱められた。それがまかり通る王城はおかしい。きみの手紙を読んで気になったんだ。陵辱された男が飲まされた薬は性欲を高める薬だったのではと。興奮状態が続くなど通常はありえない。伯爵がなんらかの形で関わっていると私は確信している」

アレシアは、アイアスにこれ以上ルカを疑ってほしくないと思った。

「待ってアイアス、結論を出すのは早いわ」

「きみは性欲を高める薬を飲まされているんだよ？　結論は出ているじゃないか」

「わたしがルカに確かめるわ。だから、まだルカのせいにしないで」

苦しげに眉をひそめた彼は、帽子を外し、くしゃくしゃと金の巻き毛を掻きむしる。

「なぜきみはそこまで伯爵をかばうんだ？　どうかしている。性欲やら妊娠を促進する薬やら、怪しい以外の何物でもないじゃないか。しっかりするんだ」

「ルカのことはよく知っているわ。そんな人じゃないもの」

「よく知れるわけがないだろう？　出会ったばかりに等しいくせに」

両肩をがしりと彼に持たれた。

「アレシア、洗脳でもされたのか？　それともきみは、すでに彼と深い関係を？」

目を泳がせたアレシアはまつげを伏せた。すると察したのか、アイアスの顔が歪んだ。

「伯爵はどうかしている！　きみは病で動けないというのに……強姦じゃないか！」

「違うわ！　あなただから言うけれど、ルカはわたしの夫なの」

目を剝いたアイアスは、鼻先がつくほどアレシアにぐっと顔を近づけた。

「夫？　ばかな！　きみたちは身分違いだ。王のゆるしを得られるはずがない」

「まだゆるしを得ていないけれど……その、ルカが……わたしが完治してからお話しするって。だから、まだ内緒なの」

片手でぴしゃりと両目を覆ったアイアスは、「なんてことだ」とつぶやいた。

「だめだ！　結婚を認められる以前に即刻取りやめるべきだ」

「どうしてそんなことを言うの？　アイアスは祝福してくれないの？」

「するものか！　断固反対だ。きみはこの国の王女だぞ？　伯爵ふぜいが恐れ多くもきみに手を出すなどろくでもない！　彼はね、調べれば調べるほど疑わしくなる人物なんだ。きみは私の大切な幼なじみ。不幸になるとわかっているのに祝福などできるものか！」

反論しようとアレシアが口を開けかけたとき、彼がさらに畳みかけた。

「これから馬車は貧民街に行く。よく見ておくんだ。あの地が伯爵の起源だ」


初めて見た貧民街は壮絶だった。道は舗装されておらず、でこぼこ道が続いている。風が吹けば飛んでしまいそうな粗末なあばら家が並び、道のはじには糞が山積みになっていた。馬車の扉は閉まっているのに、耐えがたい臭いがなかに入りこむ。

獣のように目をぎらつかせた痩せぎすの男がこちらを窺っている。遠くでは胸をはだけさせた女がだらしなく酒瓶を呷り、その近くで筋骨隆々な男がぼこぼこと青年を殴りつけていた。がなり声はひたすら下品で、聞くにたえないものだった。

「ここが先代バレストリ伯爵が堕ちた先だよ。殺人、強盗、強姦が日常茶飯だ」

アレシアは食い入るように景色を見つめた。想像を絶するありさまだ。

とてもではないが、優美なルカがいたとは考えられない場所だった。

「貧民街に堕ちてしまえば最後、ろくな仕事にありつけない。男は大抵泥棒になるし、女は娼婦になるそうだ。この地に伯爵は二歳から十七歳まで、およそ十五年住んでいた。二年前、伯爵位を継ぐ直前までここにいたんだ。無一文の彼は、莫大な富を築いて王の丘に屋敷を買えるまでのし上がった」

胸がぎゅうと苦しくて、アレシアは浅い呼吸を繰り返す。

「この国にこのようなところがあるなんて……。大変な思いをしたでしょうね。ルカとわたしは六年前に出会ったの。わたしは覚えていないけれど、彼が覚えていてくれたのよ」

「ジャン・ルカとしての伯爵の経歴はいたって綺麗だ。阿片の治療院に在籍し、教会への慈善活動、遊学。まるで貴族の鑑だよ。だが、作られたみたいだ。ようは綺麗すぎるんだ。この地に住みながらそれはあまりにも不自然だよ。私はね、疑念を持つところからはじめたんだ。……きみの言う六年前は、伯爵は十三歳。ちょうど、彼はその歳で裕福な女に買われている。その女だけではなく他の女にも。〝買われた〟の意味がわかる？」

どくどくと胸が激しく脈打った。いやな汗が背を伝う。思考が止まりそうになり、アレシアは自身を叱咤し、横に首を振りたくる。

「……でも、仕方がないのでしょう？　餓死してしまうくらいなら」

アレシアの膝にぽたぽたとしずくが落ちる。

「わたしは……ルカがいま、生きていてくれてよかったと思うわ」

「冷静に考えて。きみは尊い人だ。身を売った以上、伯爵はきみの相手にふさわしくないのはわかるよね？　しかし、それだけではないんだ。彼の周りでは不審な死が多すぎる。父親をはじめ、ざっと数えただけでも十人以上は謎の死を遂げているんだ。それに、伯爵がいたころのこの地はさらに死が近かった。行方不明になる者が続出していたからね」

「ひどいわ、ルカがその死に関わっていると言いたいの？」

「以前言ったよね？　伯爵は危険な男だと。彼は普通じゃないよ。……有名な暗殺者で〝毒師ルテリ〟という男がいるのだが、手口から見て同一人物かもしれないと思った」

アイアスは金色の髪をざっくりかき上げた。

「毒師ルテリは恐ろしい男だよ。素顔を見た者はまず生きていられないと聞く。現に彼の顔を知る者は誰もいないんだ。相対すれば最後、次の瞬間死ぬそうだ。いまは廃業しているらしいが、かつては法外な金を取っていた。幻の刺客とも言われている」

「どうしてその人とルカが同一人物だと言うの？」

「男娼をしていたときの伯爵は〝ルテリ〟と呼ばれていたんだ」

男娼という言葉に胸がえぐられる。涙をこらえるのが精一杯だ。身体が震える。

「……そんなの、理由にならないわ。ルテリは珍しい名前ではないもの」

「それだけじゃない、伯爵は薬の知識に長けている。そして毒師ルテリは毒の熟練者。毒と薬は表裏一体のものなんだ。伯爵は毒師ルテリとして毒を作る傍ら、ジャン・ルカとして医師をしていたのではないかな。そう考えるとつじつまが合う。医師としてだけでは、どう考えても王の丘に屋敷など買えない。絶対に無理なんだ。毒師でなければそんな芸当はできない。彼は、女に買われた十三歳からわずか四年で富豪になっているのだから」

アレシアはおなかを抱えこむ。ルカを信じていたかった。

「ルカはね、一度書物を読めばすべてを記憶できるの。なんでも器用にこなせるわ。医師以外のことだって、できないことはないくらい。そんなルカなら財を築けると思うわ」

うつむいているアレシアをじっと見つめたアイアスは、眉根を寄せた。

「無理なんだよ、アレシア。高騰した王の丘の屋敷はそれだけでは不可能だ。とにかくこの貧民街からのし上がるには真っさらな手ではいられない。断言できる。次は毒師ルテリの店に向かうよ。やっと突き止めたんだ。なかに入ればなにか証拠があるはずだ」

スカートの上の手が震えた。反論したい。けれど、言葉がでなかった。

「きみにひとつ聞きたいことがあるんだ」

アイアスはアレシアの顔を覗きこむ。

「水が、メロンの味だったことはない？　匂いでもいい。メロンに覚えは？」

アレシアが、はっと目を見開くとアイアスが頷いた。

「心当たりがあるんだね」

顎を上げれば、彼の真摯な瞳とかち合った。

＊　＊　＊

ふわり、ふわりと黒いレースの布がたゆたった。

城塔で眠るルカにじわじわと影が近づく。

その影がこちらに手をのばした瞬間、ルカはかっと目を開けその手を掴む。影は驚きに瞠目したまま固まった。

「あなたは医師ですね」

土気色の顔で問われた者は「はい」と言う。

「伯爵、お身体はいかがですか？」

深く呼吸を重ねたルカは、額に手を当て、辺りの気配をじっくり探る。

「アレシア王女は？」

「陛下のお傍におられます」

「それは嘘だ。気配がない。……その粉薬は？　ぼくに飲ませようとしましたね」

医師はかすかに薬を包む紙を震わせ、「解熱剤でございます」と言った。

ひじをつき、身を起こしたルカはゆるりと医師の首に手をかけた。その唇は弧を描く。

「それも嘘。あなた、嘘が下手ですね。カンタレラでしょう？　あいにくだが効きませんよ？　砒素《ひそ》には耐性がありますからね。それはそうと人を暗殺しようという者が急所をさらけ出しているなど愚の骨頂。所詮、医師は医師にすぎない」

言葉の途中、医師は物言う間もなくくずおれる。

医師はルカの手によりすでに事切れていて、寝台に倒れ伏す前に彼は足で蹴り落とした。

「アレシアの眠る場所に汚い身体で触れないでください。触れていいのはぼくだけです」

ルカは自身の手を見下ろした。病み上がりで力が弱い。

上掛けを剝ぐと、服を纏ってないことに気がついた。

床に転がる医師をその場にいないかのように踏みつけ、衣装箱に向かったルカは、貴族の白を身につける。窓辺に近づき、指をくわえて笛を吹けば、やがてばさりと羽音がした。

飛んできたのは白い鳥。王のふくろうバチスだ。

ルカはアレシアの化粧着を手に取り、鳥のくちばしに近づけた。

飛び立つふくろうを尻目に、外套を羽織って歩き出す。その面ざしは人を跳ね除けるほど凍てついていて、城塔前の戸口に立つ衛兵を縮み上がらせるほどだった。

黒曜石の回廊に出ると、かつん、かつんという音を聞く。ルカはまっすぐ前を見る。

音の主はロベルトだ。王は一瞬目を大きく開けたが、すうと瞳を細くした。

「これは驚いた。伯爵、臥せっていたというのにもう起きているとは。見舞いに向かっていたのだが」

ロベルトはにんまり笑みをたたえていても、瞳は憎悪を孕んでいる。

「ご厚意、痛み入ります。ですが、陛下。いささか問題がありました」

「なんだろう」の声にルカは話を続ける。

「塔にいた医師は不届き者でしたので、処理させていただきました。王女の専属医師であるぼくに毒を盛り、彼女を病で消そうとしていたので。ロベルトさま、アレシア王女はぼくがいなければ治りません。治療をやめれば再発します。根本から絶たないとね」

「……それは不届きな輩だ。死体はいつものとおり片付けさせるよ」

王からは強い殺気を感じたが、ルカは優美に笑顔を向けた。

「ではロベルトさま、急ぎますので失礼します」

進みながらルカが脳裏に描いたのは己の過去のことだった。

城に上がれるようになってから、度々アレシアの部屋を仮面越しに覗いていると、夜、闇に紛れて彼女のもとにしのんでくる影に気づいた。その正体は、黒い衣装のロベルトだ。ロベルトは、眠るアレシアに何度もキスをして、化粧着を剝ぎ取り、胸に顔を埋めていた。挙げ句の果てには脚の間にも。

アレシアを守るべき召し使いたちは、ロベルトを招き入れていた。そして彼が去ったあと、何事もなかったように主の化粧着を整えた。そんな兄を彼女は慕っている。長年続けられている秘密なのだろう。皆、手際がよく慣れていた。

当時のルカは、召し使いごとロベルトを消そうとしたが、アレシアが彼らに懐いているため、すんでのところで取りやめた。彼女を悲しませるのは本意ではないからだ。

振り向いたルカは、遠ざかるロベルトの背を見やる。

——ぼくのものだ。

十二章

市場は大賑わいだった。人がひしめき、気をつけなければうっかり肩がぶつかりそうだ。屋台には、見たこともない色とりどりの野菜や果物が並び、店主が元気よく「安いよ」だの「採れたてだよ」だのと声を上げている。

アレシアはルカとの会話を思い出し、しょんぼりうなだれた。かつてルカが『いつか連れて行きますよ』と言ってくれたのに、こんな形で市場に来るなんて。

となりのアイアスは「なにか食べる？」と言ったが、アレシアは「いいえ」と首を振る。食欲は湧かないし、喉を通りそうもない。

ふたりは毒師ルテリの店に向かっている。人通りが激しく、馬車を降りて徒歩で行く。足は軋み、いまにも悲鳴をあげそうで、アレシアは石畳を見下ろした。

――わたし、来るべきではなかったわ。

知らないほうがいいこともある。いままでだって耳を閉ざし、目をつむってきたことはたくさんあった。知りたがりはしたないと教えられ、だから自分を律してきた。

ちょうど足もとに影がよぎり、見上げれば、空には大きな鳥が舞っていた。その白い鳥は、しきりに旋回しているようだ。

日差しが眩しくて、手をかざせば、アイアスにふわりと身体を抱き上げられた。

「アレシア、顔色が悪い」

「顔色が悪いのはあなたのほうよ」

「私は平気さ。病のきみに無理をさせてごめん。つらいよね」

「いいえ、大丈夫よ。下ろしてちょうだい。わたしたち、目立ってしまうわ」

アレシアは召し使いの灰を着て、アイアスは貴族の白を着ている。だからいまは貴族が召し使いを抱えているのだ、注目されないわけがない。多くの視線はこちらに向いている。

「構うものか。見たいやつには見せておけばいい。だいたいここの連中は私が誰だか知らないだろう。帽子を被ったきみにまったく気づけないように。建国記念日や戦勝パレードであれほど熱狂していても、彼らにとって私たちは非日常なんだ」

アイアスは話しながら屋台の裏に回りこみ、古い煉瓦造りの路地裏を突き進む。市場のざわめきから一転、そこは陰気な薄暗い道だった。鼠がとことこ駆けていく。

風がびゅうと鳴いていた。アレシアの肌は総毛立つ。知りたくないのだ。ルカのことを。いままでの関係を変えたくない。彼を失いたくなかった。

それに、すべての出来事を思い描いてメロンの味と匂いに行き着けば、おのずと答えに導かれる。知らず身体がわななないた。

「引き返して。もう、城へ戻るわ」

「だめだ、きみはすべてを知るべきだ」

　ほどなくアイアスは錆びついた扉の前で立ち止まる。表面は鋭利な刃物で×と傷つけられていた。アレシアを地面に下ろした彼は、針金を駆使して扉の鍵を外しにかかる。けれどなかなか開かないようだった。

　鍵穴と格闘する彼を待つ間、アレシアは処刑を待つ罪人のような気分になった。

　三十分ほど経過してから、かち、となにかが嵌まる音がした。

「やっと開いた。待たせてごめん。行こう」

「待って」

　手を取られたアレシアは、足をぐっと突っ張った。

「もしもルカが、毒師ルテリだとしたら……あなたはどうするつもりなの？」

「決まっている、ロベルトに報告して断罪するさ。毒師ルテリは残虐を極めた罪人だし、危険人物だ。捕らえれば見せしめになる。国の犯罪も格段に減るはずだ」

　いつもは優しいアイアスが冷たい顔を見せている。

「きみが止めてもやり遂げるよ。私の全権を使う。彼はきみにふさわしくないんだ」

　――ルカはわたしのすべてなのに……。

　アイアスに肩を抱かれたアレシアは、激しいめまいを覚えた。

扉がぎいと開いていく音がした。アレシアは、怖くて怖くて目をつむる。

アイアスが鋭く息を吸うから、不安はさらに大きく増した。

「なんだ、どうなっているんだ」

困惑ぎみの声におそるおそるまぶたを開《ひら》けば、アレシアもまた息をつく。

仄暗い室内はカウンターらしき机や棚はあるが、がらんどうだ。瓶がまばらに並んでいても中身はない。代わりに大きな蜘蛛の巣が張りめぐらされ、中央では虎視眈々と蜘蛛が獲物を待っていた。

「こんなはずでは」

アイアスは大股で店を横切り、分厚い布の向こうに姿を消した。

アレシアはたどたどしくあとを追いかける。まるいステンドグラスから光が差すが、見知らぬ店のなかでひとりでいるのは恐ろしい。心臓が、とくとくとうるさく鳴っている。

布に手をかけ、なかを覗けば、そこには長椅子と作業台らしき机があった。

なぜか城塔で薬を作るルカが浮かび、アレシアは唇を引き結ぶ。

――彼と重ねるなんて……わたし、どうかしているわ。

さらに奥へ進もうとしたときだ。ふいに肩に手がのり、鼓動も身体も飛び跳ねた。

「なにをしているのですか？」

それは、ここにいるはずのない人の声。振り向いたアレシアは目を瞠る。

黒い髪を珍しく乱し、汗をにじませた彼だった。

「ルカ……」

涙ぐむアレシアは、ルカの身体を支えるようにして、長椅子に誘導する。

「よかった、生きていてくれた」

「あなたがいなくて死ぬかと思いましたが」

「大丈夫なの？　まだ起きてはだめなのに……。血を吐いたのよ？　どうしてここに？」

おとなしく腰掛けたルカは、「聞きたいのはぼくのほうです」と言いながら、アレシアの手を引き、自身のとなりに座らせる。ぴと、と足同士が密着した。

「ぼくがここに来るのは当然です。あなたはご自分の立場も状態もわかっていない。以前あなたはもうおてんばではないと言っていましたが、どうやらそれは嘘ですね」

続いて耳もとで「あとでお仕置きですよ」とささやかれ、アレシアは「ごめんなさい」とうつむいた。

「バレストリ伯爵」

アレシアは、ルカへの嫌悪を隠さないアイアスを止めようとしたけれど遅かった。

「いいえ、あなたは毒師ルテリだ。ここに来たのがなによりの証拠」

片眉をついと上げるルカを睨みながら、アイアスはアレシアに手を突き出した。

「アレシア、早くこちらへ」

その言葉が終わる前に、ルカの腕が腰に巻きついた。形のよい手はアレシアのおなかに当てられる。自分のものだと主張する手つきに、アイアスは、ぎろりと眼光鋭く息巻いた。

「彼女を放せ！　毒師ルテリ」

「アイアスさま、見当違いをなさっておいでては？」

「見当違いなものか！」

　詰め寄られてもルカの横顔はいつもと変わらない。病み上がりとは思えないほど冴え冴えとしている。

「毒師ルテリとは、この店の前の主ですね。お会いしたことはないですが」

「なにをしらじらしい！」

「正しくは、この店は毒師ルテリの店ではありません。ヴェレッティ夫人の店です。金貸し業を営む夫人は多くの店を所有し、貸し出していましたから。あなたはぼくを調べているようですが、不審に思うのなら書類を提出しましょうか？」

　ルカはアイアスが言い返す前に続ける。

「ヴェレッティ夫人は阿片の治療院の主でもあります。それが縁で、彼女からの申し出もあり、ぼくが店を買ったのです。その後、すぐに夫人は火事で亡くなられてしまいましたが。つまり、いまの店の所有者はぼくです。そのぼくの店に勝手に鍵を開けて入るなど、少々行儀が悪いのでは？　こそ泥と同等の行いだと言わざるをえません」

　アイアスは嘲笑を浮かべた。

「治療院が縁？　伯爵、違うはずだ。あなたは十三歳でヴェレッティ夫人に買われている。そのとき、あなたは〝ルテリ〟と呼ばれていた」

アレシアが思わず、ひくっ、と喉を鳴らせば、おなかを抱えるルカの力が強まった。

「おっしゃるとおり、かつてぼくは夫人に買われました。正しくは父に売られたのですが。貴族は等しくごみのような存在です。己のことしか考えない。たとえそれが息子でも糧となるならおかまいなしだ。アイアスさま、あなたも同じです。その様子では自分の意思を通すためにアレシア王女を貧民街にお連れしたのでしょう。どうかしている。馬車があの地に停車しようものなら金目当てのごろつきが徒党を組んで襲ってくるというのに」

ルカは表情らしい表情を浮かべず、淡々と言った。

「彼らは知能を持ったハイエナだ。貧民街に住まう者の寿命は短く、子どもが大人になる確率は二割に満たない。彼らはそんな過酷な地を生き抜いた、いわば選ばれしごろつきです。たとえあなたのような軍人でも退けることはできない。そう、あなたは王女を危機に陥れた。……まあ、ぼくもあの地で育った以上、生え抜きのごろつきと言えますが」

アイアスは眉をひそめる。

「私自身の行動が浅はかなのは知っている。王女を城の外に連れ出しているのだから。だが、アレシアの目を覚まさせるには仕方がなかった。しかし解せない。なぜ貴公は十七歳になるまでずっと貧民街にいたんだ。王の丘に屋敷を買えるほど財を築いたというのに」

「〝仕方がない〟──それは便利な言葉ですね」

アイアスは気を悪くしたのか目を鋭くしたが、ルカはどこ吹く風だった。

「貴族とは家に縛られる生き物です。あなたは公爵の言葉においそれとは逆らわないでしょう？　ぼくもです。当時、父の言葉に逆らわなかった。そもそもぼくの選択肢はふたつのみでした。王の丘の屋敷かそうではないか。ぼくにとって貧民街の家も街中の家も同じです。ですから父の死まであの地に住み続けました。それだけのことです」

「先代バレストリ伯爵はなぜ亡くなったんだ？」

ルカは険しい顔のアイアスを一瞥し、アレシアの肩をさすった。

「昔から父は浴びるほど酒を飲み続けていました。次第にそれが阿片に変わり、重度の依存に陥った。何事も過剰は命取りだ。酒にしても阿片にしても。父がいい例です」

アイアスが口を開きかけると、ルカは「それはそうとアイアスさま」と遮った。

ルカはおもむろにポケットから小さな瓶を取り出し、それを放ると、アイアスは片手で受け止める。

「これは？」

ルカは、わけ知り顔で目を細めた。

「軟膏です」

怪訝そうに瓶を見下ろすアイアスを見ながら、ルカの唇は綺麗にゆがむ。

「手首と足首によく塗りこんでくださいね。しかしあなたのその顔、あまり眠れていないようだ。薬を処方しましょうか？　悪夢など見ずに朝まで熟睡できますよ」

たちまちアイアスは蒼白になり、後ろに数歩よろめいた。

「貴公は……あのときの」

「アイアスさま。アレシア王女を返していただきますよ。現在城は王女不在に騒然としています。あなたがお連れしては咎められてしまう。しかし、専属医師なら立ち回れます」

愕然としている様子のアイアスは声が出ないようだった。そればかりか震えている。

心配したアレシアが彼のもとに行こうとすると、すかさずルカに抱き上げられる。

「ルカ、下ろして。アイアスが」

「下ろしません。アレシア、わかっていますか？　あなたの行動はいけないことだ。ぼくが見つけられたからいいものの、二度としないでくださいね」

「それは……ごめんなさい。でも」

「でも、は聞きません」

アレシアは強引に店の外に連れ出された。


ルカの操る馬に乗ったアレシアは、終始無言の彼に対して緊張していた。同時に数々の疑問が頭を占めてわだかまる。一度考えはじめてしまえば止まらなくなっていた。

彼は完璧だ。しかし、完璧すぎるのだ。先ほどだって、言づけていないにもかかわらず、あの店にやってきた。まるでアレシアを知り尽くしているかのようだった。

アレシアは、彼をほとんど知らないというのに。

ルカが着ていた外套をかけられ、背中は彼と密着しているのに、その存在が遠かった。

〝もしも〟をずっと考えた。ルカがアレシアを治す以外の目的で、アレシアの専属医師になったとしたら……。そしてふと、ある事実に気がついた。

――思えばわたし、ルカから……恋物語のように愛してるって言ってもらえてないわ。キスをしたり、毎日身体を重ねているけれど。

じわじわと視界がにじむ。

王城に到着し、馬から下りたルカがこちらに手をのばしたときに、ぞくりと背に冷たいものを感じた。どうしてだか大好きな銀色の瞳に、恐ろしさを感じたのだ。

「その顔、ぼくに質問があるのでは？」

仮面の目。いや、そんなはずはない。

瞠目したアレシアは、おどおどと否定する。

「話は居室でゆっくり聞きます。いまは口裏を合わせましょう。あなたは勝手に城から出ました。ロベルトさまの怒りはアイアスさま、そして守りを固める衛兵に向くでしょう」

「……そんな、わたしが勝手に出たのに、どうして」

ルカはふっと息をつく。

「波風を立てないように生きてきたのですね。認識が甘いです。あなただけではなくアイアスさまも悪手だ。間違いなく彼らは処断されますよ。ロベルトさまの立場から見れば、王女がかどわかされ、あげくに護りの脆さを露呈《ろてい》させた結果になりましたから、厳しく断罪しなければ周囲に示しがつかない。王とはそういうものですよ。しかし王はあなただけは罰することができない。ですからあなたがうまく立ち回らなければ。わかりますね？」

ようやくアレシアは自分がしでかした罪に気がつき、神妙に頷いた。

「どうすれば、アイアスもエルダも衛兵たちも守れるの？」

「対策は任せてください。まずは、ぼくと離れていたときのことを包み隠さず教えて？　朝、起きてからいままでのあなたのことを」

アレシアがぼたぼたと涙をこぼすと、ルカの唇が額につけられる。

「泣かないで。大丈夫です。ぼくの言うとおりにしていただければ万事うまくいきますよ。あなたにつらい思いはさせませんから。ね、話してアレシア」

アレシアは、自分はこの上なく情けなくて愚かだと思った。

「……話すわ」


ルカの言うとおり城内はアレシアの不在に騒然だった。慌ただしく人が行き交い、出るに出られない状態だ。なにより優しい兄が激昂し、衛兵や召し使いに怒鳴り散らしているのだ。彼らを牢に放りこめと命じる姿に、アレシアは父を前にしたように萎縮した。

落ちこんでいると、ルカに背中を励ますように撫でられて、意を決したアレシアは一歩前へと踏み出した。

これは、すべて自分のせいだ。

アレシアが怖々りぼんを解いて帽子を取れば、きらめく髪がさらりと落ちてゆく。

「お兄さま……。あの、わたしが悪いの」

「アレシア！」

ロベルトは、アレシアを見るなり衛兵を押しのけ、マントを揺らして近づいた。その面ざしは先ほどまでの兄とは一転、威圧的な迫力は消えている。いつもの兄に近かった。

「どこへ行っていたんだ。私の部屋で寝ていたおまえが、こんな召し使いの格好をして」

腕をぐっと摑まれて痛みが走る。思わず顔が歪んだけれど、ルカの言葉を思い描きながら口にした。

「ごめんなさい、お兄さま。話を聞いてほしいの。皆は悪くないから牢はやめて」

ロベルトは、ぎっとルカを睨みつける。

「話は私の部屋で聞く。伯爵、きみは外してくれ」

「いいえロベルトさま。アレシアさまはこれからすぐに治療をはじめなければなりません。ですのでこのまま王女の話をお聞きください」

なにかに耐えるようにして鼻にしわを寄せたロベルトは、手を払うことでその場の貴族や衛兵、召し使いを下がらせた。回廊はたちまち誰もいなくなる。

アレシアは、「聞くよ、言って」の声に、こくりと唾をのみこんだ。うまく伝えなければならない。

「あの、お兄さま。わたしが、召し使いに外に出たいってわがままを言ってしまったの」

膝ががくがく震えると、肩にルカの手がのせられた。すると暴れていた心臓が、すうと落ち着いたような気がした。

「倒れたルカが心配で……。前にルカが庶民の市場で薬の材料を仕入れるって言っていたから、なにか効く薬があると思って探しに行ったの。結局わからなくて買えなかったけれど……わたし、アイアスとエルダにも無理を言って手伝わせたわ。だから、皆は悪くないの。わたしのせいで皆に迷惑をかけてしまったこと、反省しています。お兄さま、考えなしで……愚かな妹でごめんなさい。誰かが牢に入るのなら、わたしが牢に入るわ」

兄に嘘をつくのは初めてだ。けれど、ルカに筋書きを教えてもらったため、すらすらと言えていた。自分でアイアスたちを守れるのならなんでもしようと思った。

兄は引き締めていた唇をゆるめた。

「おまえが見つかればそれでいい。牢には入れない。皆を不問とする。しかし、なぜ私に言わなかった？　いままでなんでも言ってくれていただろう？　どうして秘密にしたんだ。おまえがいなくてどれほど心配したのかわかっているのか」

広げられた兄の両手は、昔からの合図だ。アレシアは兄に身を寄せ、その腰に手を巻きつける。背にはしっかりとたくましい腕が回った。

いつもよりも抱きしめる力が強くて、身体が密着する。苦しかった。

「……ごめんなさい。お兄さまは忙しい方だから、邪魔しちゃいけないって思ったの」

兄がすうと顔を寄せてきた。距離は近く、鼻と鼻がつきそうだ。ありえないことだけれど、口にキスをされてしまうのかと思った。

「アレシア、おまえがわたしの邪魔になることは断じてない。それは未来永劫にだ」

ロベルトはアレシアの緑の瞳から視線を外さずに続ける。

「バレストリ伯爵、アレシアの完治はいつだ」

「あと一週間ほどあれば」

「ちょうど祭りのころか。それまでは待とう」

「お兄さま、お祭りがあるの？」

祭りだなんて初耳だ。アレシアが知る限り、この国で祭りが開催されたことはない。

「イゾルデが嫁ぐからね。宰相が異様にはりきっている。まったく、おかしなやつだ」

アレシアの頬にキスを残して離れた兄は、ルカを呼び、彼の耳もとになにかを告げた。

しかし、小声で聞き取れない。返事をするルカの声もわからなかった。

「内緒の話なの？」

ルカには表情がなかったが、こちらを見る兄の顔は晴れやかだ。

「アレシア、以前おまえは私の味方だと、助けてくれると言ったが、いまがそのときだ。

完治後、おまえに話がある。いいね？」

アレシアは、なにかしらと首をひねりながら言った。

「わかったわ、お兄さま。わたしにできることならなんでも」

「必ず聞いてもらう。おまえにしかできないことだからね」

城塔は、朝の様子が嘘のように綺麗に片付けられていた。花瓶も新しいものに替えられて、花が風で揺れていた。本も整然と並べられ、朝の騒動がなかったかのようだった。どことなく居心地が悪い気がしてアレシアはうつむいた。

「アレシア、あなたはいつものようにはぼくを見つめないのですね。ぼくの生い立ちが気になりますか？」

ルカはアレシアの灰色の衣装を脱がせながら言った。

「ルカ……」

自然とアレシアの目が潤む。その間もルカの手は休むことなく動き、裸身に黒い化粧着を着せられた。胸の部分でりぼんが美しく結われる。

「お話ししますが、その前に確認したいことがあります。座って」

寝台に腰掛けたアレシアは、脚を大きく開くように促され、彼の指示に従った。化粧着をたくしあげられる。

「ぼくが倒れている間、ここを誰にもゆるしていませんね？」

「ゆるすはずがないわ。だってここは……」

「そう、ぼくのものです。見せてください。ぼく以外が入ればわかるようにしています」

返事を待たずに床に跪くルカは脚の間を凝視する。焼きつく視線に顔だけではなく全身に火照りを感じた。何度も股間を見られているけれど、やはり慣れるものではない。

彼は、自身の指に舌を這わせると、濡れたそれをずぶりと埋めていく。丹念に探られて、アレシアはぴくんと顎を突き上げた。

「なかだけは無事ですね」

言葉の意味がわからず、アレシアは首を傾げる。

「アイアスとはなにもないわ」

「ええ、なにもないでしょうね。相手は——いいえ」

途中で言葉を切ったルカは長いまつげを伏せ、アレシアごと寝台に横になる。そのとき、

「実はまだ本調子ではないのですよ」と小さく言った。

ルカに腕まくらをされながら、アレシアは彼を見つめる。心配だった。

「やっぱりつらいのね……今朝血を吐いて倒れていたばかりだもの。眠って?」

「じゅうぶん眠りました。ですが、確かに、あなたを抱こうにも無理なようです」

アレシアは真っ赤な顔でうつむいていたけれど、感じていた疑問をぶつける。

「ルカ……、あなたがわたしに用意した薬は、その……性欲を高めるものだったの？　あと、妊娠を促進するものだって。それは本当?」

目を閉じていた彼はゆっくり開けてこちらを窺った。その表情からは感情を測れない。

「そうですよ、性欲を高めるものや妊娠を促進するものもありました。他にも、体力をつけるもの、臓腑を整えるもの、いろいろ組み合わせて服用していただきました」

アイアスから話を聞いたときには、心臓が破れるほど衝撃を受けたのに、ルカの声による説明には心が乱れることはなかった。

「あなたは毒を排出するために快感を得る必要がありました。そのためには衰えていた子宮を活発にしなければならなかった。子宮は妊娠のための器官です。ですから処方したのですよ。おかげでいまは機能が戻り、ぼくたちが結ばれた結果あなたは身ごもりました」

「ルカは、わたしが身ごもりやすいとわかっていても抱いたのね？」

「ええ。あのとき、ぼくはあなたを抱かずにはいられませんでした」

彼に「嫌でした？」と問われてアレシアは唇を引き結ぶ。

「嫌なわけがないわ。わたし、身ごもったことを後悔していないもの」

「それはよかった。アレシア、ここまでのぼくの話でなにか疑問はありますか？」

「ないけれど……。そうだわ、ルカは城塔に移る前のわたしの部屋を知っているの？」

「いいえ。ぼくは城に出入りしているからといって、あなたに近づく資格はありませんでした。アレシアはこの国の隠された姫でしたから、普段貴族に会わなかったでしょう？　なにせ、あなたが出歩くときは横行を禁じられていました。人払いされていたのです」

アレシアは、胸の高鳴りを抑えられないでいた。あの仮面の瞳はルカではないと確信できたのだから。錘《おもり》がとれたように心が軽くなっていく。

「ねえルカ、薬にメロンの味がするものがあるの？　もしくは匂いを嗅いだことは？」

「いいえ。あなたはよくメロンと言っていましたが心当たりがありません」

アレシアは、「だったらいいの」と首を振る。いま、飛び跳ねるほど嬉しくなっていた。ルカはやはりルカだった。怪しい人のはずがない。アイアスに早速報告したいと思った。

「ごめんなさい、たくさん質問をしてしまって。気を悪くした？」

手をのばしてルカの頬にひたとつけると、手首に彼の唇が押し当てられる。

「いいのですよ。ねえ、アレシア。ぼくを抱きしめてくれませんか？」

言われたとおりにぎゅっと抱きしめれば、頭頂部に彼の熱を感じる。長いくちづけだ。

「貧民街に行ったあなたはぼくの過去を知りましたね。楽しい話ではないので黙っていたのですが、人に話される前に話します」

「ルカ、言わなくてもいいの。だって、話すのはつらいでしょう？」

「いいえ、過ぎた過去ですからつらくはありません。ぼくにはいまのほうが重要なので」

アレシアは、ルカを包む手に力をこめた。

「ぼくは父に憎まれていました。ぼくが生まれたと同時に母が亡くなりましたからね。食事も服もろくに与えられず、あなたが想像できないほどのみすぼらしい子どもでした。生きるために盗みを働いたこともありますよ。この手は決して綺麗ではないのです」

「実際に街並みを見たから……だから、想像できるわ。大変な思いをしたのね」

小さなルカを思って目を閉じれば、まなじりから涙が伝った。それはすぐに拭われる。

「酒と賭博に溺れた父はマダム・ヴェレッティに借金を重ねました。王の丘の屋敷や田舎の城、絵画、代々家に伝わる宝石や書物を残らず売っても返しきれず、負債は膨らみ続け、ついには嫡子も売られました。それがぼくです。マダムがぼくに要求したことは、古代の奴隷が女主人にしていたとある行為です。なにをしていたのか知りたいですか？」

「いいえ、知りたくないわ……」

ぐす、とアレシアが洟をすすると、ルカに頭を撫でられる。

「ぼくはもともと性欲がありません。感情も感覚も人より薄い。つまり、女に対して欲情したことがなかった。マダムや他の女たちからは執拗に抱けと命じられましたが、不能な以上、抱けません。ですが正直に話せば女を知らないわけではない。男は生理的現象で寝ている間に勃つのです。それを見計らい、上にのられたことがありました。……これがぼくが買われた全容です。軽蔑しますか？　汚らわしい？」

アレシアはぐっとルカの服を摑んだ。軽蔑しないし、汚らわしいとは思わない。

「話してくれてありがとう。あなたの過去についてはうまく言えないけれど……でも、いまの話を聞いてもわたし、心に変化はないわ。ルカは、わたしの大切なルカだもの」

アレシアは、「つらかったわね」と彼の頰に手を置いた。すると銀の瞳が細まった。

「つらくはないですよ。過ぎたことですから」

「ルカはすごいわ。もしもわたしがあなたなら、きっと、人を嫌うし憎んでしまう。それでもわたしに——人に、優しくなれるあなたはすごい。尊敬するわ」

「あなたはぼくを誤解しているようですね。優しくありませんよ。ぼくは人に興味が持てない。あなたが相手だからです。ぼくが優しくするのはアレシア、あなただけだ」

じっとこちらを見つめる瞳は雄弁だ。語らなくても、訴えかける言葉がある。頬を薔薇色に染めたアレシアは、恥ずかしそうにルカの胸に額をつけた。

――愛の言葉なんていらないわ。だって、ルカはこんなにもわたしを……。

「ねえアレシア、化粧着を脱いで」

目をまるくすると、ルカがアレシアの手を掲げ持ち、指をひとつひとつ舐めていく。漆黒の髪からのぞく銀の瞳は壮絶な色気を放っていた。

「あなたとひとつになりながら眠りたい」

「そんな……ひとつになりながらだなんて眠れるの？」

「ええ。そうではないと熟睡できない。ぼくは、つねにあなたを感じていたいのです」

もじもじと化粧着をいじくるアレシアは、やがてこくりと頷いた。


日が落ちてからずいぶん時間が経過して辺りは暗かった。燭台にろうそくが一本灯るだけだ。その残りわずかな灯も短くなっており、いまにも燃え尽きそうだった。

心もとない明かりのなか、りんごのように顔を真っ赤にしたアレシアは唇を尖らせる。ルカは眠ると言っていたのに、アレシアをじっくり時間をかけて何度も何度も抱いたのだ。

「ルカは嘘つきね。眠るのではなかったの？　何度もやめてって言ったのに……」

身を起こして離れようとすると、彼の腕に阻まれて、肌と肌がくっついた。互いに汗をかいているため余計にぴたりと密着する。

「もう……放して。ろうそくを足すわ」

「それはあとでぼくがしますよ」

ルカが再び腰を動かそうとするから、アレシアは彼の胸を押した。

「だめよ、あなたは今朝血を吐いて倒れたのよ？　安静にしなくちゃだめ。もう眠って」

「ぼくの身体は問題ないですよ。薬を飲みましたし、それに、倒れるのは慣れています」

「慣れているの？　だったらなおさらだめだわ」

アレシアに覆い被さるルカの瞳は甘い色をのせていた。

しかし、次の瞬間みるみる趣を変えていく。ついには鋭い目つきとなった。

その変貌にアレシアは息をのむ。

「……静かに。じっとしていてください。誰かがこの部屋に来ます」

なにも纏わず立ち上がったルカは、すかさず燭台の火を消した。居室は真っ暗闇になる。

「そんな、誰が来るの？」

「静かにしていてくださいね」

状況が摑めず、アレシアは毛布を身体に巻きつけた。鼓動は激しさを増していく。

風がすうと動いたようだ。なにかを叩いたような音。かしゃんと床に金属音。そして、どさりと落ちる音。

扉がぎいと開いて、重いなにかがずるずると引きずられているようだった。

怖さを感じて肌がぶわりと総毛立つ。身体も震える。不気味な音が響いている。

アレシアはぶるぶるしながら、頭のなかでルカを何度も呼んでいた。

「もう大丈夫ですよ」

「ルカ、なにがあったの？」

ルカは火打ち金で火口《ほくち》を燃やし、ろうそくを灯した。すると彼の肢体がおぼろげに浮かぶ。

彼の古傷ひとつひとつがあえてつけた飾りのようで、場違いと言えるほど幻想的だった。

こんなときでなければ、見惚れていただろう。

「落ち着いて聞いてくださいね。刺客が来たのです」

アレシアは聞き間違いだと思った。耳慣れない言葉だからだ。

「いま始末したので危険は去りました」

「……どういうこと？」

「言葉のとおり、暗殺者が来たので返り討ちにしました」

頭が真っ白になる。そのとき、寝台にぎしりと腰掛けたルカに強く抱きしめられる。

「いままで知らせずにいたのですが、アレシア、あなたは以前から頻繁に命を狙われていたのです。そのつどぼくが対処していましたが」

寝耳に水だ。アレシアは目を見開き硬直した。心臓が破裂しそうなほど強く打つ。

「たったいま、人を殺しましたが、ぼくが怖いですか？」

答えたいけれど声が出ない。ひっ迫して息すらできないありさまだ。

アレシアが、はっ、はっ、と喘ぐと、ルカに「落ち着いて」と背中を撫でられる。

「貧民街のような掃き溜めの地では、殺《や》らなければこちらが殺られます。道半ばで死ぬわけにはいかなかった。その経験に基づき、ぼくはこれまであなたへの刺客を排除してきました。ですからこれが初めての殺しではありません。……アレシア、ぼくを見て」

潤んだ目でルカを見やれば、彼が悲しげに微笑んだ。

「ねえアレシア。ぼくが怖いですか？　この手で触れられたくはない？」

何度も首を横に振れば、彼が息を漏らした。

「ルカは、わたしを守るために……手を汚したのだもの。ごめんなさい」

かちかちと歯が鳴った。自分は役立たずな上に、殺したいと思われるほど人に憎まれているのだ。この上なく無価値に思える。疫病神《やくびょうがみ》だ。

「勘違いをしないでくださいね。ぼくはぼくの意志で動きました。あなたは悪くない」

「誰に……狙われているの？　わたしは謝ったほうがいい？」

「謝る？　とんでもない。あなたは悪いことなどしていない」

小刻みに揺れる手に、ルカの指が絡みつく。

「相手を知りたいですか？　お会いになりますか？」

頷くアレシアに、ルカは耳もとでささやいた。

「大丈夫、ぼくがお守りしますよ」

黒い回廊に、かつん、かつん、とルカの足音が響く。

彼に抱えられているアレシアは、現実を受け入れられずにぼんやりしていた。

時折彼が頭上にキスをするから、ひとりではないと思えて、なんとか自分を保っていた。

「もうじき到着しますよ」

顔を上げたアレシアは、場所を知るなりこぼれ落ちるほど目を大きく開けて固まった。

見えているのは、葡萄模様の黒い扉——。まさかと思う。

それは、イゾルデの居所だった。

「そんな……嘘でしょう?」

アレシアは震えを抑えられなかった。優しい異母姉の顔が浮かぶ。

「残念ながら嘘ではありません。ですが変ですね。この一帯に衛兵はいないようです。人払いされているのでしょうか」

アレシアを床に降ろしたルカは、唇に人差し指を押し当てた。

「しかし、好都合です。なかに入りますが静かにしていてください。約束できますね?」

胸が壊れそうで苦しい。たどたどしく頷くと、ルカが顔を寄せて覗きこむ。

「あなたの心音がここまで聞こえてくるようですが、怖いことなどない。ぼくがいます」

ルカは手際よく施錠を外し、あたかも鍵などなかったように扉を開く。すると、奥から艶めかしい情事の音が聞こえてきた。

寝台の軋む音、そしてひっきりなしに続く嬌声のなか、困惑ぎみに彼を仰げば、ルカは再び人差し指を口もとに立て、なかへと進む。室内は、薔薇の香りが充満していた。部屋の隅に寄った彼は、天井から落ちる天鵞絨《ビロード》を捲り、アレシアを壁のくぼみに押しこむと、すかさず自身も重なった。くぼみはふたりが入ればいっぱいだ。

念のためなのか、アレシアの唇をルカの手が覆う。

行為は激しさを増していた。アレシアは、相手はエミリアーノ王太子なのだと思った。

「あっ……あ、お兄さま。もっと……！」

突如聞こえた甘い声に、アレシアは混乱した。

〝お兄さま？〟

目を瞠るアレシアの額に、ルカの唇が当てられる。アレシアは、不安でたまらなくなって、ぎゅうと彼に手を巻きつけた。頭のなかは、嘘だと叫び声をあげている。

そのときだ。遠くで息を荒らげた男性が、吐息まじりに言った。

「アレシア……愛している」

兄ロベルトの声だった。背すじをぞわりとしたものが這い上がる。

「やめて！　わたくしはあの女ではないわ！」

「おまえはアレシアの代わりだ」

「いやよっ！　わたくしは代わりなどでは――ああっ！」

愕然としたアレシアが倒れかければ、ルカの腕に救われる。平静を保てるわけもなく、この場にいたくないと首を振りたくれば、ルカに身体を抱き上げられた。

なにも考えられなかった。頭がすべてを拒絶する。

アレシアは、気づけば城塔の寝台で横になっていた。ずいぶん泣いてしまったからか、ルカの服はぐっしょり濡れていた。彼はアレシアを抱きしめ、泣き止むのを待っていた。

「ルカ、わたし…………ごめんなさい」

鼻水をすすりながら言えば、ルカは、指でアレシアの涙を優しくなぞる。

「いいのですよ。まさかあの場に遭遇するとはぼくも思いませんでした。イゾルデさまとお話しできればと考えたのですが。概要をお話ししても？」

「知っているのね」

「ええ。事が事なだけにあなたにお伝えすべきか、いままで迷いがありました」

アレシアは、ルカの胸に頬をつけながら「話して」と小声で言った。

「ロベルトさまとイゾルデさまの関係は四年前からです」

「四年前？　全然気がつかなかったわ。お兄さまがそんな……ジネヴラさんがいるのに」

「あなたは以前、ロベルトさまの恋の模様を嬉しそうに話していましたが、真相は違います。ジネヴラは愛人でした。ロベルトさまは、あなたへの愛を隠すために装ったのです。兄妹間は神の理に反しますからね。仕方がなかったのでしょう」

アレシアは鼻先を上げ、目を潤ませながらルカを見た。

「……お兄さまとお姉さまも禁忌だわ……」

「そうですね。ですがイゾルデさまはロベルトさまを深く愛しておられる。しかし、ロベルトさまはイゾルデさまを利用し、あなたへの捌《は》け口としてぞんざいに扱っています。ですから、長い年月をかけ、イゾルデさまは報われない愛に狂ってしまわれたのでしょう」

くしゃくしゃと顔を歪めると、ルカに背中をさすられた。

「イゾルデさまは、ロベルトさまだけでなく、あなたのお父上にも抱かれていたようです。あなたの母君、ルクレツィアさまの身代わりとして」

「そんな……本当に？　お兄さまもお父さまもどうしてそんなひどいことができるの？」

「さあ、ぼくにはわかりかねますが。アレシア、あなたは年々ルクレツィアさまに似てきているそうですね。ですから、イゾルデさまはそれも相まって、あなたに強い恨みを抱いたのではないでしょうか。……ですがイゾルデさまはもうじきアモローゾに嫁がれる。そうなれば、あなたが刺客に狙われることもなくなるでしょう」

背中を撫でていたルカの手が止まった。

「アレシア、なぜエミリアーノ王太子の花嫁があなたからイゾルデさまに替わったのかわかりますか？　ロベルトさまですよ。彼はあなたを手放したくなくなったのです。予言などぼくにはできませんが、これだけは言えます。ロベルトさまはもう身代わりでは満足できなくなった。今度はあなたを抱くおつもりです。おそらく、祭りの間に」

アレシアは、大好きだったはずの兄に底知れぬ恐怖を覚えてわななないた。

「お兄さまがわたしを……」

脳裏を駆けめぐるのは、兄との楽しい思い出ばかりだ。かけられた言葉、笑顔。それらが一気に崩れ去る。同時に黒いこの城が末恐ろしくなってくる。

「……もう、なにも考えたくない」

「これまでの話で、なぜぼくがあなたとの関係をロベルトさまにお伝えできなかったのかわかりますね？　伝えた途端ぼくは断頭台行きです。あなたは身ごもっていますから」

アレシアがルカを見れば、こちらを見つめる彼と視線が交わった。

「ぼくは以前、ロベルトさまに避妊薬と堕胎《だたい》薬を頼まれました。あなたに処方するためのものです。ロベルトさまはあなたに、ご自分以外の子をゆるすつもりはないのですよ」

ルカは、涙で濡れるアレシアの頬にひたと手を置いた。

「ねえアレシア、あなたはロベルトさまとこのぼくと、どちらを選びますか？」

そんなの、問われなくても答えは出ている。

〝この城は狂っている……〟

アレシアは、震えながらルカを抱きしめた。

＊　＊　＊

「おかわいそうに、こんなに泣いて。あなたはなにも悪くないのです」

ルカは泣きじゃくるアレシアを抱きしめながらほくそ笑む。

「ずっとお傍にいますよ」

「……本当？　わたしにはルカだけだもの」

「ええ。ぼくだけです」

刺客が来るのは知っていた。あえて部屋まで到達させた。彼女に知らせるためだった。殺すときにわざと音を立て、下手な演技だったが、彼女は疑わないでいた。

ロベルトとイゾルデの情事も知っていた。イゾルデの部屋に気配がふたつあったからだ。劣情を募らせたロベルトが、そろそろ手を出すと予測していた。

かわいそうに、アレシアは震えながらルカのなかで縮こまっていた。無理もない、これまで信じていた彼女の小さな世界は、根底から覆されたのだ。

彼は、彼女の頭頂部にくちづけ、自身の存在を植えつける。

――ぼくのものだ。

アレシアには、自分以外の色濃い所有のしるしがあった。毎日管理しているそこにふたつもつけられていた。

膣には挿入の跡はなかった。あの男ならためらいもなく入れそうだが、おそらく邪魔が入ったのだろう。もっとも、入れていたならいまごろ塵にしていたが。

先刻、ルカがロベルトに耳打ちされた言葉はこうだった。

『一週間後、あの子を私の補佐とする』

こちらを睨むその目は狂気を宿していた。

『……私のものだ。誰にも渡さない。誰にも、だ』

『抱くのですね?』

『当然だ。アレシアは気高いアルドの王女。私とともに銀の子を作り続ける』

ルカはゆっくりまつげを伏せる。

――醜悪だ。

彼はすべての者に対してそう思う。人間は、くだらなくて醜悪で、汚くて無価値。

善人も悪人もどうでもいい。等しく煩わしいだけのもの。

物心ついたときには、川や井戸を毒で染め、いらぬものをすべて滅ぼすべきだと考えるようになっていた。年を重ねるごとに、その思いはますます降り積もる。

毒の水は大地に染み渡り、とめどなく広がるだろう。永久《とわ》に伝染し続ける。

マダムの屋敷で、毒の本を読みふけり、頭のなかに知識を刷りこんだ。

そんなときに彼は出会った。

太陽に照らされ、きらきら輝く銀の髪。はつらつとした緑の瞳。黒を纏うお姫さまに。

破壊願望は、鮮烈に上塗りされて覆った。

『あなた、お名前は?』

――ぼくは、ジャン・ルカ。

くすぶる欲は露と消え、彼に新たな価値が生まれた。

彼女がいるならどうでもいい。ほしいものは彼女だけだ。

終章

一週間後。

ロベルトの命に従い謁見室に赴けば、そこには宰相をはじめとする貴族が集まっていた。ルカは玉座に近づき、毛足の長い絨毯に膝をつく。黒い豪奢な椅子に座る王は、鷹揚に脚を組み替えた。

「そうか、アレシアは完治したんだね」

「はい」と告げれば、ロベルトは満足そうに銀色の髪をかき上げた。それは大きなシャンデリアの光を受けて、きらきらと七色に輝いた。

「いまはどうしている。今夜は晩餐だ、あの子も呼んだのだが」

まつげを伏せたルカは唇の端を引き上げる。アレシアは、すっかり兄に恐怖心を抱いていた。目にした真実は到底受け入れがたいらしい。

「アレシア王女は完治はしましたが、いまだに体力は回復なさっておりません。ですが、明日の祭りまでには整うかと思います」

「では祭りは妹と楽しむことにしよう。あの子はこれまで自由がなかった。今後は少しずつ陽の当たる場所に出してあげたい」

　ロベルトが夢心地に語ると、すかさず白い衣装の宰相が言った。

「陛下、そのお役目はどうぞ私に」

　たちまちロベルトの形のいい眉がひそめられる。

「なにを言っている、アレシアは私以外の男に慣れていない。しゃしゃり出てくるな」

「それはご安心を。バレストリ伯爵をはじめ、王女にもご納得いただいております」

　ルカは、ロベルトに鋭く睨みつけられるが飄々と受け流す。その様子に埒《らち》があかないと思ったのか、王の視線は宰相に向かった。

「おまえは祭りの進行があるだろう。輝かしいアルドを国内外に知らしめるのではなかったのか。アレシアに構うひまはないはずだ」

「ご心配には及びません。ジェレミアとウンベルトが補佐となり、動いてくれます」

　王の側近でもある若い貴族がふたり、「お任せください」とばかりに、背すじをぴんと伸ばして進み出る。すると、ロベルトは苦々しい顔でぐっと歯を噛み締めた。

「とにかくアレシアを案内するのは私だ！　フェルナンド、なぜ口答えする」

「陛下、祭りの主役はイゾルデさまとエミリアーノさまではなく、あなたさまです」

　意表をつかれた言葉だったのか、ロベルトは椅子から立ち上がる。

「私が？　どういうわけだ？」

　宰相フェルナンドは恭しくこうべを垂れた。

「私が先にお話ししますのは、少々はばかられます。――ジェレミア」

呼ばれた側近は一礼後、きびすを返して控えの間に歩いていく。謁見室の六十に及ぶ瞳は、一斉にジェレミアの背を追いかける。

ロベルトが怪訝に眺めるなか、扉がゆっくり音を立てて開かれた。そして、堂々たるさまで現れたのは、豪華に着飾った王妃タチアナだった。

「なぜタチアナが」

「陛下、わたくしは自らの意志で参りましたの。なぜならわたくしが祭りを計画しましたから。ぜひ、わたくしのサプライズを喜んでいただきたくて、宰相に協力を頼んだのですわ。わたくしの祖国カニサレスも協力を惜しみません。祭りは盛大に執り行われます」

カニサレスの一団は、王のあずかり知らぬところですでにアルド入りしているのだ。

「一体なんのまねだ。関係のない国まで巻きこんで……説明してくれ」

タチアナは、黒いドレスをつまんでしゃなりしゃなりと猫のように歩み、ロベルトの前に立つ。そして、両手を広げて華やかに笑った。

「愛しい陛下、お喜びください。陛下の御子がとうとうわたくしのなかに」

「なんだって？」

仰天するロベルトを尻目に、その場に居並ぶ貴族は「おお！」とどよめいた。

「ねえバレストリ伯爵、確かですわよね？」

ルカは、くるりと振り向いたタチアナの艶めかしい目を受け、顎をついと持ち上げる。

「はい、タチアナ王妃は懐妊しておられます。ぼくが確認いたしました」

「……それは確かなのか、タチアナ」

「ええ、陛下」

「だが私は即位してから寝所に出向いていない。寝るひまもないほど忙しいからね」

続いて発せられるであろう言葉を察したルカは、口を挟んだ。

「ぼくが診させていただきましたところ、陛下のご即位前に受胎したと推測できます」

「わたくしたち、そのころは夜を共にしていましたわ。そうでしょう、ロベルトさま」

ロベルトは唇を嚙み締めてわなわなと震えるが、居並ぶ貴族は、王はようやくの懐妊に言葉を失っていると勘違いしているようだった。現に、「これはめでたきこと！」と声を上げ、王に祝辞を述べている。

ロベルトは、「ふざけるな！」と怒鳴りたいだろうが、謁見室ではむずかしい。なぜなら彼は表向き穏やかで慈悲深い王であり、王妃と仲睦まじい姿を演じ続けていたのだから。すべては悲劇の王になるために。

タチアナは、ルカに楽しそうに片目をつむってみせた。

ルカが妊娠促進剤をタチアナに処方し続けていた結果、効果は見事に現れた。彼女を診た折、相手は誰かと尋ねたところ、小姓《ペイジ》とのことだった。王妃タチアナとイゾルデは親交があるため、小姓を譲り受けたのだろう。

あらかじめ支度していたのか、宰相のひと声で、極上の酒が王の間に届けられた。

ひりひりと強い殺気を感じるが、ルカには殺意など些細でくだらないことだった。

杯が皆に行き渡るなか、ルカは静かに謁見室をあとにした。

＊　＊　＊

城下の街ではそこかしこで祭りが催されていた。どん、と大音量を撒《ま》き散らして花火が上がり、大砲までもが放たれた。

王の丘もさることながら、橋を越えた庶民の地区はすさまじい。人は酒を片手に踊り、祭りを大いに楽しんでいる。通りも人でひしめきあっており、馬車は走れないほどだった。

先王の代では祭りは禁じられていたため、解禁がよほど嬉しいのか、はめを外す者が多かった。

アレシアは、ルカに支えられて祭りを窺った。民は皆、はつらつとしていて、見ているこちらも心がはずむ。けれど、主役の兄やイゾルデには会いたくなくて、ルカにはそう告げていた。

「……子どもじみていると思う？　ふたりを避けてしまうなんて、王女らしからぬ行動だってわかっているの。それは……懐妊や結婚はとてもおめでたいことだと思うし、本当はお祝いしたいのだけれど」

うつむけば、彼の指に顎を引き上げられる。

「心の整理がつかないのでしょう？　当然ですよ。すぐにのみこめるものではない」

「そろそろ居室に戻るわ。素直に祝えないわたしにお祭りはふさわしくないもの」

「わかりました。戻りましょう」

アレシアは唇をまごまごさせると、きゅっと引き結び、意を決して口にする。

「あのね、あとであなたに伝えたいことがあるの」

「なんでも伺いますよ。ぼくもお伝えしたいことがありますから、聞いてくださいね」

「なにかしら？　楽しみだわ」

やはりというべきか、城内は閑散としていた。皆、祭りに夢中で、出払っているからだ。

アレシアは、ルカと手をつないで居室を目指す。けれど、ふいに彼に抱き上げられた。

「自分で歩くのに。わたしはいま、歩く練習をしているのよ？」

「あなたが歩けるようになるのは少々困ります。ぼくの仕事を奪われてしまうようで」

「だめよ、歩くわ。わたし、あなたに負担をかけてばかりだから」

言葉の途中でルカに唇を塞がれる。彼は熱い吐息を落としながら言った。

「いまのままでいてください。ぼくのアレシア」

「ルカ……」

途中、回廊で何度かキスをして、螺旋階段でも行った。部屋に到着してからはさらに深まり、どろどろに溶け合うように食みあった。

口を離せば、きらめく糸が尾を引き、アレシアは頬を赤くする。

「赤くなっていますね。恥ずかしいのですか？」

ただでさえ赤いときに指摘されるとさらに顔が熱くなる。まごついていると彼が言った。

「言わないで……」

「あなたは子どもの名前を決めてほしいと言いましたね」

「ええ、言ったわ。もしかして決めてくれたの？」

「ずっと考えていたのですが、ヴァルディはいかがですか？　男でも女でも通用します」

名前そのものよりも、彼が覚えていて、ちゃんと決めてくれたことが嬉しいと思った。

「かわいい名前ね、気に入ったわ。この国では珍しい名前なのではないかしら」

「そうですね、異国の名前ですから」

アレシアが「下ろして」と伝えると、ルカは指示に従った。彼女は彼の手をひっぱると、そのままつないで部屋のなかへと歩き出す。

居室はいつもと違って見えていた。自分の足で歩いているから、視線の高さのせいかもしれないけれど。

机に綺麗に並べられているのは、アレシアであればめくる気もしないむずかしげな本ばかり。おそらく城の蔵書だろう。ルカがこれから読む本だ。しかし、右から三冊だけは真新しい恋物語が置かれてある。薬の瓶もたくさん並んでいるが、端から三つは見たこともないかわいらしい形の香水だ。そして、大きな瓶にはきらきらと琥珀の飴が詰まっていた。

いままで寝台で過ごしていたから気づかなかったが、彼はアレシアのためにいろいろ用意してくれていた。

「……これ、いつからここにあるの？」

「以前からですよ」

「本も、香水も？」

「そうですよ」

じわじわと目の奥が熱くなるのを感じつつ、アレシアは大きな瓶に手をのばす。なかから飴を取り出して、彼の口もとに運べば、ルカは指にくちづけするように受け取った。続いてもうひと欠片をつまみ取り、アレシアも頬張れば、甘くて懐かしい味がした。

まぶたを閉じて堪能する。

「んっ、やっぱりおいしいわね」

目を開けてから彼の視線に気がついた。

あまりにもルカが眩しげにこちらを見ているから、アレシアは「こっちよ」とすかさず彼の手を引いた。なぜかとてつもなく恥ずかしくなったのだ。

窓辺に立つと、ルカがアレシアの肩を抱く。嬉しくなって、彼に頬を擦り寄せる。

外から吹きこむ風がルカの髪をさらうと、同時にアレシアの髪も流された。彼が、それをさりげなく綺麗にしてくれて、幸せだ、と思った。

「ねえ、ルカ」

アレシアは窓から身を乗り出した。この国でもっとも高い城塔から見える世界は圧巻だ。

「危ないですよ」

「大丈夫よ。いままでだって、ずっと平気だったもの」

「あなたを失うわけにはいきません」

そう言いながら、ルカがアレシアの腰を支えた。

「あなたがいれば、いつだって安心ね」

アレシアは、彼のぬくもりを感じながら空を仰いだ。

「この広い空はどこにつながっているのかしら？　あの遠くの山々を越えるとなにがあるのかしら？　わたしはね、世界の果てにつながっていると思っていたわ。それにあの川。流れて海というところに向かうのでしょう？　海ってどのようなところなのかしら。そんなふうに自分に問いかけながら、鳥になったつもりでいつもここから景色を眺めていたの。見えない世界を想像するとわくわくしたわ。わたしはあなたが来るまでそうやって一日を過ごしていたのよ。夜には星を見上げて……。それでね、曇りの日は星が見えないからがっかりしたの。でも、飽きなかったし満足していたわ」

アレシアは、父から地図を見ることを禁じられていた。独立心や好奇心を芽生えさせないためだった。そのため、彼女の持つ世界はあまりにも狭い。この城と離宮とアイアスの城。そして、小さなころに訪れた数日間のアモローゾ。

「でもね、あなたと出会って欲深くなってしまったみたい。いまでは景色を眺めるだけでは満足できないの。ひとりでは楽しめないわ。わくわくしないし、鳥になったつもりになれないの。見えない世界を想像できない。見えないものはなにも見えないままだわ」

窓の外を眺めていたアレシアは、流れるようにルカを見た。

「なにを言いたいかというとね、わたし、あなたが好きよ。一番大切で、大好きな人なの。ずっと前からそう思っているわ。ひとりよりも、ずっとふたりでいたいの」

アレシアは、勇気を持って気持ちを伝えられたことに満足して、「うん」と頷いた。

「恋をすると世界が変わるって恋物語に書いてあったわ。本当ね。わたし、あなたと出会って恋をして世界が変わったの。病気でつらかったけれど……ううん、つらくないって思えるくらいに幸せだった。まさか本当に恋ができるなんて思ってもみなかった。だから、ずっとあなたにお礼が言いたかったの」

話している間になぜか涙がこぼれてしまった。それを彼が指で散らしてくれる。

「……だめね、泣いてしまうなんて。この三日間、ずっと練習していたのに」

「ぼくに外出を促していたのはそのためだったのですね」

「そうよ。あなたはとても忙しそうだったから、おかげでたくさん練習できたわ」

アレシアは、気を取り直してきゅっと口角を持ち上げる。

「ありがとう、ルカ。わたしに出会ってくれて、救ってくれて、幸せにしてくれて……本当に感謝しているわ。何度ありがとうと言っても足りないくらいなの。お兄さまやお姉さまのことだって、あなたがいなければ耐えられなかった。それに、刺客から守ってくれてありがとう。わたし、まだあなたを幸せにできていないから、生きていなくちゃ」

「ぼくはすでにあなたに幸せをいただいていますよ」

「本当？」

「もちろんです。ですが、もっと幸せを味わわせてくださいね」

アレシアの脇にそれぞれ手を差し入れたルカは、目線の位置まで身体を持ち上げた。流れる涙を舌で舐め取り、そして、彼の唇が口にしっとり重なる。

しばらくキスはやむことはなく、やがて彼は、唇同士わずかな隙間を空けて言った。

「ぼくもあなたに出会って世界が変わりました。あなたの存在とあの欠片の味がぼくを変えたのだと思います。アレシア、ぼくは感情が希薄です。ですからこの思いはあなたの言う恋とは少し違うのかもしれない」

「どんな思いなの？」

「ぼくは、あなたを食べたいしあなたに食べられたい。どろどろに境がなくなるほど溶け合い、永遠にひとつになっていたいのです。生物ではなくただの固形物でもいい。もう離すつもりも離れるつもりもありません。これは、六年前から抱いている思いですが」

アレシアは、ぼっとたちまち赤くなり、何度もまたたく。心臓がひどく騒がしい。

「どうしよう……どきどきするわ。なんだか、愛しているの言葉よりも、うまく言えないけれど、愛されているような気がする……」

「愛について調べたことがありますが、どうやらぼくの思いはその定義に当てはまらないようです。ですが、もっとも近い言葉は愛でした。ぼくはあなたを愛していますよ」

彼と見つめあいながら、アレシアはこくりと喉を動かした。

「わたしも愛しているわ、ルカ」

「知っていますよ。ずっと愛してくださいね」

何度もキスを重ねて、やがてアレシアが脇の痛みを訴え、足をぱたぱたさせると、彼はそっと下ろした。

アレシアは、自身の脇を撫でさする。

「もう、脇で持ち上げるだなんて子どもみたいだわ」

唇を尖らせたアレシアは、そっぽを向いて、けれどすぐに彼に向き直る。そのとき、心のなかが顔いっぱいに現れた。

「ねえルカ、恋を知ったあとの世界は素晴らしいわね。あなたが側に来てくれたから、わたしは知ることができたわ」

「アレシア、この広い空がつながる先を見ませんか？　遠くの山々を越えた先に行きたくありませんか？　あなたが見たことのない世界を見せたいと思います。いますぐふたりで行きましょう」

「いますぐ？」

「ええ。いますぐぼくに攫われてください」

アレシアが目をまるくしていると、彼は続ける。

「王女をやめて、ぼくだけの妻になってくれませんか？　生涯大切にしますから」

アレシアはルカが差し出した手を見つめた。いつもいたわりながら触れてくれた、大好きな手だ。そして、顎を上向け彼を見た。銀色の瞳とすぐに目が合った。

じわじわと視界がにじみ、彼がうまく見えなくなって、けれど、袖で目もとを拭えばうっとりとした笑みがある。

王女に生まれた以上、責務がある。でも、いまの自分は火種にすぎない。だったら——。

「嬉しいけれど……わたし、もうあなたの妻だと思っていたのに」

「そうですよ。あなたはすでにぼくの妻です。ですからしがらみを断ち切ってください」

「王女でなくなったら、わたしはなにもできない取り柄のない娘になるわ」

「ぼくは、なにもない真っさらなあなたがいいです。王女の殻《から》のないあなたがいい」

うつむいたアレシアは、涙をごしごし拭い、ルカを仰いだ。

「ここから連れ出してくれるの……?」

「当然連れ出します。ここに留まれば、あなたは兄君に抱かれてしまいますからね。それはぼくがゆるさない。あなたはぼくだけのものですから」

涙はこらえても次から次へとあふれてくる。アレシアは肩を震わせた。

「わたし、いまはまだ、なにもできないけれど……うんとがんばるわ。だから」

——見捨てないでね。

ルカは目を細めた。

「がんばらなくてもいいのです。ぼくの傍にいてくれさえすれば。ほら、早く手を」

じっと彼を見つめて、アレシアはこくんと頷く。

彼の手に手を重ねようと近づければ、その手を優しく掬われる。指がすべて絡まった。

「これから騒ぎに乗じて抜け出します。カニサレスが協力してくれるので」

「カニサレス……タチアナ王妃の国？　どうしてなの？」

「軽く恩を売ったのですよ。彼らは義理堅いようです」

「急いで支度をするわ」

「いいえ、必要ありませんよ。あなたはなにも持たなくていい。身体ひとつで」

ルカはアレシアの手を掲げ持ち、甲に唇を落とした。

「途中の宿に水色のドレスを用意しています。着てくれますね？」

「もちろん」

「きっとよく似合いますよ」と、彼がそのまま手を引いた。

城から出るのは少し怖い。どこに行くのかもわからない。けれど、彼といると恐怖や不安は霧散する。いつまでもいっしょにいたいと強く思う。

微笑みかければ、銀の瞳が細まり、素敵な笑みが返される。

鼻先を上げたアレシアは、ルカとともに足を踏み出した。


――ずっと、ずっと、待っていた。ほしいものはひとつだけ。

あとがき

こんにちは、荷鴗《にこ》と申します。本書をお手にとってくださいましてありがとうございます！　今回のお話は、高嶺《たかね》の花を手折《たお》るために悪人が悪人たちを蹴散《けち》らす話です。みんな、ヒーローから逃げて！　を目指したのですが、脇役もなかなか下種《げす》な野郎どもになってしまった気がします。下種ぞろいですが、楽しんでいただけましたらとってもうれしいです。

はじめは首狩り処刑人ヒーローのお話にしようと思っていたのですが、編集さまが「やさしすぎる」とおっしゃいましたので毒師になりました。じつは大剣で首を落とすとき、どうすれば落としやすいか、切れ味は？　などを調べようとしていたので、もし首狩り人を書いていたら、自分、あぶないやつまっしぐらだったと思います。とはいえ阿片をいろいろ調べてしまったので、現在あぶないやつ一歩手前かもしれません。麻薬、だめ、絶対。

念願の王女さま話を書けて満足しています。そればかりか、鈴ノ助《すずのすけ》さまのすばらしいイラストをいただいた瞬間にうっとりし、満足が大満足になりました。鈴ノ助さま、とっても素敵に描いてくださり、めちゃくちゃ幸せです。ありがとうございました！

このたびも、編集さまに大変ご迷惑をおかけしました。いつもありがとうございます！

最後になりますが、お読み下さいました読者さま、そして、本書に関わってくださいました皆々さま、感謝いたします。どうもありがとうございました！

荷鴗

この本を読んでのご意見・ご感想をお待ちしております。

◆ あて先 ◆

〒101-0051
東京都千代田区神田神保町2-4-7 久月神田ビル
㈱イースト・プレス　ソーニャ文庫編集部
荷鴣先生／鈴ノ助先生

或《あ》る毒師《どくし》の求婚《きゅうこん》

2018年11月4日　第1刷発行

著　　者　荷鴣《にこ》
イラスト　鈴ノ助《すずのすけ》
装　　丁　imagejack.inc
D　T　P　松井和彌
編集・発行人　安本千恵子
発　行　所　株式会社イースト・プレス
〒101-0051
東京都千代田区神田神保町2-4-7 久月神田ビル
TEL 03-5213-4700　FAX 03-5213-4701
印　刷　所　中央精版印刷株式会社

©NIKO 2018, Printed in Japan
ISBN 978-4-7816-9636-2
定価はカバーに表示してあります。
※本書の内容の一部あるいはすべてを無断で複写・複製・転載することを禁じます。
※この物語はフィクションであり、実在する人物・団体等とは関係ありません。

Sonya ソーニャ文庫の本

君がいないと生きていけない。

ルーツィエが目を覚ますと、美貌の男がそばにいた。記憶を失っていた彼女に、彼――フランツは「君はぼくの妻だ」と切なげに微笑む。やがて、彼がこの国の王子で、自分にとって大切な存在であることを思い出した彼女は、彼を受け入れ、情熱的な一夜を過ごすのだが……。

『氷の王子の眠り姫』 荷鴣

イラスト ウエハラ蜂